Rita Mae Brown

Rubinroter Dschungel

Deutsch von
Barbara Scriba-Sethe

rororo

Rowohlt

Die Originalausgabe erschien
unter dem Titel «Rubyfruit Jungle»
bei Daughters, Inc., Plainfield, Vermont
Umschlaggestaltung Barbara Hanke
(Foto: Pictor International / Uniphoto)

Einmalige Sonderausgabe
September 1995

Veröffentlicht im Rowohlt Taschenbuch Verlag GmbH,
Reinbek bei Hamburg, Mai 1987

Gesamtherstellung Clausen & Bosse, Leck
Printed in Germany
1000-ISBN 3 499 13831 x

Für Alexis Smith,

Schauspielerin, Köpfchen, Schönheit,
erfinderische Köchin, treue Seele, respektlose
Beobachterin politischer Phänomene,
und so weiter und so fort. Wollte ich
alle ihre herausragenden Eigenschaften
aufzählen, würdet ihr, liebe Leser, am Ende
eurer Kräfte sein, noch ehe ihr bis zur
ersten Seite meines Buches vorgedrungen seid.
Deshalb will ich nur sagen, daß die oben
erwähnte Frau sich die Zeit nahm, mir einen
freundlichen Stups in Richtung meiner
Schreibmaschine zu geben. Klar, wenn ihr
das Buch erst gelesen habt, werdet ihr viel-
leicht wünschen, sie hätte mich vor
etwas gestoßen, was sich schneller bewegt
als eine Schreibmaschine.

Ich danke Charlotte Bunch, die
mir zu einem einjährigen Stipendium
am Institute for Policy Studies
in Washington, D. C., verhalf – der
Job ließ mir die Zeit, dies Buch
zu schreiben. Ich danke Frances
Chapman und Onka Dekkers, die ein
Durcheinander ohne Punkt und
Komma gelesen und entwirrt haben.
Und ich danke Tasha Burd dafür,
daß sie's mit mir ausgehalten hat,
wenn ich allein war.

Rita Mae Brown

Erster Teil

1

Keine erinnert sich ihrer Anfänge. Mütter und Tanten erzählen uns von der Säuglingszeit und frühen Kindheit, in der Hoffnung, daß wir die Vergangenheit nicht vergessen, als unser Leben völlig in ihrer Hand lag, und dabei beten sie heimlich, daß wir sie dann auch in unsere Zukunft mit einschließen werden.

Ich wußte nicht das geringste über meine Anfänge, bis ich sieben Jahre alt war. Damals lebte ich in Coffee Hollow, einem ländlichen Flecken außerhalb Yorks in Pennsylvania. Eine ungepflasterte Straße verband die mit Teerpappe bedeckten Häuser voller schmiergesichtiger Kinder, und in der Luft hing ständig der Geruch von Kaffeebohnen, die in dem kleinen Laden, der dem Ort seinen Namen gab, frisch gemahlen wurden. Eines von diesen schmiergesichtigen Kindern war Brockhurst Detwiler, kurz Broccoli genannt. Durch ihn erfuhr ich, daß ich ein Bastard war. Broccoli wußte nicht, daß ich ein Bastard war, aber wir handelten ein Geschäft aus, das mich meine Unwissenheit kostete.

An einem frischen Septembertag waren Broccoli und ich auf dem Heimweg von der Volksschule in Violet Hill.

«He, Molly, ich muß mal pieseln, willst du zugucken?»

«Klar, Broc.»

Er ging hinter die Büsche und zog schwungvoll seinen Reißverschluß runter.

«Broccoli, was is'n all die Haut, die da an deinem Pimmel rumhängt?»

«Meine Mom sagt, ich wär noch nicht beschnitten worden.»

«Wie meinst du, beschnitten?»

«Sie sagt, daß manche Leute sich so 'ne Operation

machen lassen, und dann geht die Haut ab. Das hat irgendwas mit Jesus zu tun.»

«Mensch, bin ich froh, daß niemand an mir herumschneidet.»

«Das meinst du. Bei meiner Tante Luise hat man eine Titte abgeschnitten.»

«Ich hab keine Titten.»

«Wirst schon kriegen. So dicke, wabbelige Dinger wie meine Mom. Die hängen bis zur Taille runter und schwabbeln beim Gehen.»

«Bei mir nicht, so werd ich nie aussehen.»

«O doch, wirst du schon. Alle Mädchen sehen so aus.»

«Halt die Klappe, oder ich hau dir die Lippen gleich die Kehle runter, Broccoli Detwiler.»

«Ich halt die Klappe, wenn du niemandem erzählst, daß ich dir mein Ding gezeigt habe.»

«Was gibt's da zu erzählen? Alles was du hast, ist ein Haufen rosa Falten, die da rumhängen. Das ist häßlich.»

«Es ist nicht häßlich.»

«Ah. Es sieht schrecklich aus. Du meinst, es ist nicht häßlich, weil's dein's ist. Niemand sonst hat so 'nen Pimmel. Mein Vetter Leroy, Ted, niemand. Wetten, daß du der einzige auf der Welt bist? Wir sollten damit Geld machen.»

«Geld? Wie sollen wir mit meinem Pimmel Geld machen?»

«Nach der Schule nehmen wir die Kinder mit hierher und zeigen, was du hast, und einmal gucken kostet 'nen Nickel.»

«Nein, ich werd den Leuten doch nicht mein Ding zeigen, wenn sie darüber lachen.»

«Schau mal, Broc, Geld ist Geld. Laß sie doch lachen. Du wirst Geld haben, und dann kannst du über sie lachen. Und wir machen Halbe-Halbe.»

Am nächsten Tag ließ ich während der Pause die

Nachricht herumgehen. Broccoli hielt den Mund. Ich fürchtete schon, er würde sich drücken, aber er hielt durch. Nach der Schule stürmten ungefähr elf von uns hinaus zu dem Gehölz, das zwischen der Schule und dem Kaffeeladen liegt, und dort stellte Broc sich zur Schau. Es war ein Bombenerfolg. Die meisten Mädchen hatten noch nie einen richtigen Pimmel gesehen, und Broccolis war so widerlich, daß sie vor Vergnügen aufschrien. Broc sah um die Mundwinkel herum etwas grünlich aus, aber tapfer ließ er ihn so lange heraushängen, bis jeder ihn sich genau angeschaut hatte. Wir waren um 55 Cent reicher.

Die Nachricht verbreitete sich in den anderen Klassen, und etwa eine Woche lang unterhielten Broccoli und ich ein blühendes Geschäft. Ich kaufte rote Lakritze und teilte sie unter all meinen Freunden auf. Geld war Macht. Je mehr rote Lakritze man hatte, desto mehr Freunde hatte man. Mein Vetter Leroy versuchte sich in das Geschäft hineinzudrängen und stellte sich selbst zur Schau, aber es lief nicht, da bei ihm keine Haut drauf war. Um ihn bei Laune zu halten, schenkte ich ihm 15 Cent von unserem täglichen Verdienst.

Nancy Cahill kam jeden Tag nach der Schule, um Broccoli zu begucken, der inzwischen für alle der «seltsamste Pimmel der Welt» war. Einmal wartete sie, bis alle anderen gegangen waren. Nancy war voller Sommersprossen und Pickel. Jedesmal, wenn sie Broccoli sah, kicherte sie, und an jenem Tag fragte sie, ob sie ihn mal anfassen dürfe. Der dämliche Broccoli sagte ja. Nancy grabschte nach ihm und quietschte.

«Okay, okay, Nancy, das ist genug. Er könnte schlappmachen, und wir müssen noch andere Kunden zufriedenstellen.»

Das nahm ihr den Wind aus den Segeln, und sie ging nach Hause.

«Hör mal, Broccoli, was denkst du dir eigentlich dabei, wenn du dich von Nancy umsonst anfassen läßt. Das sollte mindestens einen Dime wert sein. Wir sollten die Kinder es für einen Dime tun lassen, und Nancy kann für umsonst an dir rumspielen, wenn du es willst, sobald die anderen weg sind.»

«Abgemacht.»

Dieser neue Einfall trieb die halbe Schule ins Gehölz.

Alles lief bestens, bis Earl Stambach uns bei Miss Martin, der Lehrerin, verpfiff. Miss Martin setzte sich mit Carrie und Broccolis Mutter in Verbindung, und vorbei war der ganze Zauber.

Als ich an jenem Abend nach Hause kam, war ich noch nicht durch die Tür hindurch, als Carrie brüllte: «Molly, komm auf der Stelle hier herein.» Der Ton in ihrer Stimme sagte mir, daß mich wohl Prügel erwarteten.

«Ich komme, Mom.»

«Was höre ich da über dich? Du spielst draußen im Gehölz mit Brockhurst Detwilers Ding? Lüg mich jetzt bloß nicht an. Earl hat Miss Martin erzählt, daß du jeden Abend da draußen bist.»

«Ich nicht, Mom, ich habe nicht mit ihm gespielt.» Was stimmte.

«Lüg mich nicht an, du großmäulige Göre. Ich weiß, daß du da draußen warst und diesem Blödian einen abgewichst hast, und das vor all den anderen Gören in Hollow.»

«Nein, Mom, wirklich nicht, ich nicht.» Es war sinnlos, ihr zu erzählen, was ich wirklich getan hatte. Sie hätte mir nicht geglaubt. Carrie ging davon aus, daß alle Kinder logen.

«Du hast mich vor der ganzen Nachbarschaft blamiert, und ich hätte nicht übel Lust, dich rauszuschmeißen. Du und deine aufgeblasenen Manieren, schwebst ins Haus herein und wieder hinaus, wie es dir Gott verdammt gerade paßt. Du mit deiner ganzen Bücher-Leserei, tust dich wohl als was Besonderes dünken? Du bist mir die rechte, Miss Hoch-Hinaus, hochnäsig sein und dann draußen im Gehölz mit seinem Schwanz spielen. Nun, ich hab eine feine Nachricht für dich, du kleines Mistvieh, da du dich für so schlau hältst. Du bist nicht so was Feines, wie du meinst, und mein Kind bist du auch nicht. Und ich will dich auch nicht, jetzt wo ich weiß, worauf du aus bist. Willst du wissen, wer du bist, Klugscheißerchen? Du bist die uneheliche Tochter von Ruby Drollinger, das bist du. Woll'n mal sehen, wie du jetzt die Nase noch in die Luft streckst.»

«Wer ist Ruby Drollinger?»

«Deine richtige Mutter, das war sie, und sie war 'ne Nutte, hörst du mich, Miss Molly? Eine gewöhnliche, liederliche Nutte, die es mit einem Hund getrieben hätte, wenn er richtig mit seinem Hintern gewackelt hätte.»

«Ist mir egal, es macht doch nichts aus, wo ich herkomme. Ich bin da, oder?»

«Es macht sogar sehr viel aus. Alle, die ehelich geboren sind, haben Gottes Segen, die unehelich geboren sind, sind als Bastarde verflucht. Da hast du's.»

«Ist mir egal.»

«Es sollte dir aber nicht egal sein, du Miststück. Du wirst schon sehen, wie weit dich dein ganzes Getue und deine Bücher bringen, wenn die Leute draußen herausfinden, daß du ein Bastard bist. Und du benimmst dich ja auch wie einer. Blut ist dicker als Wasser, und dein's sagt alles. Dickköpfig wie Ruby und wichst draußen im Gehölz diesem Detwiler-Idioten einen ab. Bastard!»

Carries Gesicht war krebsrot, und die Adern quollen ihr aus dem Hals. Sie sah aus wie ein einziger Horror-Film, und sie trommelte auf den Tisch, und sie trommelte auf mich ein. Sie packte mich an den Schultern und schüttelte mich, wie ein Hund eine Stoffpuppe schüttelt. «Hochnäsiges Luder von einem Bastard. Das lebt in meinem Haus unter meinem Dach. Im Waisenhaus wärst du schon längst tot, wenn ich dich nicht rausgeholt hätte und dich nicht rund um die Uhr gepflegt hätte. Du kommst hierher, schlägst dir den Bauch voll und läßt mich den ganzen Tag hinter dir herlaufen, und dann haust du ab und blamierst mich. Du kommst besser zu dir, Mädchen, oder ich stoße dich dahin zurück, wo du hergekommen bist – in die Gosse.»

«Nimm deine Hände weg von mir. Wenn du nicht meine richtige Mutter bist, dann nimm deine gottverdammten Hände von mir.» Ich rannte zur Tür hinaus und raste den ganzen Weg über die Weizenfelder zum Gehölz hinauf. Die Sonne war gerade untergegangen, und am Himmel leuchtete noch ein rosa Schimmer. Was soll's, und wenn ich schon ein Bastard bin! Es kümmert mich nicht. Sie versucht mich einzuschüchtern. Immer versucht sie mir Angst einzujagen. Zum Teufel mit ihr und zum Teufel mit allen anderen, denen es etwas ausmacht. Gottverdammter Broccoli Detwiler und sein dämlicher, häßlicher Pimmel. Er hat mir den Schlamassel eingebrockt, und gerade wo wir etwas Geld machen, muß das passieren. Ich werd mir den Earl Stambach vorknöpfen, so daß ihm Hören und Sehen vergehen, und wenn es das letzte ist, was ich tue. Tja, Mom wird mir dafür das Fell über die Ohren ziehen. Würd mich mal interessieren, wer sonst noch weiß, daß ich ein Bastard bin. Ich wette, Mouth, die «Schnauze» weiß es, und wenn Florence, die «Megaphon-Schnauze», es weiß, weiß es die ganze Welt. Ich wette, sie sitzen alle drauf wie die Hennen. Na, in das Haus gehe ich nicht zurück, wo sie über mich lachen und mich angucken, als wäre ich ein Ungeheuer. Ich bleib hier im Wald, und ich werde Earl umbringen. Scheiße, ob wohl der alte Broc das mitgekriegt hat? Er wird sagen, ich hätte ihn dazu gebracht, und dann wird er auspacken. Feigling. Jeder mit so einem

Pimmel muß ja die Hose voll haben. Ich frag mich, ob eines von den anderen Kindern etwas weiß. Ich kann Mouth und Mom gegenübertreten, aber nicht der ganzen Bande. Nun, wenn es ihnen was ausmacht, sollen sie auch zum Teufel gehen. Ich begreife nicht, warum die soviel Wind darum machen. Wen kümmert's, wie du hierher kommst? Mir ist es egal. Wirklich, mir ist es egal. Ich wurde halt geboren, nichts anderes zählt. Ich bin hier. Mensch, die Alte hat sich was zusammengebrüllt, sie war außer sich, einfach außer sich. Ich geh nicht dahin zurück. Ich geh nicht dahin zurück, wo das was ausmacht, und von nun an wird sie's mir ständig unter die Nase reiben. Wie sie's mir immer noch unter die Nase reibt, daß ich Großmutter Bolt ans Schienbein getreten hab, als ich fünf war. Ich bleib hier im Gehölz. Ich kann von Nüssen und Beeren leben, nur mag ich keine Beeren, da sind oft so Flecken drauf. Zur Not kann ich wohl auch von Nüssen leben. Vielleicht fange ich mir Kaninchen, ja, aber Ted hat mir erzählt, Kaninchen sind voller Würmer. Würmer, igitt, ich eß doch keine Würmer. Ich bleib hier im Wald und verhungere, ja, das werd ich tun. Dann wird's der Mom leid tun, daß sie mich so angeschrien hat und soviel Wind darum gemacht hat, wie ich geboren wurde. Und meine richtige Mutter eine Nutte zu nennen – wie meine richtige Mutter wohl aussieht? Vielleicht sehe ich irgend jemandem ähnlich. Ich sehe niemandem in unserem Haus ähnlich, niemandem von den Bolts oder den Wiegenlieds, keinem von ihnen. Sie haben alle ganz weiße Haut und graue Augen. Deutsche, sie sind alles Deutsche. Und wie Carrie sich damit aufspielt. Daß alle anderen schlecht sind, die Ittaker und Juden und die ganze übrige Welt. Deshalb haßt sie mich. Bestimmt war meine Mutter keine Deutsche. Meine Mutter kann sich nicht viel aus mir gemacht haben, wenn sie mich Carrie überlassen hat. Hab ich denn damals irgendwas Schlimmes angestellt? Warum hätte sie mich sonst im Stich gelassen. Jetzt, ja jetzt vielleicht könnte sie mich verlassen, nachdem ich Broccolis Pimmel zur Schau gestellt habe, aber wie hätte ich als kleines Baby irgendwas Schlimmes anstellen können? Ich wollte, ich hätte von der Sache nie etwas erfahren. Ich wollte, Carrie Bolt würde tot umfallen. Das ist es genau, was ich mir wünsche. Ich gehe nicht dahin zurück.

Die Nacht zog herauf im Gehölz, und kleine, unsichtbare Tiere huschten im Dunkel am Boden herum. Kein Mond stand am Himmel. Die Schwärze erfüllte meine Nasenlöcher, und die Luft war voller Geräusche, seltsamer Töne. Frostige Kälte drang von dem alten Fischteich unten bei den Tannen herauf. Auch konnte ich keine Nüsse finden, es war zu dunkel. Alles, was ich fand, war ein Spinnennetz. Das Spinnennetz gab mir den Rest. Ich beschloß, nach Hause zu gehen, aber nur bis ich alt genug wäre, um eine Stelle zu finden, so daß ich dieses Loch verlassen konnte. Stolpernd ertastete ich mir meinen Weg nach Hause und öffnete die zerbrochene Fliegenschutztür. Niemand wartete auf mich. Sie waren alle zu Bett gegangen.

2

Leroy saß mitten im Kartoffelfeld und entfernte eine Zecke aus seinem Nabel. Er sah aus wie Baby Huey in den Comics und war auch nicht gerade viel schlauer, aber Leroy war mein Vetter, und ich liebte ihn auf eine blöde Art. Man hatte uns hierher zum Sammeln von Kartoffelkäfern geschickt, aber die Sonne stand hoch, und wir waren unsere Arbeit leid. Die erwachsenen Frauen waren im Haus, und die Männer waren weg, arbeiten. Das war der Sommer 1956, und wir waren so arm dran, daß wir mit den Denmans in Shiloh zusammen wohnen mußten. Ich wußte nicht, daß es uns schlecht ging; außerdem war ich mit Leroy, Ted und all den Tieren gern draußen.

Leroy war elf, genauso alt wie ich. Er war auch genauso groß, nur ziemlich dick; ich war spindeldürr. Ted, Leroys Bruder, war dreizehn, und er befand sich im Stimmbruch. Ted arbeitete unten bei der Esso-Tankstelle, so saßen Leroy und ich mit den Kartoffelkäfern fest.

«Molly, ich hab keine Lust mehr, Kartoffelkäfer zu suchen. Wir haben zwei Krüge voll, komm, laß uns runter zu Mrs. Hersheners Laden laufen und uns eine Brause holen.»

«Okay, aber wir müssen durch den Graben durch, wo Ted den Traktor zertrümmert hat, oder meine Mom sieht uns und treibt uns wieder zur Arbeit.»

Wir krochen durch den Graben an dem verrosteten Traktor vorbei und auf der anderen Seite des Weges aus der Abflußröhre heraus. Dann rannten wir den ganzen Weg hinunter zu Mrs. Hersheners winzigem Laden, an dessen Tür eine verblichene Nehi-Soda-Reklame, mit einem Thermometer drauf, hing.

«Ach, es sind Leroy und Molly. Helft ihr Kinder euren Müttern oben auf dem Hügel?»

«O ja, Mrs. Hershener», leierte Leroy, «wir verbrachten den ganzen Tag damit, Kartoffelkäfer zu suchen, damit die Kartoffeln auch richtig wachsen.»

«Ach, seid ihr goldig. Hier, wie wär's mit einem Schokoladenkringel für jeden von euch.»

«Danke schön, Mrs. Hershener», sagten wir wie aus einem Munde.

«Kann ich für einen Nickel eine Kugel Himbeereis kriegen?»

Ich schnappte mir mein Eis und spazierte in die Juni-Sonne hinaus. Leroy schlenderte mit einer Zuckerstange hinterher und wir setzten uns auf die abgenutzten, flachen Holzplanken der Veranda.

Zwischen den glitzernden Dachpappenfetzen vor dem Laden erspähte ich eine leere Sunmaid-Rosinenschachtel. Bis auf den zerrissenen Deckel war sie noch heil.

«Wofür brauchst du das?»

«Ich hab da was im Sinn, wart's ab, wirst schon sehen.»

«Ach komm, Moll, sag's mir, und ich helf dir.»

«Kann ich dir jetzt nicht sagen. Da kommt Barbara Spangenthau, und du weißt ja, wie sie ist.»

«Okay, muß ein Geheimnis bleiben.»

«Hallo, Barbara, was machste denn so?»

Barbara murmelte irgendwas von einem Laib Brot und verschwand nach drinnen. Barbara war Jüdin, und Carrie schärfte Leroy und mir ständig ein, wir sollten uns von ihr fernhalten. Die Mühe hätte sie sich ersparen können. Niemand hatte Lust, der Barbara Spangenthau näherzukommen, da sie immer die Hand in ihrer Hose hatte und mit sich spielte, und schlimmer noch, sie stank. Bis ich fünfzehn war, dachte ich, Jüdin sein bedeute, man spaziere fortwährend mit der Hand in der Hose herum.

Barbara rollte sich aus dem Laden heraus. Sie war noch fetter als Leroy; die Arme voller Fishel-Brot begann sie den mit Geißblatt bewachsenen Weg hinunterzumarschieren.

«He, Barbara, hast du Earl Stambach heute gesehen?»

«Er war unten beim Teich. Warum?»

«Weil ich ein Geschenk für ihn habe. Wenn du ihn siehst, sag ihm, ich suchte ihn, ja?»

Barbara trabte, von der Wichtigkeit ihrer Botschaft ganz durchdrungen, die Straße hinunter. Da sie ziemlich in der Nähe von den Stambachs wohnte, hatte sie eine gute Chance, sie loszuwerden.

«Wieso willst du Earl Stambach was schenken? Ich dachte, er wäre dir nun auf ewig verhaßt.»

«Ist er ja auch, und das Geschenk, das ich für ihn habe, ist was ganz Besonderes. Willst du mit mir kommen, wenn ich es hole?»

Leroy konnte sich kaum einkriegen vor Begeisterung, und er zuckelte hinter mir her über die Felder wie ein Entenkleines hinter seiner Mutter, und den ganzen Weg über brabbelte er, was das wohl für ein Geschenk sein könnte. Wir kamen in das kühle Gehölz, und ich suchte den Boden ab. Auch Leroy starrte auf den Boden, wenn er auch nicht wußte, wonach er suchen sollte.

«Ha! Hab's gefunden. Nun werd ich ihm was Feines zurechtmachen.»

«Ich seh nur einen Haufen Kaninchenköttel. Was willst du damit? Ach komm, sag's mir.»

«Guck zu, Leroy, und halt den Schnabel.»

Ich schaufelte eine Handvoll winziger, wunderschön runder Kaninchenköttel zusammen und schüttete sie in die Sunmaid-Rosinenschachtel.

«Kannst du dich an die getrockneten Rosinen erinnern, die Florence draußen auf der hinteren Veranda hatte? Lauf mal schnell hin und klau eine Handvoll, und dann kommst du schnurstracks wieder hierher.»

Leroy wuchtete davon wie ein Zement-Lastwagen, wobei seine massige Gestalt in der Nachmittagssonne schimmerte. Innerhalb von zehn Minuten war er mit einer köstlichen Handvoll echtester Rosinen wieder zurück. Ich warf sie in die Schachtel und schüttelte den Inhalt kräftig. Dann ließ ich Leroy ewiges Stillschweigen schwören und machte mich auf den Weg durch das Gehölz zu Carmines Fischteich, um Earl Stambach aufzustöbern. Er war auch da. Mit einem Stock als Angelrute saß er da und wartete darauf, daß ein eingebildeter Fisch an einer Leine anbiß, an der kein Köder war. Earl war schon ziemlich blöd. Er war nur durch die vierte Klasse gekommen, weil er dem Lehrer gewaltig in den Hintern gekrochen war. Wir waren jetzt in der sechsten Klasse, und weiter als bis fünf schaffte er es immer noch nicht beim Einmaleins. Florence sagte immer, das sei so, weil die Stambachs so viele Kinder hätten und keines von ihnen genug zu essen hätte, und so sei Earls Gehirn verhungert. Mir war es ziemlich wurscht, warum er dämlich war, ich war zu sehr mit meinem Haß gegen ihn beschäftigt. Er verpetzte mich ständig in der Schule, weil ich diese oder jene Regel durchbrach. Das letzte Mal schickte man mich in Mr. Beavers Büro, weil ich aus dem Materialraum Tafeln geklaut hatte. Das war genau eine Woche vor Schulschluß, und fast wär ich deswegen nicht durch die fünfte Klasse gekommen. Earl war vielleicht dumm, aber er lernte zu überleben, und er lernte auf meine Kosten, das scheinheilige Wiesel.

Earl hörte uns kommen und sah auf. Ein Schatten von Bestürztheit huschte über sein Gesicht, denn er muß gedacht haben, ich würde bestimmt mit der Peitsche auf ihn losgehen. So lächelte ich aber nur und sagte: «Hallo, Earl, hallo, fängst du was?»

«Nein, aber ein Riesenviech hat gerade vor fünf Minuten angebissen. Es muß ein Thunfisch gewesen sein, denn er war bestimmt groß.»

«Ach, wirklich? Du mußt ein talentierter Fischer sein.»

Earl kicherte, und sein linkes Auge zuckte. Er wußte nicht, was er daraus machen sollte.

«Earl, ich hab darüber nachgedacht, daß wir aufhören sollten, uns gegenseitig zu ärgern. Du weißt ja, ich hasse es, wenn du mich bespitzelst, und ich weiß, du haßt es, wenn ich wütend auf dich werde und dir nach der Schule auf dem Nachhauseweg auflauere. Warum schließen wir nicht einen Waffenstillstand und sind Freunde? Ich verprügle dich nicht mehr, wenn du mich nicht mehr verpetzt, sobald wir wieder in der Schule sind.»

«Klar, Molly, klar. Ich hätte es gern, wenn wir Freunde wären, und ich schwöre auf einem Berg von Bibeln, daß ich dich nie wieder verpetze.»

«Na fein, ich hab dir auch ein kleines Geschenk mitgebracht, um es rechtsgültig zu machen. Ich hab sie gerade bei Mrs. Hershener gekauft, weil ich weiß, daß du Rosinen magst.»

«Danke, also vielen Dank!» Earl schnappte sich die Rosinenschachtel, riß runter, was vom Deckel übrig geblieben war, öffnete den Mund, hielt die Schachtel darüber und schluckte mit einemmal den halben Inhalt hinunter. Leroy fing an zu lachen. Ich packte seinen linken Arm und kniff ihn so, daß es eine Apfelsine zerquetscht hätte: «Du hältst den Mund, oder ich hau dir den Hintern voll», zischte ich.

«Da mach ich mir keine Sorgen, Molly, ich werd schon nicht lachen.»

«Worüber redet ihr zwei?»

«Oh, wir haben nur gerade festgestellt, wie schnell du ißt, Earl. Wir haben noch nie jemanden gesehen, der so schnell essen kann. Du mußt wirklich der schnellste Esser in ganz York County sein. Ich wette, du schaffst den Rest der Schachtel in einer halben Sekunde. Meinst du nicht, Leroy?»

«Ja, Earl Stambach hat wirklich was drauf. Er ist sogar schneller als mein alter Herr.»

Earl schwoll gleichsam an unter all diesen Lobpreisungen, und er plusterte sich auf. «Oh, ich schaff's sogar in weniger als einer halben, paß mal auf.» Ein gewaltiges Schlucken, und die Sunmaid-Rosinenschachtel flog in hohem Bogen in den Teich. Earl strahlte und fühlte sich ganz groß.

«Earl, wie haben denn die Rosinen geschmeckt?»

«Halt wie Rosinen, einige waren allerdings matschig und bitter.»

«Matschig, ist das nicht überaus seltsam?»

Leroy explodierte vor Lachen und plumpste ins Gras beim Teich.

«Earl, wie blöd du bist. O Earl, du bist ja so blöd. Molly hat dir eine Schachtel voller Kaninchenköttel, mit Rosinen gemischt, geschenkt.»

Earls Gesicht zog sich unter dem Schlag zusammen.

«Das hast du doch nicht getan, Molly, oder?»

«Na klar hab ich das getan, du kriecherischer Furzknochen, du. Wenn du mich noch einmal verpetzt, werd ich dir noch was viel Schlimmeres verpassen. Also laß mich lieber in Frieden, Earl Stambach. Dies sei dir eine Lehre!» Ich machte effektvoll einen drohenden Schritt auf ihn zu, aber Earl war so grün geworden, daß er sich um seine Haut keinerlei Sorgen machte.

«Ich werd dich nie wieder verpetzen, ich verspreche es, ich verspreche es. Hand aufs Herz oder ich will auf der Stelle tot sein!»

«Tot, das ist das richtige Wort, Junge. Du knöpfst deine dicken Lippen zu, und wenn da ein einziges Wort rausrutscht, daß ich dich mit Kaninchenkötteln gefüttert hab, bist du dran. Komm, Leroy, hauen wir ab und lassen ihn hier voll mit Scheiße hocken.»

Wir rannten über die Tannennadeln, und Leroy mußte so lachen, daß er Mühe hatte, nicht hinzufallen. Oben auf dem Hügel drehte ich mich um und sah, wie Earl sich unten beim Teich heulend die Seele aus dem Leib spuckte. Ich hab's ihm gegeben, dachte ich, hab's ihm wirklich gegeben, und er verdient es. Komisch, irgendwie war mir nicht wohl dabei zumute.

«Der wird dich nicht mehr ärgern, Molly, den haste diesmal geschafft.»

«Halt den Mund, Leroy, halt den Mund.»

Leroy hielt einen Augenblick inne und sah mich voller Erstaunen an, dann zuckte er die Schultern und sagte: «Machen wir lieber, daß wir heimkommen, bevor Carrie und Mouth uns suchen.»

3

Der Sommer meiner Rache war auch der Sommer, in dem die Ernte verkam und Jennifer starb. Jennifer war Leroys richtige Mutter. Sie war hochgewachsen und hatte ein Gesicht wie diese Damen in den Sonntagsschulbüchern. Ihre Augen waren so groß, daß man nichts anderes sah, wenn man sie anblickte. Ich nannte sie Tante Jenna, obwohl sie nicht meine richtige Tante war, aber in Wirklichkeit war ja gar keiner von ihnen meine Familie. In diesem Sommer geschahen lauter schlimme Dinge, und es begann damit, daß Ep mit einem Messer bearbeitet wurde.

Ein paar Tage nachdem ich Earl seinen Denkzettel verpaßt hatte, kam Ep, Jennifers Mann, blutüberströmt ins Haus. Das Blut lief sein Gesicht herunter und verschmierte das dicke, lockige blonde Haar auf seiner gewaltigen Brust. Jennifer kreischte, als sie ihn sah, und Florence lief in die Küche, um eine Schüssel kaltes Wasser zu holen. Bei all ihren Fehlern war Florence immer die erste, die erfaßte, was die jeweilige Situation erheischte. Mein Vater Carl war noch nicht nach Hause gekommen, so daß nur wir Kinder und die Frauen da waren – bei Ep, der von Blut triefte und so wütend aussah, daß ich dachte, sein Kopf müsse gleich platzen. Leroy fielen fast die Augen aus dem Kopf, als er auf seinen zusammengeschlagenen alten Herrn blickte. Ep bemerkte uns nicht, wie wir beide dastanden und ihn anstarrten. Ted half seinem Vater in einen Sessel, und Florence kam mit einer Schüssel, Tüchern und einer gebieterischen Miene ins Zimmer zurück. «Leg deinen Kopf zurück, Ep, und laß mich das Blut von deinem Gesicht waschen. Geh in die Vorratskammer, Molly, und hol Verbands- und Desinfektionsmittel. Leroy, geh und pump mehr Wasser für deinen Vater. Jennifer, setz dich, du siehst bleich wie ein Geist aus. Nun, Ep, halt still. Ich weiß, es tut weh, aber du mußt einfach stillhalten. Es wird nicht halb so weh tun wie da, als der andere zugehauen hat.»

Ep gab nach und ließ seinen Kopf zurück fallen. Jedesmal wenn das Tuch an seine Wunden kam, zuckte er zusammen. Er war nicht zusammengeschlagen worden, er war zerschnitten worden. «Ep», sagte Jennifer leise, «Schätzchen, was ist geschehen? Du hast wieder Streit angefangen, nicht?»

Eps Wut ließ allmählich nach, und er antwortete ruhig: «Ja, ich habe einfach den Kopf verloren, aber ich konnte nicht anders, und ich habe nicht ein Glas getrunken, ich schwör's, nicht ein Glas.»

Florence warf ihm einen gemeinen Blick zu, machte aber weiter. «Molly, geh hinüber zu deiner Tante Jenna und laß dir von ihr zeigen, wie man aus Leukoplast ein Klammerpflaster macht. Mach eine Menge, er hat mundgroße Löcher.»

Leroy trippelte ins Zimmer zurück und setzte eine Schüssel mit Wasser auf die Plastiktischdecke. «He, Pop, machst du ihn fertig, den Kerl, der dich fertiggemacht hat? Machst du ihn fertig, Pop?»

«Leroy, ich wollte, du würdest diese Fragen nicht mit solcher Freude im Gesicht stellen», flehte Jennifer. Sie sah alt aus, überaus alt manchmal, und dies war wieder ein solches Mal. Die Farbe schien aus ihrem Gesicht gewichen und irgendwohin verschwunden. Um die Spitze ihrer Oberlippe zeichneten sich Linien ab, und sie verliehen ihr einen seltsamen Ausdruck. Es waren etwa noch zwei Wochen bis zur Geburt eines weiteren Babys. Sie sah aus wie eine Großmutter, die einen Wetter-Ballon verschluckt hatte, und Carrie sagte, Jennifer sei erst 33 Jahre alt.

«Worum ging's denn diesmal bei der Prügelei?» fragte sie.

«Hab mich wegen der Jungens geprügelt, mit Layton, dem Bastard.»

Bei dem Wort Bastard duckte ich mich. Wie kommt es, daß die Leute immer, wenn eine Person mies ist, sie einen Bastard nennen? Mir wurde heiß im Gesicht, und ich wagte nicht, von meinen Klammerpflastern hochzusehen, aus lauter Angst, jemand könnte meine Röte sehen.

«Der Layton da kam in den Laden rein und plusterte sich auf wie ein mickriger Hahn wegen seines Sohnes Phil. Phil hätte 'ne Zusage für West Point, behauptete er; dann sieht er mich so von unten rauf an und fragt, wie's denn so meinen Jungens ging. Na, da hab ich ihm erzählt, daß Ted und Leroy auch nach West Point gingen. Schließlich bin ich ein alter Kriegsveteran, hab das Verwundetenabzeichen, und da werden sie ja wohl meine Jungens nicht ablehnen, wenn sie bereit sind. Sie können doch nicht Söhne von Männern abweisen, die im Krieg zusammengeschossen worden sind. Da brüllt Layton vor Lachen und sagt, der Sohn von so 'nem Dummkopf zu sein, der sich im Krieg hat zusammenschießen lassen, heißt noch lange nicht, daß sie zu so 'nem feinen Ort wie West Point gehen können. Er sagt, jeder auf dem Hügel wisse, daß meine Jungens so blöd seien, daß sie ihren Hintern nicht vom Ellbogen unterscheiden könnten. Na ja, Jenna, und da hab ich halt zuviel gekriegt. Ich sagte ihm, sein Sohn Phil gehörte schon gar nicht in die Armee, dieser warme Bruder, der sich zum Pissen hinsetzt ... Daraufhin sind wir aufeinander los, und ich hab ihn zusammengeschlagen. Dann geht er mit dem Messer auf mich los und, na ja, mehr zu erzählen gibt's nicht.»

«Da gibt's noch eine Menge mehr zu erzählen», warf Florence ein.

«Die Bullen werden hierher kommen und dich kassieren, wenn du weiterhin wie anderes Gesocks in solche Prügeleien verwickelt wirst. Wie hast du denn Layton zurückgelassen? Du hast ihn doch nicht umgebracht, hoffe ich.»

«Nöh, ich hab ihn nicht umgebracht, wenn ich ihm auch gern so lange den Hals umgedreht hätte, bis seine Zunge zum Boden runtergehangen hätte. Carl kam auf dem Nachhauseweg am Laden vorbei und brachte uns auseinander. Er ist noch da und macht so was wie Frieden mit Layton. Du weißt ja, Carl ist so gutmütig, daß er jeden wieder friedlich stimmen kann. Er hat mich nach Hause geschickt, weil ich dabei keine Hilfe war.»

Jennifer stand auf, um nach den Brechbohnen zu sehen, die auf dem Ofen kochten. Ep blickte auf den Boden und besah seine schmutzigen Schuhe. «Herzchen», rief er, «unsere Jungens sind nicht dumm. Sie werden sich schon machen, wart's nur ab. Wenn ich sehe, daß sie sich gut machen, wird mir das sowieso besser tun, als auf Layton herumzuhämmern.»

Jennifer wandte sich von dem sprudelnden Wasser ab und ging ins Zimmer zurück, um ihm einen Kuß zu geben. «Klar werden sie's schaffen, aber ich glaube nicht, daß die Prügelei ein Vorbild für sie ist.» Ein dümmliches Grinsen zog sich über Eps Gesicht, und er legte seine Hand auf ihren geblähten Bauch und küßte ihre Hand.

Carl trat durch die Tür und machte eine große Show daraus, seine graue Arbeitsmütze auf die Mantelablage zu werfen. Er schaffte es, und wir applaudierten alle. Unter dem Arm trug er ein großes Stück Fleisch, das in fettiges Metzgerpapier gewickelt war. Sein Goldzahn vorne glitzerte, als er lächelte.

«Lammeintopf heute abend, Leute. Es ist heute übriggeblieben, und so habe ich es mitgebracht. Holt mal die Karotten und Sellerie heraus, es wird einen schönen Lammeintopf geben.» Carrie schlich sich zu Carl rüber und flüsterte ihm etwas ins Ohr. Er tätschelte ihr die Schulter und sagte ihr, es sei alles in Ordnung. Ich rannte zu ihm hinüber und sprang hoch, um ihm meine Arme um den Hals zu legen: «Los, Daddy, schwing mich im Kreis herum, bis ich schwindlig werd.»

«Na gut. Pilot an Copilot: Auf geht's!» Carl arbeitete hart, und sein robuster, muskulöser Körper zeigte schon Spuren frühzeitigen Alterns, anders als bei Jennifer, aber irgendwie war er gebeugt.

Nachdem er mich herumgewirbelt hatte, ging er zu Ep hinüber und fragte ihn, wie es ihm gehe. Ep sah zu Carl auf, wie Jungen zu ihren Vätern aufsehen, obgleich Carl nur zehn Jahre älter war als Ep.

«Abendessen kommt gleich, Leute. Macht mal den Tisch frei und schafft die blutigen Tücher weg», verkündete Carrie etwas später. Dampfend wurde der Eintopf auf den Tisch gebracht, und Leroy und ich kämpften um einen Platz neben Carl. Jennifer und Ep sahen einander beständig über den Tisch hinweg an, und Florence quasselte mehr denn je, aber diesmal war keinerlei Schärfe in ihrer Stimme. Sie wollte die Dinge glätten. Leroy vergaß, Fleisch von meinem Teller zu stehlen, und Carrie lachte über alles, was Carl sagte. Carl redete mehr, als er je geredet hatte, solange ich mich erinnern konnte. Er erzählte Geschichten über Sure Mike, den stämmigen Kerl, für den er im Metzgerladen arbeitete, und er witzelte über den Präsidenten der Vereinigten Staaten. Die Erwachsenen lachten über diese Witze mehr als über alles andere, aber ich verstand sie nicht. In der Schule erzählte man uns, daß der Präsident der beste Mann im ganzen Land war, aber ich wußte, daß mein Vater der beste Mann im ganzen Land war; das Land wußte das nur nicht, das war alles. So nahm ich an, es hatte schon seine Ordnung, wenn Carl sich über den Präsidenten lustig machte. Außerdem, wie sollte ich wissen, daß es den Präsidenten wirklich gab? Ich sah ihn nie, nur Bilder in der Zeitung, und die konnte man ja erfinden. Woher weiß man, ob es jemanden wirklich gibt, wenn man ihn nie sieht?

Jennifer nahm weiterhin ab, statt zuzunehmen, wie es eigentlich sein sollte, wenn man ein Baby erwartet, aber der Geburtstermin stand so unmittelbar bevor, daß niemand weiter darauf achtete – bis auf Carrie. Als es dann so weit war, daß Jennifer ins George Street Hospital fuhr, schien alles seinen normalen Gang zu gehen. Das Baby kam auf die Welt und wurde nach Dad Carl getauft, doch es lebte nur zwei Tage. Jennifer kam nicht mehr nach Hause. Die Erwachsenen schenkten uns weniger Aufmerksamkeit als gewöhnlich. Als ich vom Schuppen hereinkam, hielt ich auf der Veranda inne, da ich Florence, Carrie und Ep miteinander reden hörte. Es war eine heiße, stickige Nacht. Leroy war auf der Veranda und spuckte Wassermelonenkerne in die Gegend. Wir setzten uns beide hin und lauschten. Eps Stimme klang wie in einer krausen Radionummer. Er hörte sich schlimmer an als damals, nachdem er mit dem Messer traktiert worden war.

«Carrie, sie hat mir nie was von Schmerzen gesagt. Sie hat mir überhaupt nie was gesagt. Wenn sie mich hätte wissen lassen, wie sie sich fühlte, wäre ich mit ihr zum Arzt gegangen.» Florence antwortete ihm mit ruhiger, ja fast strenger Stimme: «Meine Tochter Jennifer gehörte nie zu denjenigen, die zuerst an sich selbst denken. Sie dachte, daß Ärzte zu teuer wären und daß alles, was mit ihr los war, irgendwie mit dem Baby zu tun hätte und daß ja alles bald vorbei wäre. Mach dir keine Vorwürfe, Ep. Sie hat das getan, was sie für richtig hielt, und Gott weiß, daß wir, obwohl wir alle arbeiten, kaum genug zusammenkriegen, um uns auf den Beinen zu halten. Das ist ihr alles durch den Kopf gegangen.»

«Ich bin ihr Mann, sie hätte mir das sagen sollen. Es ist meine Pflicht, es zu wissen.»

Da fiel Carrie ein: «Frauen haben oft Beschwerden, die sie vor ihren Männern geheimhalten. Das traf auf Jennifer noch mehr zu. Sie hat mir gegenüber erwähnt, daß sie Schmerzen hatte, aber wie sollte irgend jemand von uns wissen, daß sie durch und durch von Krebs zerfressen war. Sie wußte es ja auch nicht. So was weiß man eben nicht.»

«Sie wird sterben. Ich weiß, daß sie sterben wird. Wenn es so überall sitzt, kann man nicht leben.»

«Nein, da ist nichts mehr zu machen. Diese Dinge liegen in Gottes Hand.» Florence zeigte sich resolut. Schicksal war Schicksal. Wenn Gott Jennifer wollte, dann würde er sie kriegen. Carrie war der gleichen Meinung: «‹Gott gibt und Gott nimmt!› Solche Dinge wie Geburt und Tod sind nicht unsere Sache. Wir müssen nur weitermachen.»

Leroy sah mich an und packte mich am Arm. «Molly, Molly, was heißt das, daß Mom Krebs hat? Worüber reden die? Sag mir, worüber die reden.»

«Ich weiß nicht, Leroy, sie sagen, daß Tante Jenna sterben wird.» Meine Kehle schmerzte, ich spürte dort einen brennenden Klumpen, und ich hielt Leroys Hand und flüsterte: «Laß sie nicht wissen, daß wir zugehört haben. Wir können nichts anderes tun, als ihnen aus dem

Weg gehen und warten, was geschieht. Vielleicht ist alles nur ein Irrtum, und sie wird bald nach Hause kommen. Die Leute irren sich schon mal.» Leroy fing an zu weinen, und ich zog ihn hinaus zu den Saubohnen, damit ihn außer uns niemand hören würde. Leroy schluchzte: «Ich will nicht, daß meine Mom stirbt.» Er weinte so, daß er vor Elend einschlief. Nicht einmal die Moskitos störten ihn. Nach einer Weile rief uns Carrie, wir sollten reinkommen; und so half ich ihm auf und trug fast den dicken Klumpen Leroy zum Haus zurück und in sein kleines Eisenbett. Leroy schlief mit Ted im selben Zimmer, und ich schlief bei Carrie und Carl in meinem eigenen Bett. Ich wäre lieber bei Leroy gewesen, aber die Leute sagten, es sei nicht richtig, doch das konnte ich überhaupt nicht verstehen, besonders heute abend nicht. «Mom, laß mich bei Leroy bleiben, nur die eine Nacht, Mom, bitte.»

«Nein, du schläfst nicht da bei den Jungens und Ted, der schon so groß ist, daß er in den Stimmbruch kommt. Du gehst dahin, wo du hingehörst. Wenn du älter wirst, wirst du es verstehen.» Sie zog mich weg, und ich warf einen letzten Blick auf den armen Leroy mit seinen roten, verquollenen und glasigen Augen. Er war zu müde, um zu protestieren, und sank wie betäubt wieder in Schlaf.

Er muß Ted etwas gesagt haben, denn am nächsten Tag war Ted noch mehr in sich zurückgezogen und seine Augen waren auch gerötet.

Innerhalb einer Woche war Jenna nicht mehr da. Die ganzen Einwohner von Hollow strömten zum Begräbnis, und all die Blumen beeindruckten die Leute sehr. Ep hatte sich mit dem Sarg ruiniert. Er hatte den besten genommen, den es gab, und keiner hatte ihm das ausreden können. Wenn seine Frau wirklich tot sein sollte, dann sollte sie auf die beste Art tot sein, sagte er. Florence kümmerte sich um alles. Leroy, Ted und ich wurden während der Vorbereitungen verbannt, und das war uns nur recht. Jeder zog sich fein an, um die Tote zu ehren. Leroy trug eine Fliege, Ted trug einen Schnürsenkelschlips, und Daddy und Ep trugen lange Krawatten und Mäntel, die nicht zu den Hosen paßten, aber immerhin Mäntel. Carrie steckte mich in ein schreckliches Kleid mit kratzigen Pettycoats und in Lackiederschuhe. Wenigstens konnte Jennifer nicht mehr durch kratzige Kleider gequält werden. Ich fand, ich war schlimmer dran als der Leichnam. Der Gottesdienst wollte und wollte nicht aufhören, und den Priester riß es selbst mit fort, während er über dem Sarg von den himmlischen Freuden sprach. Als sie den glänzenden Kasten in den Boden hinabließen, hauchte Florence «Mein Kind» und fiel in Ohnmacht. Carl packte sie und hielt sie aufrecht. Ep faßte Ted und Leroy bei der Hand, und er bewegte keinen Muskel. Er starrte direkt in das Loch und sagte kein einziges Wort. Leroy gab sich alle Mühe, nicht wieder loszuheulen, und ich starrte auf den Bürzel hinten von seinem angeklatschten Haar, damit ich nicht selber zu heulen anfing und wie ein richtiger Schmachtlappen wirkte. Das Kleid machte es nur schlimmer, außerdem ist es sowieso leichter, in einem Kleid zu weinen.

Als der Sarg unten war, gingen wir alle nach Hause. Nachbarn und Verwandte von so weit her wie Harrisburg waren gekommen und hatten etwas zu essen mitgebracht. Ich weiß nicht warum, denn niemand war nach Essen zumute. Ep empfing die Leute mit einer schmerzlichen Würde, und Florence genoß fast die Aufmerksamkeit, die man ihr als Mutter der Verstorbenen zukommen ließ, doch dies war mit Trauer gemischt. Vieles von dem, was Florence tat, war so gemischt.

Als es dunkel wurde, begannen die Leute zu gehen, und schließlich waren wir uns selbst überlassen. Carrie deckte den Tisch, um uns Kinder dazu zu bringen, etwas zu essen. Carl ließ das Früchtebrot herumgehen und legte mir eine Scheibe auf den Teller. «Die kandierten Kirschen sind in kleine rote Stückchen geschnitten. Beiß mal ab, es ist wirklich gut.»

«Ich mag nichts essen, Daddy, ich hab keinen Hunger.» Ich schob das Essen auf meinem Teller herum, damit es so aussah, als wenn ich davon genommen hätte. Nach einer angemessenen Zeit wurde der Tisch abgeräumt, und wir gingen zu Bett.

Bevor ich mich meinem Zimmer zuwandte, ging ich in Leroys und Teds Zimmer. Zwischen ihren beiden Betten hing ein besticktes buntes Stück Satin vom Sarg an der Wand. «Mutter», stand darauf, mit roten Rosen bestickt. Leroy lag unter der Decke, nur seine riesigen Augen lugten heraus. Ted saß im Bett.

«Hallo, Jungs, hallo, ich wollte euch gute Nacht sagen. Euer Stoff da oben macht sich hübsch. Vielleicht könnten wir morgen zum Teich runtergehen oder so was. Vielleicht könnten wir drei etwas zusammen machen.»

Ted sah mich an wie ein alter Mann. «Klar. Die haben gesagt, ich brauche morgen nicht zur Esso-Tankstelle zu kommen. Ich geh mit dir zum Teich.»

Leroy sagte gar nichts und fing wieder an zu weinen. «Ich will meine Mutter. Die haben gesagt, Gott hat sie zu sich gerufen. Das ist alles ein Haufen Scheiße. So etwas Böses tut Gott nicht, und wenn er es doch tut, mag ich ihn nicht. Wenn er wirklich so gut ist, soll er mir meine Mutter zurückbringen.» So jammerte er fort, und Carrie eilte ins Zimmer. Sie setzte sich an sein Bett und hielt ihn im Arm, um ihn zu beruhigen. Sie erzählte ihm diesen ganzen Quatsch von Gott, und daß wir seine Pläne nicht kennen, weil wir nur Menschen sind und Menschen im Vergleich zu Gott dem Allmächtigen Schwachsinnige sind. Leroy hörte auf zu weinen. Carrie stand auf und wies mich an: «Komm ins Bett und laß die Jungens allein.»

Leroy warf mir einen Blick zu, aber ich konnte nur hilflos meine Hände heben, da sie unerbittlich dagegen war, daß ich dort blieb. Ted sackte auf seinem Bett in sich zusammen, schloß die Augen und sah hundert Jahre alt aus. Carrie drehte die nackte Glühbirne aus, und dann war kein Geräusch mehr zu hören.

Ich blieb nicht allzu lange in meinem Bett. Ich konnte nicht schlafen bei dem Gedanken an Tante Jenna, wie sie da unter der Erde lag. Was würde geschehen, wenn sie die Augen öffnete und nur Schwärze sähe und den Satin vom Sarg fühlte? Das würde ihr genügend Furcht einjagen, um sie noch einmal zu töten. Woher weiß man, daß tote Menschen nicht ihre Augen öffnen und sehen können? Über das Totsein weiß man überhaupt nichts. Vielleicht hätte man sie zusammen mit anderen toten Menschen in einen Sessel setzen sollen. Aber ich hatte mal eine ganz tote Kuh gesehen, und dabei kamen mir noch schlimmere Gedanken. Würde Tante Jenna so anschwellen wie diese Kuh und schwarz werden und stinken und von Maden durchsetzt sein? Ich konnte nicht darüber nachdenken, es riß direkt meinen Magen aus den Angeln. Das sind ja Tiere, so was passiert doch nicht bei Menschen, oder? Oder wird das eines Tages auch bei mir passieren? Nein, nicht bei mir. Ich werde nicht sterben, ganz egal, was die alle sagen, ich werde nicht sterben. Ich werde nicht bei ewiger Dunkelheit auf dem Rücken unter der Erde liegen. Ich nicht. Ich werde meine Augen nicht schließen. Wenn ich meine Augen schließe, kann ich sie vielleicht nicht mehr öffnen. Carrie schlief, und so krabbelte ich aus dem Bett heraus und kroch den Flur hinunter, den eine abblätternde grüne Tapete mit weißen Gardenien verkleidete. Ich hatte vor, mich auf die Veranda zu stehlen und die Sterne zu beobachten, aber es ging nicht, da Ep und Carl im Wohnzimmer waren und Carl Ep im Arm hielt. Er hatte beide Arme um ihn gelegt, und hin und wieder strich er Ep übers Haar oder legte seine Wange an seinen Kopf. Ep weinte genau wie Leroy. Ich konnte nicht verstehen, was sie einander sagten. Ein paarmal konnte ich hören, wie Carl auf Ep einredete, er müsse durchhalten, das sei alles, was jeder tun könne, durchhalten. Ich hatte Angst, sie würden aufstehen und mich sehen, deshalb lief ich in mein Zimmer zurück. Ich hatte noch nie Männer sich in den Armen liegen sehen. Ich dachte, das einzige, was sie dürften, sei, sich die Hand geben oder sich prügeln. Aber wenn Carl Ep umfaßt hielt, war es vielleicht doch nicht gegen die Regeln. Da ich mir nicht sicher war, zog ich es vor, es für mich zu behalten und niemandem zu erzählen. Ich war froh, daß sie einander anrühren konnten. Vielleicht taten das alle Männer, wenn die anderen im Bett waren, damit keiner wußte, daß die Härte nur Show war. Oder vielleicht taten sie es nur, wenn jemand gestorben war. Ich wußte es wirklich nicht, und das störte mich.

Am nächsten Morgen war der Himmel schwarz von Gewitterwolken, und wir mußten den ganzen Tag im Haus verbringen. Es regnete in Strömen, und das Loch beim Küchentisch riß wieder auseinander, und so ging Ted mit Schindeln nach draußen, um es zu flicken. Nach dem Sturm blieb der Himmel dunkel, aber am Horizont zeigte sich ein strahlender Regenbogen. Wir alle starrten lange Zeit schweigend darauf und gingen dann wieder nach drinnen. Ep blieb auf der Veranda, um den Regenbogen zu betrachten. Leroy wettete mit mir, daß ich am Ende des Regenbogens keinen Topf voller Gold fände, und ich sagte ihm, das sei eine dumme Wette, weil der Regenbogen schön genug war.

4

Cheryl Spiegelglass wohnte auf der anderen Seite des Gehölzes. Ihr Daddy war Gebrauchtwarenhändler, und sie hatten mehr Geld als wir übrigen in Hollow. Cheryl trug ein Kleid, selbst wenn sie es nicht mußte. Ich haßte sie deswegen, außerdem kroch sie ständig den Erwachsenen in den Hintern. Carrie mochte sie sehr und meinte, sie sehe genauso aus wie Shirley Temple, und warum ich nicht so aussähe, statt mich dauernd in zerrissenen Hosen und schmutzigen T-Shirts in den Feldern herumzutreiben. Seit der ersten Klasse waren Cheryl und ich irgendwie Freundinnen, und so spielten wir manchmal miteinander. Jedesmal wenn ich zu den Spiegelglassens ging, wand sich Carrie vor Freude wie ein Hund mit einem neuen Knochen, zum Teil weil sie dachte, ich stiege in die feine Gesellschaft auf und zum Teil, weil sie hoffte, Cheryl würde einen guten Einfluß auf mich ausüben. Leroy trottete meistens mit. Weder Leroy noch ich konnten es ertragen, wenn Cheryl ihre Puppen spazierenführte; wenn sie also ihre Puppentage hatte, hielten wir uns fern.

Einmal beschloß Cheryl, Krankenschwester zu spielen, und wir legten uns Servietten auf den Kopf. Leroy war der Patient, und wir malten ihn mit Jod an, damit er verletzt aussah. Eine Krankenschwester – nein, ich wollte keine Krankenschwester sein. Wenn ich schon etwas sein sollte, dann würde ich der Arzt sein und Befehle erteilen. Ich riß mir die Serviette runter und sagte Cheryl, ich sei der neue Arzt in der Stadt.

Ihr Gesicht verzerrte sich: «Du kannst kein Arzt sein. Nur Jungens können Ärzte werden. Leroy muß der Arzt sein.»

«Du hast sie ja nicht mehr alle, Spiegelglass, Leroy ist dümmer als ich. Ich muß unbedingt der Arzt sein, da ich die Gescheitere bin, und ob man ein Mädchen ist, spielt dabei keine Rolle.»

«Wart's mal ab. Du meinst, du konntest das machen, was Jungens machen, aber du wirst eine Krankenschwester sein, und damit basta. Gehirn ist nicht wichtig, Gehirn zählt nicht. Was zählt ist, ob du ein Mädchen oder ob du ein Junge bist.»

Ich holte aus und klatschte ihr eine. Shirley Temple Spiegelglass sollte mir nicht erzählen, ich könnte kein Arzt werden, auch niemand anders. Natürlich wollte ich gar kein Arzt werden. Ich wollte Präsident werden, nur behielt ich das als Geheimnis für mich. Aber wenn ich Arzt werden wollte, würde ich auch einer werden, und niemand würde mich davon abbringen. So kam ich natürlich in Schwierigkeiten. Cheryl lief schniefend rein zu ihrer Mutter und zeigte ihr die geplatzte Lippe, für die ich gerade gesorgt hatte. Ethel Spiegelglass, die Mutter-Glucke, kam aus dem Haus mit den richtigen Aluminiummarkisen geradezu herausgeflogen, packte mich am T-Shirt und sagte mir ihre Meinung, die wenig schmeichelhaft für mich war. Sie sagte mir, ich dürfte Cheryl eine Woche lang nicht sehen. Ich hatte nichts dagegen. Ich wollte niemanden sehen, der mir sagte, ich könnte kein Arzt werden. Leroy und ich machten uns auf den Weg nach Hause.

«Willst du wirklich Arzt werden, Molly?»

«Nein, bestimmt nicht. Ich werd was viel Besseres als Arzt. Als Arzt mußt du dir Grind und Blut begucken, außerdem kennen nur die Leute an einem Ort deinen Namen. Ich muß jemand werden, dessen Namen man überall kennt. Ich werde was Großes.»

«Groß was?»

«Das ist ein Geheimnis.»

«Och, sag's mir, du kannst es mir doch sagen, ich bin dein bester Freund.»

«Nein, aber ich sag's dir, wenn du alt genug zum Wählen bist.»

«Wann ist das?»

«Wenn du einundzwanzig bist.»

«Das sind noch zehn Jahre. Da kann ich ja schon tot sein. Ich werde ein alter Mann sein. Sag's mir jetzt.»

«Nein, vergiß es. Jedenfalls werde ich, was auch immer ich sein werde, dafür sorgen, daß du was von dem Kuchen abkriegst, also laß es mich auf meine Weise machen.»

Leroy gab sich damit zufrieden, doch er grollte mir.

Wir kamen nach Hause, und Carrie sprang wie wild herum. Irgendwie war die Nachricht von meiner Schandtat an Cheryls Lippe inzwischen zu ihr gedrungen. «Du großmäulige Göre, du. Du kannst nicht mal lieb spielen, was? Kannst dich nicht mal wie eine junge Dame benehmen, wie? Ne, bestimmt nicht! Du bist eine Barbarin, das bist du. Wie konntest du nur so etwas tun. Du gehst da hinauf und schlägst das süße Kind. Wie soll ich mich überhaupt hier noch sehen lassen? Und so was machst du so schnell nach Jennas Hinscheiden. Du hast kein Gefühl für Achtung. Gott weiß, ich hab versucht, dich richtig zu erziehen. Du bist nicht mein Kind. Du bist ein wildes, irgendein wildes Tier. Dein Vater muß ein Affe oder so was gewesen sein.»

Leroy stand der Mund offen. Er wußte das von mir noch nicht. Zum Teufel, ich hätte Carrie umbringen können, weil sie ausgerechnet jetzt ihren Mund so weit aufreißen mußte. Warum mußte sie mich vor dem dicken Leroy bloßstellen. Sie war diejenige ohne Achtung.

Sie redete weiter und beschimpfte mich wegen dieses oder jenes Vergehens und wegen hundert anderer Fehltritte noch. Sie wollte in diesem Sommer eine Dame aus mir machen, ein Schnellkurs. Sie wollte mich im Haus halten, um mir richtiges Benehmen, Kochen, Saubermachen und Nähen beizubringen, und das jagte mir Angst ein.

«Ich kann alle diese Dinge abends lernen, du brauchst mich deswegen nicht am Tag im Haus zu halten.»

«Du bleibst bei mir in diesem Haus, Miss Molly. Nix mehr mit dieser Herumlungerei mit der Hollow-Keilerbande. Das ist jedenfalls etwas, was bei dir nicht stimmt und was ich wieder hinbiegen kann. Dein Blut, das ist eine andere Sache.»

Leroy setzte sich ruhig an den Tisch und spielte mit dem Salmi-Muster auf dem Tischtuch. Er mochte all das genauso wenig wie ich.

«Wenn Molly drinnen bleibt, bleibe ich auch drinnen.»

Leroy, ich liebe dich.

«Du bleibst bestimmt nicht hier drinnen, Leroy Denman. Du bist ein Junge, und du gehst raus und spielst, wie Jungens das tun sollen. Für dich ist es nicht richtig, alle diese Dinge zu lernen.»

«Ist mir egal, ich gehe dahin, wo Molly hingeht. Sie ist meine beste Freundin und meine Kusine, und wir müssen zusammenhalten.»

Carrie versuchte, mit Leroy vernünftig zu reden, aber er gab nicht nach, bis sie anfing, ihm zu erzählen, was mit ihm geschehen würde, wenn er die Gewohnheiten von Frauen annähme. Nun war der alte Leroy am Zittern. Jeder würde mit dem Finger auf ihn zeigen und über ihn lachen. Niemand würde mit ihm spielen, wenn er drinnen bei mir bliebe, und bald würden sie ihn ins Krankenhaus bringen und ihm sein Ding abschneiden. Leroy streckte die Waffen.

«Okay, Tante Carrie, ich bleibe nicht im Haus.» Völlig geschlagen und schuldbewußt sah er mich an.

Leroy, du bist nicht mein Freund.

Carrie ging hinunter in den Gemüsekeller, um Einmachgläser und Gummiringe zu holen. Einmachen sollte meine erste Lehrstunde werden. Bevor sie die letzte Stufe erreichte, sprang ich zur Tür, machte sie zu und schloß sie ab. Sie merkte nichts, bis sie fertig war und wieder heraufkommen wollte. Dann rief sie: «Molly, Leroy, die Tür ist zu, laßt mich heraus.»

Leroy machte sich vor Angst fast in die Hose. «Molly, laß sie heraus, oder sie prügelt uns beide windelweich. Ep wird den Riemen holen. Laß sie heraus.»

«Geh du einen Schritt auf die Tür zu, Leroy Denman, und ich schlitze dir die Kehle auf.» Ich griff nach dem Brotmesser, um meinen Worten Nachdruck zu verleihen. Leroy stand zwischen zwei Feuern.

«Molly, laß mich aus diesem Gemüsekeller raus!»

«Ich laß dich erst aus diesem Gemüsekeller raus, wenn du mir versprichst, mich laufenzulassen. Wenn du mir versprichst, daß ich nicht in diesem Haus bleiben und nähen lernen muß.»

«Nichts verspreche ich davon.»

«Dann bleibst du in dem Gemüsekeller, bis Jesus Christus wiederkommt.» Ich ging zur Tür hinaus und schlug sie zu, so daß sie es hören konnte. Dabei zerrte ich Leroy hinter mir her. Es war niemand zu Hause. Florence war auf dem West York-Markt. Ted war bei der Esso-Tankstelle, und Carl und Ep an ihrem Arbeitsplatz. Niemand außer Leroy und mir konnte sie hören, wie sie gegen die Tür hämmerte und sich die Seele aus dem Leib schrie. Ihre Schreie waren wie Peitschenhiebe für Leroy.

«Sie stirbt da drinnen. Du mußt sie rauslassen. Sie wird in der Dunkelheit noch blind! Molly, bitte laß sie raus.»

«Sie stirbt da drinnen schon nicht, und sie wird auch nicht blind, und ich lasse sie nicht raus.»

«Was meint sie damit, daß du nicht ihr Kind bist? Daß du ein Tier bist?»

«Sie weiß nicht, was sie da redet. Sie quasselt irgendwas in die Luft. Hör nicht drauf.»

«Nun, du siehst nicht aus wie sie und auch nicht wie Carl. Du siehst wie keiner von uns aus. Vielleicht bist du wirklich nicht ihr Kind. Du bist die einzige in Hollow mit schwarzen Haaren und braunen Augen. He, vielleicht hat sie dich im Schilf aufgelesen, wie Moses.»

«Halt den Mund, Leroy.» Er war auf der richtigen Spur. Früher oder später mußte er es unweigerlich herausfinden, da Carrie nun einmal die Katze aus dem Sack gelassen hatte, so hielt ich es für besser, es ihm zu sagen. «Es stimmt, was sie sagt. Ich bin nicht ihr Kind. Ich gehöre zu niemandem. Ich habe keine richtige Mutter und keinen Vater, und ich bin nicht deine richtige Kusine. Und das hier ist nicht mein Zuhause. Aber das macht nichts. Ihr macht es etwas, wenn sie wütend auf mich wird. Sie sagt dann, ich sei ein Bastard. Aber auf unsere eigene Weise sind wir immer noch miteinander verwandt. Über gleiches Blut reden nur alte Leute, damit du dich mies fühlst. He, Leroy, das ist doch nicht wichtig, oder?»

Leroy duckte sich unter dem Gewicht der Neuigkeit.

«Wenn wir nicht richtig miteinander verwandt sind, was sind wir dann? Irgendwas müssen wir doch sein.»

«Wir sind Freunde, obwohl wir auch genausogut miteinander verwandt sein könnten, weil wir die ganze Zeit zusammen sind.»

«Was heißt das, Bastard? Was ist das für ein Unterschied zwischen dir und mir, wenn du nicht Carries und Carls Kind bist?»

«Es heißt, deine Mutter Jenna war mit Ep verheiratet, als sie dich bekam, und meine Mutter, wer immer sie ist, war nicht mit meinem Dad verheiratet, wer immer er ist. Genau das heißt es.»

«Zum Teufel, Molly, was ist das, verheiratet sein?»

«Es ist ein Stück Papier, mehr kann ich nicht daraus machen. Manche Leute brauchen nicht mal vor einem Priester zu stehen, also ist es keine Religion. Man kann zum Rathaus runtergehen und sich anmelden, so wie Onkel Ep sich beim Marine Corps gemeldet hat. Dann kriegt man ein paar feine Worte zu hören, und beide unterschreiben so ein Stück Papier, und man ist verheiratet.»

«Könnten wir heiraten?»

«Sicher, aber wir müssen alt sein, mindestens fünfzehn oder sechzehn.»

«Das sind nur noch vier Jahre, Molly. Laß uns heiraten.»

«Leroy, wir brauchen nicht zu heiraten. Wir sind die ganze Zeit zusammen. Heiraten ist dumm. Außerdem werde ich nie heiraten.»

«Jeder heiratet irgendwann mal. Es ist etwas, was man muß, wie sterben.»

«Ich nicht.»

«Ich weiß nicht, Molly, du gehst auf ein schweres Leben zu. Du sagst, du willst Ärztin werden oder irgend so was Großes. Dann sagst du, du willst nicht heiraten. Du mußt doch wenigstens *etwas* von dem tun, was alle machen. Sonst mögen die Leute dich nicht.»

«Ist mir egal, ob sie mich mögen oder nicht. Jeder ist blöd, das ist es, was ich denke. Mir ist wichtig, daß ich mich mag, das ist mir wirklich wichtig.»

«Verdammt noch mal, das ist das blödeste Zeug, was ich je gehört habe. Jeder mag sich selbst. Florence sagt auch, du mußt lernen, dich selbst nicht so sehr zu mögen und andere Leute zu mögen.»

«Seit wann hast du angefangen, auf Florence zu hören? Ich kann niemanden mögen, wenn ich mich selbst nicht mag. Schluß aus.»

«Molly, du bist nicht ganz richtig im Kopf. Jeder mag sich selbst, ich sag's dir.»

«So, wirklich, Klugscheißer? Mochtest du dich selbst, als du Carrie sagtest, du würdest hinausgehen und spielen und mich drinnen mit einem Nähkorb in der Falle sitzen lassen?»

Leroys Gesicht wurde krebsrot vor Scham. Volltreffer. Er wechselte das Thema, um sich selbst vor weiterem Nachdenken darüber zu schützen. «Wenn du mich nicht heiraten willst, dann will ich es auch nicht. Warum heiraten die Leute überhaupt?»

«Damit sie ficken können.»

«Was?» Leroys Stimme überschlug sich.

«Ficken.»

«Molly Bolt, das ist ein schmutziges Wort.»

«Schmutzig oder nicht, das tun sie eben.»

«Weißt du, was es bedeutet?»

«Nicht genau, aber es hat damit zu tun, daß man alle Kleider auszieht und eine große Fummelei beginnt. Erinnerst du dich, wie wütend Florence wurde, als die beiden Hunde ineinander verkrallt waren? So was ist das, glaub ich. Ich weiß nicht, warum jemand so was tun möchte, denn diese Hunde sahen dabei gar nicht so glücklich aus. Das ist es aber bestimmt, außerdem habe ich schmutzige Bücher gesehen, die Ted unter seiner Matratze versteckt, und die solltest du sehen, dir würde mit Sicherheit schlecht werden.»

«Schmutzige Bücher?»

«Ja, Ted liest sie die ganze Zeit, seit er in den Stimmbruch kam. Wenn du mich fragst, ich glaube, daß sein Verstand dabei gleich mit bricht.»

«Wie hast du das herausgefunden, daß er die liest?»

«Hab ihm nachspioniert. Wenn du eingeschlafen bist, dreht er wieder das Licht an, und so wußte ich, daß er irgendwas im Sinn hatte, und ich stahl mich hinaus, um zu linsen. Da las er halt. Die einzigen Bücher in diesem Haus sind aber die Bibel und unsere Schulbücher. Ich weiß, daß er davon keines liest.»

«Du bist wirklich schlau, Molly», sagte Leroy bewundernd.

«Ja, das weiß ich.»

Carries Geschrei und Gehämmere hatte inzwischen aufgehört.

«Laß uns zurückgehen und mal nachsehen, ob sie zu einem Handel bereit ist.»

Ein leises Gewimmer drang hinter der Kellertür hervor, als ich daran klopfte. «Mom, bist du bereit, jetzt herauszukommen? Bist du bereit, auf den Handel einzugehen?»

«Ich bin bereit, laß mich nur aus diesem dunklen Loch raus. Es wimmelt überall von Käfern.»

Ich schob den Riegel zurück und öffnete die Tür. Wie ein kleines Mädchen hockte Carrie vornübergebeugt mit gekreuzten Armen auf den Gemüsekellerstufen. Mit purem Haß sah sie zu mir auf und flog aus dem Keller, wie von einer Tarantel gestochen. Sie packte mich am Haar, bevor ich ausweichen konnte, und begann auf mein Gesicht und meinen Bauch einzudreschen. Als ich mich wie ein Stachelschwein überschlug, hieb sie mit beiden Fäusten zugleich auf meinen Rücken ein. Ich merkte schon, wie ein Auge zuging. Ich war so mit dem Versuch beschäftigt, von ihr wegzukommen, daß ich gar nicht hörte, wie sie mich beschimpfte. Leroy floh in totalem Schrecken aus dem Haus. Er versuchte nicht einmal, mir in irgendeiner Form beizustehen. Hätte er ihr ein paar hübsche Tritte versetzt, dann hätte ich mich vielleicht davonmachen können. Aber Leroy ging nie taktisch vor, außerdem steckte etwas von einem Feigling in ihm.

An diesem Abend wurde ich ohne Essen ins Bett geschickt. Es war mir egal, ich hätte sowieso nichts essen können. Mein Mund war überall häßlich geschwollen, und es tat weh beim Reden. Die ganze Mannschaft bekam Carries Version von meinen Sünden aufgetischt, und ich konnte zu meiner Verteidigung nicht einmal den Mund öffnen. Ich nahm an, sie meinte, sie würde mich vor all den anderen schamrot machen, aber als ich ins Schlafzimmer marschierte, starrte ich sie mit richtigem Stolz an. Die würde mich schon nicht in die Knie zwingen, wahrlich nicht. Sollen die doch alle gegen mich toben, ich werde keinen Fußbreit zurückweichen, nicht einen. Ich kroch ins Bett, aber mir tat alles so weh, daß ich nicht schlafen konnte, und zu später Stunde hörte ich, wie Carrie und Carl aneinandergerieten. Das war das erste Mal, daß ich Carl seine Stimme erheben hörte, und ich wette, daß die anderen alle ihn auch gehört haben.

«Carrie, die Kleine ist lebhaft und aufgeweckt, und sie hat was im Köpfchen, das darfst du nie vergessen. Die Göre ist schneller als wir alle zusammen. Ohne irgendwelche Hilfe von uns fing sie mit drei Jahren ganz allein zu lesen an. Du mußt sie mit etwas Respekt vor ihrem Gehirn behandeln. Sie ist ein gutes Mädchen, nur halt voller Leben und Mutwillen, das ist alles.»

«Es ist mir schnurzegal, wie gescheit sie ist, sie benimmt sich nicht normal. Es ist nicht richtig für ein Mädchen, zu allen Tageszeiten überall mit Jungens herumzulaufen. Sie klettert auf Bäume, nimmt Autos auseinander, und noch schlimmer, sie sagt ihnen, was sie machen sollen, und die hören auch noch auf sie. Sie will nichts von den Dingen lernen, die sie wissen muß, um einen Mann zu kriegen. Wie schlau sie auch ist, eine Frau kommt ohne Ehemann in dieser Welt nicht zurecht. Wie die Dinge liegen, können wir kein Mädchen aufs Gymnasium schicken. Um die Jungens müssen wir uns Gedanken machen. Sie sind diejenigen, die den Lebensunterhalt verdienen müssen. Du machst zuviel von ihrem Kopf her.»

«Molly wird aufs College gehen.»

«Große Worte.»

«Meine Tochter geht aufs College.»

«Deine Tochter, deine Tochter. Daß ich nicht lache. Das höre ich dich das erste Mal sagen. Sie ist der Bastard von Ruby Drollinger, das ist sie. Was bezweckst du mit diesem ganzen Tochter-Scheiß?»

«Sie ist meine Tochter, genauso als wenn ich ihr richtiger Vater gewesen wäre, und ich paß auf sie auf.»

«Richtiger Vater. Welches Recht hast du, über dich als richtigen Vater zu reden? Wenn du ein richtiger Vater gewesen wärst, hätte ich eine eigene Tochter, und die wäre nicht wie diese verdammte Wildkatze, zu der du so schön hältst. Sie wäre eine richtige kleine Dame wie Cheryl Spiegelglass. Deine Tochter, du machst mich krank.»

«Liebling, du bist jetzt ganz durcheinander. Du weißt nicht, was du redest. Molly ist so dein Kind, als wär's dein eigenes. Ein Kind muß Eltern haben, und du bist ihre Mutter.»

«Ich bin nicht ihre Mutter, ich bin nicht ihre Mutter!» kreischte Carrie. «Sie ist nicht aus meinem Bauch gekommen. Florence hatte Babies, die aus ihrem Bauch gekommen sind, und sie sagt immer, es ist nicht dasselbe. Sie weiß es. Sie hat mir gesagt, daß ich nie wissen würde, was es heißt, eine wirkliche Mutter zu sein. Was weißt du denn schon? Männer wissen von solchen Dingen nichts. Männer wissen überhaupt nichts.»

«Mutter, Vater, wo ist der Unterschied, Schatz? Es kommt darauf an, wie man dem Kind gegenüber empfindet, das hat nichts mit deinem Bauch zu tun. Molly ist meine Tochter, und wenn es das letzte ist, was ich tue, ich werde darauf achten, daß dieses Mädchen in dieser Welt eine Chance bekommt, die niemand von uns hatte. Du willst, daß sie ihr Leben genauso zubringt wie wir, in diesem gottverlassenen Nest hocken und nicht einmal genügend Geld für ein neues Kleid und ein Abendessen im Restaurant verdienen? Du willst, daß sie genauso lebt wie du – Teller abwaschen, kochen und nie ausgehen, außer vielleicht mal ins Kino, einmal im Monat, wenn wir es uns leisten können? In dem Kind steckt eine ganze Menge, Schatz, so laß sie! Sie wird in die großen Städte gehen, und sie wird jemand sein. Ich kann es in ihr sehen. Sie hat Träume und Ehrgeiz, und sie ist alles andere als auf den Kopf gefallen. Die haut keiner so leicht übers Ohr. Sei stolz auf sie. Du hast eine Tochter, auf die du stolz sein kannst.»

«Bei deinem Gequatsche dreht sich mir der Magen um. Sie wird jemand sein! Das kann ich gerade noch brauchen, Molly dampft ab in eine Großstadt wie Philadelphia und denkt, sie sei besser als wir alle. Ihr Gehabe ist jetzt schon anmaßend. Du machst sie noch schlimmer. Sie wird weggehen, aufs College und in eine große Stadt, und vergessen, daß es dich überhaupt gibt. Das ist ihr Dank, den du dafür kriegst. Ihr ist niemand wichtig außer sie selbst. Diese Göre! Sie ist ein wildes Tier, sie hat mich im Keller eingeschlossen. Du mußt nicht jeden Tag hier mit ihr leben und siehst sie nicht dauernd, wie ich es tue. Sie ist wild, ich sage es dir. Und wie weit wird sie mit ihrer ganzen Gescheitheit kommen bei ihrer Herkunft? Wir sind nicht die Leute, die ihr anderswo von Vorteil sind. Sie wird sich unserer schämen. Und zu allem Übermaß ist sie auch noch ein Bastard. Du hegst Hirngespinste für deine Tochter.» Sie stieß das Wort Tochter mit solcher Bitternis aus, daß es mich schaudern machte.

«Schatz, ich bin fest entschlossen. Molly wird ihre Chance kriegen, ob du willst oder nicht. Sie wird eine Ausbildung bekommen. Lern du nun damit zu leben, und schließ sie bloß nicht hier im Haus bei dir ein. Laß sie in diesem ganzen verdammten Bezirk rumrennen, und laß sie die Cheryl Spiegelglass grün und blau schlagen – die hab ich noch nie leiden können.»

«Eines will ich dir sagen, Carl Bolt. Wir haben nie miteinander gestritten, bis dieses Kind unter unser Dach kam. Und einen solchen Streit hätten wir auch nie bekommen, wenn du mir ein Baby hättest machen können. Aber du hattest ja die Syphilis, das war's. Du taugst überhaupt nicht zu irgend jemandes Vater. Wenn ich ein eigenes Kind hätte haben können, wäre alles anders geworden. Das Ganze liegt an dir, und ich werde es nie vergessen.»

«Ich bin fest entschlossen.» Seine Stimme war weich von verletzten Gefühlen.

«Das werden wir noch sehen», wich Carrie aus. Sie mußte immer das letzte Wort haben, ob jemand zuhörte oder nicht.

5

In diesem Jahr saß in der sechsten Klasse Leota B. Bisland neben mir, und Leroy saß hinter mir. Leota war das schönste Mädchen, das ich je gesehen habe. Sie war groß und schlank mit seidiger Haut und großen grünen Augen. Sie war ruhig und schüchtern, so daß ich mich die meiste Zeit in der sechsten Klasse darauf konzentrierte, Leota zum Lachen zu bringen. Miss Potter war von meinen Vorführungen in der ersten Reihe nicht gerade angetan, aber sie war eine gute alte Seele und ließ mich nur einmal draußen im Gang stehen. Das nutzte nicht viel, weil ich jedesmal wieder an die Tür kam und herumtanzte, sobald Miss Potter den Kopf abwandte. Ich machte zu Leroy hin eine obszöne Geste mit dem erhobenen Mittelfinger. Als ich gerade abschoß, blickte Miss Potter von der Tafel zu mir herüber. «Molly, da dir das Schauspielern soviel Spaß macht, werde ich dich zum Star des Weihnachtsspiels in diesem Jahr machen.» Leroy fragte, ob es sich bei dem Spiel um das «Ungeheuer aus der schwarzen Lagune» drehte. Natürlich gab es ein allgemeines Geschrei. Miss Potter sagte nein, es sei ein Spiel über Jesu Geburt und ich solle die Jungfrau Maria sein.

Cheryl Spiegelglass wurde so wütend, daß sie aufsprang und sagte: «Aber Miss Potter, die Jungfrau Maria war die Mutter von dem kleinen Herrn Jesus, und sie war die vollkommenste Frau auf der Erde. Die Jungfrau Maria muß von einem lieben Mädchen gespielt werden, und Molly ist nicht lieb. Gestern erst hat sie Audrey einen Klumpen Kaugummi ins Haar geschmiert.»

Klar, Cheryl war darauf aus, selber die Jungfrau Maria zu spielen. Miss Potter sagte, daß schauspielerisches Talent nicht davon abhänge, ob ein Mensch lieb sei oder nicht. Im übrigen würde vielleicht etwas von der Güte der Jungfrau Maria auf mich abfärben, wenn ich sie spielte.

Leota war eine Dame aus Bethlehem, machte bei dem Spiel also auch mit. Und Cheryl war Joseph. Miss Potter sagte, das werde Cheryl vor eine große Aufgabe stellen. Sie hatte auch für die Kostüme zu sorgen, wahrscheinlich, weil ihr Vater sie spendieren wollte. Jedenfalls stand ihr Name zweimal in großen Buchstaben auf dem Programm. Leroy war einer der Heiligen Drei Könige, und er trug einen langen Bart mit Klein-Lulu-Löckchen drin. Wir mußten alle jeden Tag nach der Schule noch dableiben, um unseren Text zu lernen und zu proben. Miss Potter hatte recht, ich war so damit beschäftigt, alles perfekt machen zu wollen, daß ich gar keine Zeit hatte, etwas anzustellen oder über etwas anderes nachzudenken, Leota ausgenommen. Ich begann mich zu fragen, ob Mädchen Mädchen heiraten können, weil ich mir sicher war, daß ich Leota heiraten und für immer in ihre grünen Augen sehen wollte. Aber ich wollte sie nur heiraten, wenn ich nichts mit der Hausarbeit zu tun hätte. Das stand fest. Aber falls Leota sie auch nicht machen wollte, würde ich sie wohl doch übernehmen. Für Leota würde ich alles tun.

Leroy begann sich zu ärgern, daß ich einer bloßen Dorfbewohnerin so viel Aufmerksamkeit widmete, obwohl er doch ein König war. Er vergaß es, als ich ihm mein Taschenmesser mit dem nackten Mädchen drauf gab, das ich von Earl Stambach stibitzt hatte.

Die Weihnachtsaufführung war eine ungeheure Angelegenheit. Alle Mütter kamen, und für sie war die Vorstellung so wichtig, daß sie sich sogar frei nahmen. Cheryls Vater saß gleich in der vordersten Reihe im Ehrenstuhl. Carrie und Florence tauchten auf, um mich als Jungfrau Maria und Leroy in Staatsgarderobe zu bestaunen. Leroy und ich waren so aufgeregt, daß wir es kaum aushalten konnten, und wir mußten Make-up, Rouge und Lippenstift auflegen. Sich anzumalen machte soviel Spaß, daß Leroy gestand, es gefalle ihm auch, obwohl Jungens so etwas natürlich eigentlich nicht tun sollten. Ich sagte ihm, darüber solle er sich keine Sorgen machen, weil er einen Bart hätte, und wenn man einen Bart hätte, müßte es schon in Ordnung sein, sich die Lippen anzumalen, wenn man es wollte, da ja jeder wisse, daß man ein Mann sei. Das erschien ihm einleuchtend, und wir trafen eine Abmachung, sobald wir alt genug wären, wollten wir weglaufen und berühmte Schauspieler werden. Dann könnten wir die ganze Zeit hübsche Kleider tragen, müßten nie mehr Kartoffelkäfer auflesen und könnten uns die Lippen anmalen, wann immer wir Lust dazu hätten. Wir gelobten uns, in dieser Vorführung so wunderbar zu spielen, daß unser Ruf zu den führenden Theaterleuten dringen würde.

Cheryl hörte zufällig unsere Pläne mit und spottete: «Ihr könnt tun und lassen, was ihr wollt, aber jeder wird mich ansehen, weil ich den schönsten blauen Mantel in der ganzen Aufführung habe.»

«Daß das du bist, wird überhaupt niemand wissen, weil du den Joseph spielst, und das wird sie durcheinanderbringen. Hihi», freute sich Leroy hämisch.

«Gerade deswegen werden sie mich alle bemerken, weil ich besonders begabt sein muß, um ein guter Joseph zu sein. Wer beachtet außerdem schon die Jungfrau Maria, sie tut ja nichts anderes, als neben der Krippe zu sitzen und das Jesus-Kind zu wiegen. Sie sagt nicht viel. Jede dümmliche Person kann die Jungfrau Maria spielen, alles, was man zu tun hat, ist, sich mit einem Heiligenschein umgeben. Für den Joseph braucht man ein richtiges Talent, und besonders wenn man ein Mädchen ist.»

Diese Unterhaltung konnte nicht beendet werden, weil Miss Potter hinter die Bühne gestürzt kam. «Scht, Kinder, der Vorhang geht jeden Augenblick hoch. Molly, Cheryl, nehmt eure Plätze ein.»

Als der Vorhang oben war, ging ein erwartungsvolles Raunen durch das mütterliche Publikum. Megaphon-Schnauze sagte über all das Gewisper hinweg: «Ist sie nicht lieb da oben?»

Und lieb war ich. Mit den zärtlichsten Blicken, die ich zuwege brachte, sah ich auf das Jesus-Kind, und die ganze Zeit hatte meine Gegnerin, Cheryl, die Hand auf meiner Schulter und drückte mir ihre Fingernägel ein, und in der rechten Hand hielt sie einen Stab. Eine Platte wurde aufgelegt, und *Stille Nacht, Heilige Nacht* erklang. Die Heiligen Drei Könige kamen feierlichst hereingeschritten. Leroy trug eine große goldene Schachtel und bot sie mir dar. Ich sagte: «Dank euch, o König, denn weit seid ihr gereist.» Und Cheryl, die Ratte, sagte «und weit gereist», so laut sie konnte. Das gehörte nicht zu ihrem Text. Sie begann alles zu sagen, was ihr gerade in den Sinn kam und was religiös klang. Leroy prustete in seinen Bart hinein, und ich schaukelte die Wiege so, daß die Jesus-Puppe auf den Boden fiel. So beschloß ich, Cheryl nicht nachzustehen. Ich beugte mich über die Puppe und sagte mit meiner sanftesten Stimme: «Oh, liebstes Kind, ich hoffe, du hast dir nicht weh getan. Komm und laß Mutter dich wieder ins Bett legen.» Na, Leroy war so perplex, daß es ihn fast umhaute, und auch er begann irgend etwas zu sagen, aber Cheryl schnitt ihm das Wort ab: «Mach dir keine Sorgen, Maria, Babies fallen ständig aus der Wiege.» Das war nicht genug für Nimmersatt, sie fuhr fort, daß er ein Zimmermann aus einem fernen Land war und daß er viele Meilen reisen mußte, nur damit ich mein Baby kriegen konnte. Sie quasselte immer weiter. Alle die Zeit, die sie in der Sonntagsschule verbrachte, machte sich nun bezahlt, weil sie eine Geschichte nach der andern auf Lager hatte. Ich konnte es nicht mehr ertragen, und mitten in ihrer Geschichte über die Steuereintreiber platzte ich heraus: «Joseph, halt den Mund, du weckst das Baby auf.»

Hinter den Kulissen gab es eine entsetzte Miss Potter, und die Schafhirten wußten nicht, was sie tun sollten, denn sie warteten hinten auf ihren Auftritt. Sobald ich Joseph angewiesen hatte, den Mund zu halten, stieß Miss Potter die Schafhirten auf die Bühne. «Wir sahen weit hinten einen Stern», zwitscherte Robert Prather, «und wir sind gekommen, den neugeborenen Prinzen zu ehren.» In dem Augenblick pinkelte Barry Aldridge, ein anderer Hirt, vor lauter Schreck mitten auf die Bühne. Joseph sah ihre Chance und sagte mit gebieterischer Stimme: «Du kannst nicht vor dem kleinen Herrn Jesus pinkeln, geh zurück in die Berge.» Da wurde ich wütend.

«Er kann pinkeln, wo er will, dies ist doch ein Stall, oder?» Joseph reckte sich zu ihrer ganzen Größe auf und begann mit ihrem Stab Barry von der Bühne zu schieben. Ich sprang von meinem Stuhl hoch und wand ihr den Stock aus der Hand. Sie riß ihn zurück. «Geh und setz dich hin, du sollst auf das Baby aufpassen. Was bist du nur für eine Mutter?»

«Ich setze mich nirgendwo hin, solange du nicht dein fettes Mundwerk verschließt und das hier richtig machst.»

Wir gingen aufeinander los und schubsten einander, bis ich sie aus dem Gleichgewicht brachte und sie über ihren langen Mantel stolperte. Als sie zum Fallen ansetzte, gab ich ihr noch einen Stoß, und sie flog von der Bühne hinunter ins Publikum. Miss Potter stürzte auf die Bühne, nahm meine Hand und sagte mit ruhiger Stimme: «Meine Damen und Herren, lassen Sie uns jetzt der Jahreszeit angemessene Lieder singen.» Miss Martin schlug auf dem Klavier *Kommet ihr Hirten* . . . an.

Cheryl hockte unten zwischen den Klappstühlen und heulte sich die Augen aus. Miss Potter zerrte mich von der Bühne, wo ich zu singen angefangen hatte; ich wußte, jetzt war ich dran.

«Nun, Molly, es war nicht richtig von Cheryl, dazwischen zu reden, aber du hättest sie nicht von der Bühne stoßen dürfen.» Dann ließ sie mich gehen, nicht mal einen kleinen Klaps. Leroy war genauso überrascht wie ich: «Feine Sache, daß sie nicht wütend ist, aber warte, bis Tante Carrie und Florence dich zu fassen kriegen.»

Das war nur allzu wahr. Carrie lief die Galle über vor Wut, und ich hatte für eine Woche Hausarrest, und die ganze Zeit oblag mir die Hausarbeit: Abwaschen, Bügeln, Wäsche waschen, sogar Kochen. Der Gedanke, Leota B. Bisland zu heiraten, verging mir dabei, außer sie übernahm die Hausarbeit, oder zumindest die Hälfte.

Ich mußte mir einen Weg ausdenken, wie ich herausfinden konnte, womit sie einverstanden wäre.

In dieser Woche überlegte ich, wie ich Leota beibringen konnte, daß ich sie heiraten wollte. Ich würde ihr sterbend zu Füßen sinken und sie mit dem letzten Atemzug fragen. Falls sie ja sagte, würde ich mich wie durch ein Wunder wieder erholen. Ich würde ihr auf farbigem Papier mit einer weißen Taube darauf ein paar Zeilen schicken. Ich würde auf Barry Aldridges Pferd zu ihrem Haus hinüberreiten, ihr wie im Kino ein Ständchen bringen, dann würde sie sich hinter mich aufs Pferd setzen, und wir würden wegreiten, der untergehenden Sonne zu.

Nichts davon schien mir richtig, deshalb beschloß ich, direkt auf sie zuzugehen und sie zu fragen.

Am nächsten Montag gingen Leroy, Leota und ich zusammen nach der Schule nach Hause. Ich gab Leroy einen Dime und sagte ihm, er solle schon zu Mrs. Hersheners Laden vorlaufen und Eis besorgen. Er bot keinerlei Widerstand, da er seinen Magen immer zuerst bedachte.

«Leota, hast du schon mal übers Heiraten nachgedacht?»

«Ja, ich werde heiraten und sechs Kinder haben und wie meine Mutter eine Schürze tragen, nur mein Mann wird stattlich sein.»

«Wen wirst du heiraten?»

«Weiß ich noch nicht.»

«Warum heiratest du nicht mich? Ich bin nicht stattlich, aber ich bin hübsch.»

«Mädchen können sich nicht heiraten.»

«Wer sagt das?»

«Ist eine Regel.»

«Das ist eine dämliche Regel. Jedenfalls magst du mich doch lieber als alle anderen, nicht? Ich mag dich lieber als alle anderen.»

«Ich mag dich am liebsten, aber ich glaub immer noch, daß Mädchen sich nicht heiraten können.»

«Schau mal, wenn wir uns heiraten wollen, dann können wir uns heiraten. Mir ist wurscht, was jeder sagt. Im übrigen wollen Leroy und ich davonlaufen und berühmte Schauspieler werden. Wir werden eine Menge Geld und Kleider haben, und wir können tun und lassen, was wir wollen. Niemand wagt einem was zu sagen, wenn man berühmt ist. Na, ist das nicht viel besser, als hier herumzusitzen und eine Schürze zu tragen?»

«Ja.»

«Gut. Dann wollen wir uns küssen wie im Kino, und wir sind verlobt.»

Wir schlagen die Arme umeinander und küßten uns. Mir war komisch im Magen.

«Ist dir komisch im Magen?»

«Irgendwie ja.»

«Laß es uns noch mal machen.»

Wir küßten uns wieder, und mir war im Magen noch komischer. Danach gingen Leota und ich jeden Tag zusammen nach Hause. Irgendwie hatten wir so viel begriffen, daß wir uns nicht einfach überall küssen konnten, deshalb gingen wir ins Gehölz und küßten uns, bis es Zeit zum Heimgehen war. Leroy war außer sich, weil ich nicht mehr mit ihm nach Hause ging. Eines Tages folgte er uns ins Gehölz und überfiel uns wie ein triumphierender Polizei-Sergeant.

«Küssen. Ihr zwei kommt hierher, um zu küssen. Das werde ich jedem in der ganzen Welt erzählen.»

«Jetzt aber, Leroy Denman, wozu willst du das erzählen. Vielleicht solltest du es einmal selbst versuchen, bevor du dein Maul aufreißt. Vielleicht würdest du auch gern nach der Schule hierher kommen.»

Versuchung schimmerte in Leroys Augen, er wollte

nie etwas versäumen, aber er sperrte sich. «Ich habe keine Lust, Mädchen küssen zu gehen.»

«Dann küß eben die Kühe, Leroy. Es gibt nichts anderes zu küssen. Es ist ein schönes Gefühl. Dir wird einiges entgehen.»

Er begann schwach zu werden. «Muß ich die Augen zumachen, wenn ich dich küsse?»

«Ja. Du kannst nicht küssen und die Augen offen halten, du wirst auf ewig schielen.»

«Ich will meine Augen nicht zumachen.»

«Bitte, du Dummkopf, halt deine Augen eben offen. Was geht es mich an, ob du Schielaugen kriegst. Es ist nicht meine Sache, wenn du es nicht richtig machen willst.»

«Wen soll ich zuerst küssen?»

«Wen du willst.»

«Ich küsse dich zuerst, weil ich dich besser kenne.» Leroy spitzte die Lippen und gab mir einen Kuß, wie Florence jede Nacht.

«Leroy, so ist es nicht richtig. Du hast ja deinen ganzen Mund verdreht. Preß ihn nicht so zusammen.»

Leota lachte, machte einen langen Arm, zog Leroy an sich und gab ihm einen dicken Kuß. Leroy begann ein Licht aufzugehen.

«Schau uns zu», riet Leota. Wir beendeten einen Kuß, dann gab ich Leroy einen anderen. Allmählich wurde er etwas besser, wenn er auch noch immer etwas steif war.

«Wie geht's jetzt deinem Magen?»

«Hungrig, wieso?»

«Hast du überhaupt kein so komisches Ziehen im Magen?» fragte Leota.

«Nein.»

«Vielleicht ist es bei Jungens anders», sagte sie.

Danach gingen wir zu dritt von der Schule nach Hause. Wir hatten nichts dagegen, daß Leroy immer dabei war, aber er wurde nie ein perfekter Küsser.

Es gab Zeiten, da meinte ich, Leota zu küssen war nicht genug, aber ich wußte nicht, wie der nächste Schritt aussehen würde. Vorerst gab ich mich also mit Küssen zufrieden. Ich wußte was von Ficken und Sich-Umklammern, wie die Hunde es machen, und ich wollte so nicht umklammert werden. Es war sehr verwirrend. Leota war voller Einfälle. Einmal legte sie sich auf mich, um mir einen Kuß zu geben, und ich wußte, das war ein Schritt in die richtige Richtung, bis Leroy sich noch drauf packte und meine Lungen fast eingeklemmt waren. Ich dachte, wir sollten es vielleicht noch mal versuchen, wenn Leroy nicht in der Nähe war.

Leroy machte mir klar, daß wir es niemandem erzählen sollten, daß wir uns küßten und berühmt werden wollten. In seiner Vorstellung war das auch so eine Regel, und die Erwachsenen würden uns nur davon abhalten, zur Bühne fortzulaufen. Und die Erwachsenen hielten uns drei davon ab, zusammen fortzulaufen, aber nicht weil wir uns im Gehölz küßten.

An einem bitterkalten Februarabend, als der Ofen und die Gasheizung an waren, riefen uns alle Erwachsenen in die Küche. Sie teilten uns mit, daß wir nach Florida ziehen würden, sobald die Schule zu Ende sei. Da wäre es das ganze Jahr über warm, und die Orangen könnte man direkt vom Baum pflücken. Ich glaubte das natürlich nicht. Es kann nicht das ganze Jahr über warm sein. Wieder so ein Trick, dachte ich, aber ich sagte nichts. Carrie versicherte uns, es würde uns gefallen, wir könnten im Ozean schwimmen, und es wäre viel leichter, Jobs zu finden, so daß für jeden etwas da wäre. Dann steckten sie uns alle ins Bett. Nach Florida ziehen, das war gar nicht so übel. Sie brauchten mir aber keine Lügen aufzutischen, damit ich mitkam. Ich wollte nur von Leota nicht weg, das war alles.

Am nächsten Tag erzählte ich Leota die Neuigkeit, und sie gefiel ihr genauso wenig wie mir, aber offenbar konnten wir nichts daran ändern. Wir versprachen, einander zu schreiben und weiterhin ins Gehölz zu gehen, bis zum letzten Tag.

In jenem Jahr kam der Frühling spät, und die Straßen waren matschig. Carrie und Florence waren schon durchs Haus gegangen, hatten Sachen fortgeworfen und andere eingepackt, die wir nicht jeden Tag brauchten. Bis auf ein paar Küchengeräte, die Kleider, die wir trugen, und ein paar Möbel im Wohnzimmer war im Mai alles reisefertig. Jeden Tag wurde es mir schwerer ums Herz. Die Küsserei im Gehölz machte es noch schlimmer. Sogar Leroy begann einen Stich zu spüren, und ihm lag keineswegs wie mir so viel daran, Leota zu küssen. Wenn ich schon wegziehen sollte, dann offenbar nicht, ohne mehr zu kennen als küssen. Leota war von derselben Schlußfolgerung nicht weit entfernt. Eine Woche vor Schulschluß bat sie mich, die Nacht bei ihr zu verbringen. Sie hatte ein Schlafzimmer ganz für sich allein und brauchte es nicht mit ihrer kleinen Schwester zu teilen. Ihre Mutter meinte, ich könne bleiben. Dieses eine Mal arbeiteten die Dinge zu meinen Gunsten. Daß Leroy gefragt würde, die Nacht über zu bleiben, kam gar nicht in Frage. Wenn Carrie mich nicht in Leroys Zimmer schlafen ließ, würde zweifellos niemand Leroy die Nacht bei Leota verbringen lassen. Leroy lag sowieso nicht viel daran. Für Leroy war schlafen schlafen.

Ich packte Zahnbürste, Schlafanzug und Kamm in eine Tüte und ging die Straße zu den Bislands hinunter. Man konnte ihr Haus von weitem sehen, da sie eine Antenne drauf hatten. Wir blieben auf und sahen uns die Milton Berle-Show im Fernsehen an. Er bekam die ganze Zeit Torte ins Gesicht geklatscht, und jeder fand das sehr lustig. Ich fand es gar nicht lustig. Sie hätten die Torte essen sollen, statt sich damit zu bewerfen. Wenn sie sauer waren, warum schlugen sie sich dann nicht die Augen blau? Das verstand ich nicht, aber es war ganz komisch, zuzusehen. Es war mir egal, wenn Milton Berle nichts anderes einfallen wollte.

Nach der Show gingen wir zu Bett und zogen die Decken über uns. Leotas Mutter schloß die Tür und knipste das Licht aus, weil sie immer noch fernsahen. Das war uns nur recht. Sobald die Tür zu war, begannen wir uns zu küssen. Wir müssen uns stundenlang geküßt haben, aber ich hätte es nicht genau sagen können, da ich nichts anderes als küssen im Sinn hatte. Wir hörten, wie die Eltern das Fernsehen abstellten und selbst zu Bett gingen. Dann beschloß Leota, wir sollten einmal versuchen, uns aufeinander zu legen. Wir machten das, aber in meinem Magen fühlte ich ein schreckliches Ziehen.

«Molly, laß uns den Schlafanzug ausziehen und es machen.»

«Gut, aber wir müssen daran denken, ihn vor Tagesanbruch wieder anzuziehen.» Ohne Schlafanzug war es viel besser. Ich konnte überall an meinem Körper ihre kühle Haut spüren. Das war wirklich viel besser. Leota begann mich mit geöffnetem Mund zu küssen. Nun sackte mein Magen ganz ab, fast wie auf den Boden . . . Wunderbar, man würde mich bei den Bislands mit aus dem Mund heraushängendem Magen tot auf dem Boden liegend vorfinden.

«Leota, dabei tut mein Magen viel weher, aber irgendwie ist es auch ein schönes Gefühl.»

«Bei mir auch.»

Wir machten weiter. Wenn wir an Magenbeschwerden sterben sollten, waren wir entschlossen, zusammen zu sterben. Sie begann mich überall zu berühren, und ich wußte, nun würde ich wirklich sterben. Leota war kühn. Sie hatte keine Angst, alles zu berühren, und woher sie ihre Kenntnisse hatte, war ein Geheimnis, aber sie wußte, wohinter sie her war. Und ich fand es bald heraus.

Am nächsten Morgen gingen wir wie jedes normale Mädchen aus der sechsten Klasse zur Schule. Ich schlief zwischendurch immer wieder ein. Leroy knuffte mich und kicherte. Leota sah mich mit träumerischen Augen an, so daß mir wieder alles weh tat. Wir konnten nicht nach Florida ziehen, wir konnten einfach nicht.

Aber wir taten es. An dem Tag, als wir den alten Anhänger und den Packard von 1940 vollpackten, kam Leota herüber. Sie und ich hingen so herum, während Carrie die letzten Sachen wegsteckte und mich dann zum Auto rief. Ich warf meine Arme um Leotas Hals, küßte sie und rannte zum Auto. Wir haben uns noch ein paarmal geschrieben, aber die Briefe wurden immer spärlicher. Vor 1968 sah ich Leota nicht wieder.

Zweiter Teil

6

Unsere schäbige Karawane hielt sich an die Küste, während wir selbst uns langsam durch das flache Land des Südens bewegten. Carl und Ep machten einen Umweg, um uns Kinder Richmond zu zeigen. Dort sahen wir einen ausgestopften Seehund, der um 1800 heruntergekommen war und um Richmond hatte herumschwimmen wollen. Es gab auch einen ausgestopften Indianer, aber der machte mich krank. Ted, Leroy und ich mochten am liebsten die Bürgerkriegsuniformen. Die von den Konföderierten waren die hübschesten, sie hatten überall auf den Ärmelaufschlägen Goldtressen. Leroy gestand, er wollte Soldat werden, wenn er kein berühmter Schauspieler würde, damit er Goldtressen auf den Ärmeln tragen könnte. Ich meinte, das sei in Ordnung, aber dann könne er keinen Lippenstift tragen und er werde Befehle befolgen müssen.

Die Reise zog sich hin, und wir wurden fast wahnsinnig, so in dem Wagen eingepfercht. Carrie erfand ein Spiel mit Autonummernschildern, das half. Der erste, der hundert Punkte bekam, hatte gewonnen. Die Schilder des Staates, durch den man gerade durchfuhr, zählten einen Punkt. Daneben ergab jeder Staat im Süden zwei Punkte. Die nördlichen Staaten zählten fünf Punkte und die vom Mittelwesten zehn. Westliche Staaten zählten zwanzig Punkte und kalifornische Schilder dreißig. Ich wußte, kalifornische Schilder würden wir nie zu Gesicht bekommen, weil da draußen nur Filmstars lebten, und wie kämen sie dazu, in diesen öden Landstrichen herumzufahren.

Einmal hielten wir in Athen in Georgia, um zu essen und uns die Hände zu waschen. Leroy, Ted und ich sprangen aus dem Auto heraus und fegten in das winzige

Restaurant hinein, das nach jahrealtem Fett stank. Ich stürzte an der Tür vorbei, wo die Jungens hineingingen, und zur nächsten hinein. Carrie packte mich am Arm, als ich herauskam.

«Du hast wohl den Verstand verloren, Mädchen. Mach das noch mal, und ich versohl dir den Hintern, hast du verstanden? Das ist die Toilette für die Farbigen, und da gehst du mir nicht rein.»

Ich hatte keine Lust, vor den Fremden mit ihr zu streiten, aber als wir wieder im Auto saßen, fragte ich Carl, was das alles zu bedeuten hätte. Carrie wandte sich an ihn. «Siehst du? Auf mich will sie nicht hören. Bring du sie dazu.»

«Hier unten im Süden ist es alles etwas anders als oben in York. Hier mischen sich Weiße und Schwarze nicht untereinander, und man soll sich nicht mit diesen Leuten zusammentun, auch wenn du höflich bleiben mußt, falls du je mit einem zu reden hast. Deine Mutter hat versucht, dich davor zu schützen, daß du irgendwann in Schwierigkeiten kommst.»

«Daddy, so viel anders ist das gar nicht oben in York. Sie bringen halt nur kein Schild ‹Farbige› über der Toilettentür an, das ist alles.»

«Du kleine Besserwisserin, du hältst die Klappe», warnte Carrie.

«Nein, ich halte nicht den Mund. Es ist nichts anderes bis auf die Schilder. Ich sitz doch nicht hier rum und tu so, als wäre es anders, wenn es nicht ist.» Leroy zupfte mich am Ärmel, weil er einen Streit fürchtete. Ich stieß ihn weg. «Daddy, warum sollte ich den Mund halten?»

«Du hast da nicht unrecht, Kind, aber hier in der Gegend kriegen sich die Leute wegen der Schwarzen mehr in die Haare als im Norden. Sonst hast du recht. Ich kann da auch keinen Unterschied sehen.» Carrie meinte, wir seien bescheuert, und starrte mürrisch aus dem Fenster.

«Ich weiß nicht, wer meine richtige Familie ist – es könnte ja sein, daß es Farbige sind. Vielleicht stimmt es ja bei mir, wenn ich in diese Toilettenräume gehe.»

«Mein Gott!» explodierte Carrie. «Als ob mit dir nicht schon alles schwierig genug wäre! Jetzt willst du auch noch ein Nigger sein.»

Carl lachte, und sein Goldzahn blitzte in der Sonne und spiegelte sich im Fenster wider. «Man würde es schon merken, Molly. Wer weiß, was du bist, du bist ein Mischling, das ist alles.»

«Sie ist dunkler als wir alle, Onkel Carl», quiekte Leroy. «Sie hat braune Augen, von uns hat niemand braune Augen.»

«Viele Leute haben braune Augen und eine olivfarbene Haut; Italiener und Spanier sehen so aus.»

«He, Molly, vielleicht bist du ein Mestize?»

«Es ist mir gleich, was zum Teufel ich bin. Und ich halte mich nicht von Leuten fern, nur weil sie anders aussehen.»

Wutentbrannt wirbelte Carrie herum und zischte: «Wenn ich je sehe, daß du dich unter die falschen Leute mischst, dreh ich dir den Hals um, du Göre. Versuch es nur, und du wirst schon sehen, wie weit du damit kommst.»

«Kinder verstehen diese Dinge nicht, Schatz. Kein Grund, sich so aufzuregen. Deine Mutter versucht nur, dir Schwierigkeiten zu ersparen, Molly. Laß es gut sein.»

Als wir Florida erreichten, waren wir ganz aufgeregt, aber das währte nicht lange. Wir fuhren und fuhren, und es war immer noch Florida. Florence sagte, wir wollten die Ostküste zur Südspitze hinunterfahren, weil dort all die Jobs und das Geld seien. Schließlich hielten wir in Ft.

Lauderdale. Carl sagte, Miami sei voller Juden, so wolle er's in diesem Ort erst einmal probieren. Ich konnte nicht glauben, daß es eine ganze Stadt geben würde, wo die Leute mit den Händen in den Hosentaschen herumlaufen würden, aber fragen tat ich nicht.

Ft. Lauderdale war von Kanälen durchzogen und stand voller Palmen, und jedem gefiel es riesig. Innerhalb einer Woche hatte Carl im Nordosten der Stadt einen Job in einem Metzgerladen gefunden. Eine Woche danach bekam Ep einen, er mußte in Häusern Jalousien anbringen, aber die Firma wollte, daß er hinauf nach West Palm Beach zog. Er erklärte sich einverstanden, und so zogen Leroy, Ted und Ep rauf nach Loxahachee und lebten in einem Wohnwagen. Er sah wie eine fette silbrige Raupe aus, die auf vier Acres Gestrüpp hockte. Wir bekamen keinen Wohnwagen, sondern ein Haus in der Nähe der Florida East Coast Railway. Dahinter lag ein fortwährend summendes Elektrizitätswerk. Nur wenn der Zug durchkam, konnten wir das Summen nicht hören. Jeden Sonntag fuhren wir hinauf nach Loxahachee, oder Leroy, Ted und Ep kamen herunter, um uns zu besuchen. Leroy hatte ein 22er Gewehr und kam sich ungeheuer toll vor. Ted arbeitete nach der Schule wieder bei einer Tankstelle, und ich hing meist in der Gegend vom Holiday Park herum, weil es sonst nichts zu tun gab, und eine 22er durfte ich nicht haben, Carrie erlaubte es nicht.

In diesem September ging ich zur Naval Air Junior High School, einer Behelfsschule in den Marinebaracken, die vom Zweiten Weltkrieg übriggeblieben waren. Auch die Lehrer waren übriggeblieben, und ich langweilte mich zu Tode. Ich blieb erst einmal für mich, bevor ich mir Freunde suchte; ich wollte sehen, wer wer war an diesem Ort. Eine beträchtliche Anzahl reicher Bälger waren in der Schule. Man konnte sie an ihrer

Kleidung und ihrer Art zu reden erkennen. Inzwischen wußte ich genug, um zu merken, daß sie in Grammatik gut waren. Von den Landarbeiterkindern hielten sie sich fern. Ich tat mich mit niemandem zusammen. Ich wußte, ich war nicht reich, aber mit kleinen Plastik-Wäscheklammern am Kragen wie alle die armen Mädchen lief ich auch nicht herum. Die Jungens waren noch viel schlimmer als die Mädchen. Sie hatten lange, fettige Haare, und sie trugen Jeansjacken, auf die blutige Augäpfel gemalt waren. So höllisch heiß es auch war, sie trugen diese Jacken und schwarze Motorradstiefel, und dazu passend hatten sie ein schmutziges Mundwerk.

Früher, in Hollow, waren wir alle gleich gewesen. Vielleicht hatte Cheryl Spiegelglass etwas mehr, aber die Kluft erschien nicht so groß. Hier war eine deutliche Linie zwischen zwei Lagern gezogen, und ich wußte, daß ich nicht auf der Seite der Jungens mit den fettigen Haaren sein wollte, die nach mir schielten und unflätig daherredeten. Aber ich hatte kein Geld. Ich brauchte die ganze Zeit der siebten Klasse dazu, um dahinterzukommen, wie ich mich in dieser neuen Situation am besten verhielt, aber ich kam dahinter.

Erst einmal sorgte ich für gute Noten, und das zählte eine Menge. Ohne gute Noten konnte man nicht aufs College kommen. Selbst in den unteren Klassen der High School redeten die Kinder übers College. Wenn ich mit Bravour die Schule hinter mich brachte, würde ich ein Stipendium bekommen, und dann würde ich auch aufs College gehen. Ich mußte auch aufhören, so zu reden, wie wir zu Hause redeten. Ich konnte soviel in schlechter Grammatik denken, wie ich wollte, aber ich lernte schnell, nicht so zu sprechen. Dann war da das Kleiderproblem. Ich konnte mir all diese Kleider nicht leisten. Im nächsten Herbst, als Carrie mit mir wegen meiner Garderobe zum Lerner Shop ging, sagte ich ihr, ich wollte diese Zwei-Dollar-Blusen von Lerner nicht. Aber sie regte sich nicht auf, wie ich erwartet hatte. Es schien ihr sogar zu gefallen, daß ich Interesse für mein Äußeres zeigte. Es gab ihr Hoffnung, was meine Weiblichkeit anging. Sie war einverstanden, daß ich ein paar gute Sachen in einem besseren Laden kaufte. Die Kinder in der Schule haben sicher gemerkt, daß ich häufig dasselbe Zeug trug, aber es war wenigstens gutes Zeug. Ich wußte auch, daß ich meinen Weg nicht machen konnte, indem ich Parties gab. Was würden wir da alle tun, nach dem Summton des Kraftwerks tanzen? Jedenfalls war ich dem nicht gewachsen, alle diese Schnösel mit nach Hause zu bringen. Ich beschloß, die lustigste Person in der ganzen Schule zu werden. Wenn jemand einen zum Lachen bringen kann, muß man ihn einfach mögen. Ich brachte sogar meine Lehrer zum Lachen. Es funktionierte.

Zu jener Zeit etwa, am Ende der achten Klasse, begannen Leroy und ich zu verstehen, daß wir nicht zusammen weglaufen und berühmte Schauspieler werden würden. Eines Sonntags, als die Ixora in voller Blüte stand und alles strahlend rot war, fuhren wir hinauf nach Loxahachee. Leroy und ich waren unten am Kanal an der Old Powerline Road beim Fischen. Leroy war kein Pummelchen mehr. Er hatte sich wie all die Rock'n'Roll-Burschen die Haare lang wachsen lassen, so daß sie jetzt lockig auf seine Jeansjacke mit den blutigen Augäpfeln fielen.

«He, stimmt es, daß du dieses Jahr rausfliegst?»

«Ja, der Alte ist bereit, mich durchzuwalken, aber der kann mich mal. Die Schule ist blöd. Es gibt nichts, was die mir beibringen können. Ich will viel Geld machen und mir eine Bonneville Triumph kaufen wie die von Craig.»

«Ich auch, und ich werde meine knallrot anstreichen.»

«Du kannst keine haben, Mädchen können keine Motorräder haben.»

«Ach, scheiß, Leroy. Ich kauf mir einen Armeepanzer, wenn ich will, und überrolle jeden, der mir erzählen will, so was könnte ich nicht haben.»

Leroy reckte seinen pomadigen Kopf und sah mich an. «Weißt du, was ich denke? Du bist andersrum.»

«Ja und? Nur weiß ich nicht richtig, was du damit meinst.»

«Ich meine, du bist nicht normal, das meine ich. Es wäre an der Zeit, daß du dich mal um deine Haare kümmerst und alle die anderen Dinge machst, die Mädchen so gewöhnlich tun.»

«Seit wann hast du mir zu erzählen, was ich tun soll, du Fettwanst? Ich kann dich immer noch zu Mus machen.» Leroy wich ein paar Schritte zurück, weil er wußte, daß das stimmte, und er war nicht gerade auf eine Prügelei aus, besonders nicht, weil wir nahe einem Beet von Brennesseln waren.

«Wie kommt es, daß du plötzlich so daran interessiert bist, daß ich eine Dame werde?»

«Weiß ich nicht. Ich mag dich so, wie du bist, aber dann komme ich ganz durcheinander. Wenn du tust, was dir gefällt, wie draußen auf Motorrädern herumfahren, was soll ich dann tun? Ich meine, woher weiß ich, wie ich mich benehmen soll, wenn du dich genauso benimmst?»

«Was geht es, Gott verdammt, dich an, was ich tue? Du tust, was du willst, und ich tu, was ich will.»

«Vielleicht weiß ich nicht, was ich will.» Seine Stimme schwankte. «Außerdem bin ich ein Angsthase und du nicht. Du würdest wirklich auf einer knallroten Triumph herumflitzen und den Leuten einen Vogel zeigen, wenn sie dich anstarren. Ich kann es nicht haben, wenn die Leute gegen mich sind.» Leroy fing an zu weinen. Ich zog ihn an mich, und wir setzten uns ans Ufer des Kanals, der in der Mittagssonne stank.

«He, was ist los? Da muß schon mehr sein, was dich

zum Heulen bringen kann, als meine Haarprobleme und Motorradfahrerei. Sag's mir. Du weißt, daß ich nichts weitersage.»

«Ich bin völlig durcheinander. Erst einmal ist da die Bande in der Schule. Es sind ziemliche Raufbolde, und wenn ich das nicht so mitmache, peitschen sie mir den Hintern durch und verlachen mich aus der Schule raus. Ich muß rauchen und fluchen und Autos auseinandernehmen. Autos nehm ich ja gern auseinander, aber ich mach mir nichts aus Rauchen oder Fluchen, weißt du? Aber man muß es tun. Tust du es nicht, sagen sie, du bist schwul.»

«Du meinst echt schwul – pimmellutschend schwul?»

«Ja, und da ist dieser eine arme Bastard, oh, entschuldige, da ist dieser eine arme Kerl, Joel Centers. Joel ist dürr und groß, und er mag die Schule. Er schwänzt nie eine Stunde, und Englisch ist sein Lieblingsfach. Englisch. Du solltest sehen, was die mit ihm machen. Das macht niemand mit mir.»

«Wen kümmert's, was diese blöden Kerle denken? Na ja, du kannst dich ja mit ihnen herumtummeln, und sobald wir mit der Oberschule fertig sind, machen wir die Fliege zu einer großen Stadt. Dann können wir tun und lassen, was wir wollen. Und bis dahin sind's nur noch vier Jahre.»

«Könnten ebensogut hundert sein. Ich muß mich um das Jetzt sorgen, und bei den Noten, die ich kriege, komm ich in vier Jahren nicht aus der Oberschule raus. Ich bleib bestimmt noch 'n paarmal sitzen.»

«Dann warten wir, bis ich rauskomme, dann hauen wir ab. So unmöglich ist das nicht.»

«Doch ist es. Du bist anders als ich. Du schaffst gute Noten und weißt, wie man mit den verschiedensten Leuten umgeht, die nicht wie wir sind. Ich kann so was nicht.»

«Du kannst es lernen. Du bist nicht taub, stumm und blind.»

«Klar, dann halten sie mich bestimmt für 'nen Schwulen.»

«Leroy, du hackst ganz schön auf diesem schwulen Zeug herum. Erst sagst du, ich sei schwul, und jetzt hast du Schiß, daß jeder glaubt, du seist schwul. Du siehst wie ein ganz normaler Mensch aus. Wovor hast du Schiß?»

«Schwörst du, daß du es keinem erzählst? Versprichst du's mir?»

«Ja.»

«Nun, vor ein paar Wochen war ich unten bei Jacks Gulf-Tankstelle, wo Ted arbeitet, weißt du? Und da lungert dieser alte Kerl, Craig, herum. Er ist vielleicht fünfundzwanzig oder so, und er hebt Gewichte, du solltest seine Muskeln sehen. Und er hat die größte, schärfste Triumph in ganz Palm Beach. Er nimmt mich immer zu einer Fahrt mit. Er wirkt auf mich nicht schwul. Nicht mit all den Muskeln und der tiefen Stimme. Wir haben uns angefreundet, er und ich. Die Burschen in der Schule werden richtig eifersüchtig, wenn sie mich auf dem Motorrad sehen, weißt du. Bringt sie fast um. Eines Nachts gingen wir dann aus, einen heben. Ich hab mich nicht betrunken, fühlte mich nur einfach gut. Wir waren draußen in der Nähe von Belle Blade, draußen im Gestrüpp, und da legt Craig seine Hand auf meinen Schwanz. Ich hab mir vor Angst fast in die Hose gemacht, aber es war ein schönes Gefühl. Er machte mit mir diese Lutschtour, und es war toll, einfach toll. So, und jetzt habe ich Schiß, echt Schiß. Vielleicht bin ich schwul. Zum Teufel, wenn der Alte, Ted, das herausfindet, werden die mich bestimmt umbringen.»

«Hast du es noch irgend jemand anders gesagt?»

«Nein, glaubst du, ich bin verrückt? Du bist die einzige in der ganzen Welt, der ich das erzählen kann, weil ich meine, du bist vielleicht auch andersrum. Ich erinnere mich, wie wir alle auf der ollen Leota B. Bisland rumgeküßt haben.»

«Hast du Craig wiedergesehen?»

«Danach habe ich mich ein paar Tage von der Tankstelle ferngehalten. Ich konnte ihm nicht gegenübertreten. Dann kam er die Straße zum Wohnwagen runtergeschossen, nachdem ich von der Schule nach Hause gekommen war, niemand war zu Hause, so haben wir miteinander geredet, und er sagte mir, ich solle mir keine Sorgen machen. Er sagt's niemandem, weil man ihn ins Gefängnis schmeißen würde, wegen Verführung eines Minderjährigen. Dann sagt er mir, daß er mich liebt, und hat versucht, mich zu küssen. Vielleicht bin ich ja andersrum, aber ich küsse keinen Mann. Aber ich hab ihn mir wieder einen abziehen lassen. Scheiße, ich weiß, zum Teufel, nicht, was ich tun soll.»

«Mach weiter, wenn es dir Spaß macht. Verbirg es, das ist alles. Im übrigen geht es niemanden etwas an, was du tust, Leroy.»

«Ja, ja, so seh ich das eigentlich auch. Ich hab nur einfach Angst, daß jemand es herausfindet und Craig ins Gefängnis wirft oder mich zusammenschlägt. Die Kerle in der Schule gehen ständig auf Schwule los. Ich kann das nicht aushalten, daß man mich durchprügelt, bestimmt nicht.»

«Leroy, hast du je irgendwelche Mädchen gebumst?»

«Ja, ich hab eines Nachts diese blonde Nutte in dem Blue Dog Inn gebumst. Jeder hat's ihr gegeben. Ich fand es gar nicht so toll. Ich meine, es war schon okay, aber so toll war es auch nicht. Hast du herumgefickt?»

«Ne, das ist für Mädchen schwieriger. Wenn ich damit anfange, verlier ich alles, weißt du. Carrie und Florence würden mich in ein Kloster schicken, dazu würde mir die ganze Schule auf den Pelz rücken. Aber bei der ersten

Gelegenheit, die sich mir bietet, mach ich's heimlich. Weißt du, das eigentliche Problem ist, den Jungen dazu zu kriegen, daß er den Mund hält. Sie treiben's mit einem Mädchen, und dann müssen sie's der ganzen beschissenen Welt verkünden. Ich muß einen Jungen mit rausgeschnittener Zunge oder so was finden.»

«Hast du keine Angst, schwanger zu werden?»

«Ne, so blöd bin ich nicht.»

«Glaubst du, daß ich schwul bin?»

«Ich glaube, daß du Leroy Denman bist, das ist es, was ich glaube. Ich gebe keinen stinkenden Furz darauf, was du tust, du bist immer noch Leroy. Irgendwie ist es Klasse, daß Craig dich mag und daß du auf dieser riesigen Maschine herumflitzen kannst. Hört sich gut an. Und das alles hört sich besser an, als wenn du irgendeine müde Nutte pimperst, die einen Scheißdreck drauf gibt, ob du lebst oder stirbst. Ich meine, Leroy, er empfindet doch wenigstens etwas für dich. Das muß doch was zählen, oder nicht?»

«Ja, aber es gibt mir so ein komisches Gefühl drinnen. Manchmal, wenn ich im Radio Schlager höre, scheint es genau das zu sein, was ich für Craig empfinde. Das schreckt mich noch mehr, als wenn man mir einen abzieht. Was, um Himmels willen, wenn ich ihn liebe? Hast du je jemanden geliebt?»

«Ich glaube, ich habe Leota geliebt, aber das war vor langer Zeit.»

«Siehst du, ich hab dir ja gesagt, du bist andersrum.»

«Scheiß drauf. Warum mußt du alles mit einem Etikett versehen? Hör mit dem besoffenen Zeug auf, bevor ich dir die Zähne einschlage.»

«So ist es nun mal. Du wirst nicht viele Leute finden, die wie du denken, so mach dich besser darauf gefaßt, zu hören, wie sie dich nennen, wenn du mit ihnen so redest wie mit mir.»

«Das werde ich wohl selbst noch herausfinden, denn ich halte nicht den Mund.» Leroy sah nicht viel besser als zu Beginn unserer Unterhaltung aus. Er fummelte an seiner Angel herum. «Hast du noch was zu sagen?»

«Nein.»

«Warum bist du dann so gottverdammt nervös?»

Er verschob sein Gewicht und stammelte: «Du hast gesagt, du würdest es machen, wenn es niemand weitersagt. Ich mag dich mehr als jedes andere Mädchen, das ich je getroffen habe, und weißt du, ich will es mal wissen. Ich sag's niemandem, ich verspreche es, ich sag's niemandem, wenn du es mit mir machst. Komm, bitte.»

Der Gedanke daran schockierte mich nicht, es war nur, daß ich nie daran gedacht hatte, es mit dem ollen Leroy zu machen. «Aber Leroy, ich glaube nicht, daß ich, uh – romantische Gefühle für dich habe.»

«Das macht nichts. Wir sind die allerbesten Freunde, und das ist besser als das ganze Gefühlsgequatsche.»

«Wie sollen wir's machen, ohne geschnappt zu werden?»

«Wir gehen runter in die Bretterbude hinter der Baustelle. Der einzige, der da je hingeht, ist Ted, und der ist jetzt bei der Arbeit. Komm, los!»

«Okay, so schlimm kann es wohl nicht werden.» Wir schlichen um die hintere Seite des Wohnwagens herum und gingen durch das Gestrüpp von Zwergpalmen hinunter zu dem Schuppen. Eine alte Doppelmatratze, aus der die Füllung schon halb herausgequetscht war, lag auf dem Boden. Wir untersuchten sie auf Schlangen und Käfer. Dann schwang Leroy sein Ding heraus und sprang auf mich.

«Leroy, du Rindviech. Willst du dich denn nicht ausziehen?»

«Ich hab das noch nie gemacht.»

«Nun, mit Ficken ist nix, wenn du nicht jeden Lappen ablegst. Ich will doch sehen, was ich da kriege.»

«Okay, okay, ich zieh mich aus.» Er zog und zerrte an seinen Socken, trödelte mit seiner Hose und brauchte im ganzen unendlich viel Zeit. Ich hatte in zwei Sekunden mein Zeug aus.

«Molly, ich hab noch nie ein Mädchen ohne Kleider gesehen, außer auf schmutzigen Bildern. Du siehst toll aus. Ich kann all die kleinen Muskeln in deinem Bauch sehen. Dein Bauch ist besser als meiner. Schau. Du hast allerdings keine sehr großen Titten.»

«Dann kauf dir doch ein paar Gummititten und spiel mit denen.»

«Das macht doch nichts», sagte er und kam mit seinem Reißverschluß nicht weiter, «große finde ich sowieso häßlich, aber all die anderen Kerle sind verrückt danach. Kriegst du den Reißverschluß auf?»

Mit einiger Anstrengung kriegte ich ihn aus seinen Jeans. Er war entschlossen, seine Unterhose anzulassen, deshalb griff ich nach oben und zog sie ihm mit einem Ruck runter. Leroy stieß einen kleinen Schrei aus.

«Jetzt stell dich nicht so an und komm mal hier runter.»

Er kuschelte sich neben mich und lag einige Minuten ruhig da. Dann gab er mir ein paar schmatzende Küsse – er kam nie dahinter –, aber er hatte wenigstens einen Dicken. Danach krabbelt er auf mich drauf und macht sich bereit, seine Nummer abzuziehen.

«Leroy, wir sollten noch etwas warten. Ein Kuß macht nicht die ganze Show aus.»

«Ich dachte, du hättest gesagt, du hättest nie gefickt, wieso erzählst du mir dann, was ich tun soll? Ich zumindest *hab* es schon mal gemacht.» Ich sah keinen Sinn darin, ihm von Leota zu erzählen, deshalb sagte ich: «Okay, mach, wie du es willst.» Leroy schnaubte und keuchte. In all den Büchern, die ich gelesen hatte, stand, beim erstenmal würde es weh tun, aber es tat überhaupt nicht weh. Tatsächlich fühlte sich Leroy auf unbestimmte Weise wohlig da drinnen an, aber es war nicht wie bei Leota, obwohl das schon tausend Jahre her schien. Wenn ich die Augen schloß, konnte ich immer noch ihre Lippen auf den meinen spüren. Selbst jetzt überlief mich ein Schauder dabei. Leroy rollte von mir runter und triumphierte: «Das war viel besser als mit der alten Nutte.»

Ich stützte mich auf einen Ellbogen und betrachtete Leroy mit seinem Flaum auf den Backen und den kleinen, doch schon hervorstehenden Muskeln auf dem Rücken. Na, Leroy, dachte ich, vielleicht war's ja viel besser als mit dieser Nutte, aber Leota kannst du nicht das Wasser reichen. Ja, vielleicht bin ich andersrum. Aber warum regen sich die Leute immer bei etwas auf, das so gut tut? Wenn ich andersrum bin, kann das niemandem weh tun, warum sollte es also so was Schreckliches sein? Das macht keinen Sinn. Aber ich werde mein Urteil nicht von einem kleinen Fick mit dem Leroy abhängig machen. Wir müssen es noch viel öfters machen, und vielleicht muß ich zwanzig oder dreißig Männer und zwanzig oder dreißig Frauen hinter mich bringen und danach entscheiden. Ob ich wohl zwanzig Leute dazu bringe, mit mir ins Bett zu gehen? Aber so wichtig ist es sowieso nicht.

«Ich freue mich aufrichtig, daß ich besser als eine abgetakelte Hure bin.» Ich lachte und warf Leroy wieder auf die Matratze. Er dachte, ich wollte ihn verprügeln und begann mich anzuwinseln. «Halt den Mund, du Blödian, ich schlag dich schon nicht.»

Ich küßte ihn und grabschte nach seinem Ding. Sein Schock war gewaltig. «Das kannst du nicht machen.»

«Wie meinst du, kannst du nicht machen?»

«Männer und Frauen sollen die Augen schließen und ficken. Du sollst nicht nach mir grabschen.»

«Du erstaunst mich. Du läßt dich doch tatsächlich nach Regeln bumsen, die die anderen Leute machen. Ich kann alles tun, was ich will. Wenn ich Lust habe, mit dir zu spielen, dann tu ich es auch. Warum legst du dich nicht hin und hältst den Mund. Außerdem macht es Spaß.» Er begann zu protestieren, aber ich drohte ihm mit erhobenem Arm, und er lag lammfromm da.

Als wir zum Wohnwagen zurückeilten, ging die Sonne über der Ebene voller Grasbüschel, Eidechsen und Küchenschaben unter.

«Nicht, Molly, du sagst niemandem etwas, du hast es versprochen.»

«Meinem Mund entweicht nicht ein Wort. Außerdem hast du mich ja genauso in der Hand, warum machst du dir also Sorgen? Ich habe alles zu verlieren, wenn ich dich verpfeife. Also, mach dir keine Sorgen. Irgendwann machen wir's noch mal. Und wegen Craig mach dir mal auch keine Sorge, hörst du, Leroy? Tu einfach das, was dir gottverdammt gefällt.»

Leroy sah mich mit dankbarem Blick an und drückte mich an sich. Rechtzeitig zum Abendessen kamen wir zum Wohnwagen zurück. Florence mit ihrer Schürze trippelte eilfertig hin und her und stellte Essen auf den winzigen Tisch. Über die schwarzäugigen Erbsen hinweg fragte sie: «Seid ihr zwei die ganze Zeit über unten am Kanal gewesen? Habt ihr dort irgendwas gefangen?»

«Nur ein paar sonderbare Fische», sagte ich.

Leroy prustete in seinen Hühnerflügel hinein, und Florence fragte, ob wir noch Milch wollten.

7

Mit zielstrebiger Sicherheit blieb Leroy in der achten Klasse sitzen, und er mußte eine Sommer-Schule besuchen, blieb dann aber in der neunten Klasse wieder sitzen, sogar zweimal. Während dieser drei Jahre sahen wir uns immer seltener, weil ich mit so vielen Tätigkeiten außerhalb des normalen Lehrplans beschäftigt war, daß damit oft meine Sonntage dahingingen. Es war wohl ebensogut, denn Leroy wurde immer mehr so wie all die anderen Dummköpfe. Schließlich bildete er sich sogar ein, ich gehörte ihm, nur weil wir es hin und wieder miteinander trieben. Der krönende Schlag kam, als er eine metallisch glänzende Bonneville Triumph kaufte und ich sie besser fahren konnte als er. Er platzte und sagte mir, ich sei wirklich ein kesser Vater und warum ich nicht abzischte. Craig hatte Palm Beach County im Jahr zuvor verlassen, und Leroy schwor, daß dergleichen bei ihm zur Zeit nicht laufe, deshalb war er sehr selbstgerecht in seiner Heterosexualität. Und als ob das nicht schon genügte, hatte er auch noch eine Freundin in der Schule, und sie trieben's die ganze Zeit miteinander, so daß er unerträglich war. Ich sagte ihm, er sei ein Scheißkerl, außerdem sei seine Zündung im Arsch und er solle das Motorrad besser gleich zum Laden zurückbringen. Ihm fiel beinah das Gekröse herunter, und ich drehte mich auf dem Absatz um und marschierte davon.

Abgesehen davon, daß sich Leroy wie ein Schwachsinniger benahm, lief alles gut. Ich war auf einen Schlag in alle drei Militär-Clubs eingeladen worden – Juniorettes, Anchor und Sinawiks. Ich hielt mich wirklich für 'ne echte, heiße Wucht. Ich hatte mir Anchor ausgesucht, weil meine beiden besten Freundinnen darin waren, Carolyn Simpson und Connie Pen. Auch war Anchor der

Schwesternclub zum Wheel Club, und ich ging mit Clark Pfeiffer, dem Vizepräsidenten von Wheel. Damals war das sozusagen eine Höchstleistung.

Carolyn war die Schul-Streberin vom Dienst. Neunzig Prozent der Zeit machte sie mich krank, aber sie ging genauso gern ins Kino wie ich. Was uns verband war, daß wir uns jeden Film in der Stadt ansahen und ihn danach Szene für Szene auseinandernahmen. Ich kam auf die Idee, ob ich vielleicht eine große Filmregisseurin werden könnte, hatte jedoch den Gedanken, irgendwann Präsident zu werden, nicht aufgegeben. Carolyn hatte tiefblaue Augen und schwarzes Haar und war etwa 1,75 groß. Sie lachte über alles, was ich sagte, aber das tat jeder. Unter alldem war sie immer noch Schulkaplan, und so war das, was ich mit Carolyn tun konnte, begrenzt. Obendrein war sie Cheerleader, und ewig übte sie draußen hinter der Turnhalle und versuchte ihre Stimme ganz tief zu bekommen. Die Ft. Lauderdale High's Flying Leaders waren stolz darauf, daß sie baßkehlige Cheerleaders waren. Ich nehme an, sie spritzten sich Androgen, um ihre Stimmbänder zu verlängern. Ihre vereinten Stimmen konnten all die Tausende von Feinden auf der anderen Zuschauerseite fortschwemmen.

Connie Pen war eine ganz andere Geschichte. Etwas gedrungen wie eine Schmetterlingsstil-Schwimmerin, beherrschte sie aller Aufmerksamkeit durch ihren Umfang, aber sie war physisch träge; in der Riege mitschwimmen war das letzte, was sie tun würde. Sie aß einfach zu viel. Ihre Augen waren von einem klaren warmen Braun, und ihre Haare paßten dazu, aber das beste an Connie war, daß sie absolut respektlos war. Wir waren wie geschaffen füreinander, außer daß ich mich physisch angezogen fühlte von Carolyn und außer daß

Connie hyperheterosexuell veranlagt war. Sie redete die ganze Zeit darüber wie ein Wasserfall.

Wir nahmen alle drei am fortgeschrittenen Lateinunterricht teil, und im ersten Jahr widmeten wir uns der Aufgabe, die *Aeneis* zu übersetzen. Aeneas ist ein eindimensionaler Langweiler. Uns wollte nie in den Kopf, wie Vergil einen Verleger gefunden hatte, und die langweilige Hauptfigur war uns Anlaß, jene schwülen Tage in der Lateinstunde ein bißchen zu beleben. Die Lehrerin, Miss Roebuck, spornte unsere Energie noch an. Miss Roebuck stammte aus Georgia, und ihr Latein war georgianisches Latein. Es war immer mehr *alla ya chotaw est* als *alea jacta est.* Wir hatten in den höheren Klassen, die die *Aeneis* überstanden hatten, munkeln hören, daß Miss Roebuck in Tränen ausbrechen würde, wenn wir zu der Stelle kämen, wo Aeneas Dido verläßt. Connie nannte sie natürlich «Dildo». An jenem Tag also beschlossen Connie und ich, aus Latein für den Rest unserer High School-Karriere eine todsichere Sache zu machen. Wir brachten in Taschentücher eingewickelte Zwiebeln mit. Miss Roebucks Stimme begann zu zittern, als Dido aus ihrem Fenster dem scheidenden Trojaner nachblickte. Als dann Vergil Dido zu ihrem selbstmörderischen Höhepunkt brachte, öffnete Miss Roebuck die Schleusen. Die Klasse gab sich alle Mühe, nicht von ihren Textbüchern aufzublicken, so verlegen waren alle, aber Connie und ich begannen zu schniefen, und die Tränen liefen uns die Wangen hinunter. Voller Erstaunen sah Carolyn zu uns herüber, und ich zeigte ihr blitzschnell die Zwiebel. Ihr presbyterianisches Empfinden war verletzt, aber ein Lachen konnte sie nicht unterdrücken. Bald konnte die ganze Klasse sich kaum noch halten, was unsere Trauer über den Gram der Königin von Karthago nur noch erhöhte. Miss Roebuck sah uns unendlich liebevoll an und verkündete dann mit ihrer Stentorstimme: «Leute, die meisten von euch sind schamlos, schamlos gefühllos. Große Literatur und große Tragödie sind außerhalb eurer Reichweite.» Sie entließ die Klasse und bat Connie und mich zur Seite. «Ihr Mädchen seid wahre Schülerinnen der klassischen Literatur.» Mit Tränen in den Augen tätschelte sie uns den Rücken und schob uns aus dem Klassenzimmer. Danach wurden Connie und ich unzertrennlich. Wir dachten uns einen Streich nach dem andern aus, und bald begann die ganze Schule, zweitausend Schüler, jede unserer Aktionen, jedes Wort, jeden Blick zu verfolgen. Unsere Macht war überwältigend.

Unsere Spitzenleistung vollbrachten wir am späten Abend in der Schule (wir waren beide im Schülerrat und hatten Schlüssel für alles), als wir in den Riesenventilator der Haupthalle einen sehr toten Fisch reinsteckten. Einen ganzen Tag lang mußte der Unterricht ausfallen, damit die Schweinerei beseitigt werden konnte. Noch Wochen danach rochen die Klassenzimmer in der Nähe der Haupthalle leicht nach verfaultem Fisch. Jedermann stand in unserer Schuld, weil wir für schulfrei gesorgt hatten, und niemand petzte.

Wir stießen jedoch auf eine kleine Teilinformation, die unsere Macht über die Schülerschaft hinaus auf die Verwaltung erweiterte. Mir wurde klar, wie das Regieren wirklich funktioniert. Eines Samstagabends schlossen Connie, Carolyn und ich einen Pakt, daß wir nicht mit unseren Freunden ausgehen, sondern zusammen ins Kino gehen und uns danach betrinken wollten. Für Carolyn bedeutete es viel Mut, zu diesem Entschluß zu gelangen, aber schließlich half ihr ihre unschlagbare Logik, die da lautete, daß sie sich besser mit Mädchen betrinken und herausfinden würde, wie sie sich selbst handhaben konnte, als es bei einer Verabredung mit einem Jungen zu tun und Gefahr zu laufen, ihre Jungfräulichkeit zu verlieren.

Das Kino war unten beim Gateway, und wir besuchten die Neunzehn-Uhr-dreißig-Vorführung. Wir setzten uns in die erste Reihe. Es war ein nichtssagender Film, und Connie verschandelte ihn endgültig, indem sie an den geeigneten Stellen ihren eigenen Dialog einfügte, etwa als Paul Newman in der Bücherei die Frau seines Chefs traf: «Hallo, Mrs. Soundso, freut mich, Sie zu sehen. Wollen wir ficken?» Es gab eine Szene, in der die Frau von so 'nem alten Knochen in Paul Newmans Schlafzimmer zischte, um ihn zum Bumsen zu bringen. Connie konnte sich nicht einkriegen wegen Newmans Körper und ich mich nicht wegen der Dame. Connie stieß mich immer wieder an: «Was für ein Körper, was für ein Körper.»

Ich antwortete: «Ja, so lang und schmal und weich.»

«Was redest du da?»

«He?»

«Paul Newmans Körper ist nicht lang und schmal und weich, du Dummkopf.»

«Oh.»

Paul Newman legte die Dame hin, und ich konnte es kaum aushalten, bis er ihr den Slip auszog. Ich bemerkte dann, daß Carolyn Simpson der Dame im schwarzen Slip etwas ähnelte; jedenfalls waren sie beide groß. Carolyn nahm in meinen Augen eine ganz neue Bedeutung an, und ich begann dieses Warnsignal in meinem Magen zu spüren. Ich war in der Schule so eifrig gewesen, daß ich über solche Dinge gar nicht nachgedacht hatte. Gottverdammt, ich mußte in diesen lächerlichen Film gehen, und gleich gab es ein Ziehen in meiner Magengrube. Ich werde nie wieder einen schwarzen Slip sehen können. Ich war völlig in solche Gedanken vertieft, als der Film endlich ein Ende nahm und wir uns auf dem Weg zum Jade Beach befanden.

Jade Beach war ein unbewachtes Stück Strand zwischen Pompano und Lauderdale am Meer. Es war ein ziemlich bekannter Bumsplatz, und wir suchten uns einen Weg über all die Körper hinweg zu einer Stelle hinter einer Düne. Connie holte eine Flasche Wodka hervor, die sie aus der Bar ihres Vaters gestohlen hatte. Wir ließen sie in einer Abendmahlsparodie herumgehen.

Carolyn hustete: «Er brennt. Warum hast du mich nicht gewarnt?»

«Du wirst dich schon daran gewöhnen», meinte Connie.

«Komm, gib mal her. Weißt du, daß mein Vater alle zwei Tage 'ne Flasche von diesem Zeug leert? Er trinkt es, weil man es nicht riecht. Sein Magen muß schon ganz schön im Eimer sein.»

«Wie kommt es, daß dein Alter so viel trinkt, Connie?» fragte Carolyn, die Verkörperung der Unschuld.

«Offenbar weil er sich elend fühlt, Herzchen. Warum trinken die Leute sonst? Er und seine Alte streiten die ganze Zeit miteinander, und ich glaube, sie bumsen beide in der Gegend herum. Sie brauchen den Alkohol, um ihre Genitalien zu schmieren. Weißt du, haben sie erst mal das Mittelalter erreicht, sind sie vertrocknet, niedriger Horizont und Angepaßtheit, bla, bla, bla. Deshalb säuft mein alter Herr.»

«Connie, sag nicht solche Sachen über deine Eltern», rügte Carolyn.

«Wahrheit ist Wahrheit», bekräftigte Connie.

«Dito», rülpste ich heraus.

«Saufen und streiten deine Eltern, Molly?» bohrte Carolyn.

«Meine? Nein, sie sind tot und zu stur, um aus der Rolle zu fallen.»

Connie brüllte los, und Carolyn gab sich alle Mühe, nicht zu lachen.

«Das klingt wie: ‹Die Jugend will es wissen.› Du hast damit angefangen, Carolyn, also berichte mal von deinen Leuten», sagte ich.

«Mutter hat letztes Jahr wieder geheiratet, sie lieben sich also noch. Und weißt du was?»

«Was?» fragten wir beide.

«Ich höre sie in ihrem Schlafzimmer, wenn sie es machen.» Carolyns Augen glänzten von dieser saftigen Information.

«Hast du's schon mal getan, Carolyn?» fragte ich echt neugierig.

«Nein, ich geh erst mit jemandem ins Bett, wenn ich verheiratet bin.»

«Oh, Scheiße.» Connie spuckte ihren Wodka auf den Sand. «So spießig kannst du doch nicht sein.»

Carolyn war gekränkt und zugleich neugierig geworden. Sexuelle Ermutigung kannte sie noch nicht. «Also gut, ich hab so 'n bißchen herumgefummelt, aber es ist eine Sünde, bis zum letzten zu gehen, bevor man verheiratet ist.»

«Ja, und ich bin 'ne miese Schlampe», warf Connie ein.

«Carolyn, du hast ein bißchen was Viktorianisches an dir. Ich meine, so 'ne große Sache braucht es doch gar nicht zu sein, verstehst du?»

Nach diesem kleinen Rüffel sah sie mich an und feuerte zurück: «Hat denn eine von euch es schon gemacht?»

Connie und ich sahen einander an, holten tief Atem, zögerten dann. Connie begann: «Es kommt eine Zeit im Verkehr, des Menschen mit seinen Mitmenschen . . . Ja, liebe Carolyn, ich habe es gemacht.» Sie beendete ihren Satz mit einem großartigen Schnörkel der Hand, mit der sie die halbleere Flasche umklammert hielt.

«Connie, nein», hauchte Carolyn, zugleich entsetzt und erfreut.

«Connie, ja», stimmte Connie ein.

«Nur die Tatsachen, Ma'am», sagte ich herausfordernd.

«Das wirst du nie glauben. Sam Breem – da schnallst

du ab, wie? Sam Breem. Oh, und das war vielleicht ein Champion! Kann ich euch sagen! Wir sind die halbe scheußliche Nacht in der Weltgeschichte herumgefahren und haben versucht, ein Motel zu finden, wo man ficken kann, ohne verheiratet zu sein. Und ich mit meinem Pessar, das ich nie benutzt habe und für das ich zu drei Ärzten gewetzt bin, weil ich erst sechzehn bin. Unheimlich *cool*, Leute, einfach *supercool*. Da kommen wir also hinein, in dieses scharfe Motelzimmer mit korallenroten Wänden. Schon genug, um einem die ganze Nacht zu versauen. Wir kommen also hinein, und Sam bemüht sich, ganz überlegen bei dem Ganzen zu sein. Er gibt mir einen Drink, und wir quatschen ein bißchen. Quatschen. Ich war ein Nervenbündel, versteht ihr, der erste Fick und all das Drum und Dran, und er will quatschen ... und schlägt die Beine übereinander wie bei der Hathaway-Anzeige im *Esquire*. Wir trinken also unser Glas aus, Cola mit Rum, uff, und er beschließt, es sei Zeit zum Küssen. Also küssen wir uns und nach einer halben Stunde Trockengymnastik und Rollerei über das ganze Bett hinweg versucht er, mir die Kleider auszuziehen. Hört gut zu, ihr Schätzchen, laßt sie nie versuchen, euch die Kleider auszuziehen, weil sie euch nämlich die Knöpfe sprengen, die Reißverschlüsse einklemmen, und ihr dann ausseht, als kämt ihr gerade aus einem Ramschladen. Also, nach diesem Ringkampf geht's dann richtig los, und mittendrin erinnert sich Sam, der Herr, plötzlich daran, mich zu fragen, ob ich auch geschützt sei – was meint der wohl, was ich bin, ein billiges Kaufhaus mit eingebauter Warnanlage? Ich sagte also ‹Ja›, und er setzt seine Tätigkeit fort. Es war okay, aber ich kann mir nicht vorstellen, daß man über die ersten Male Schlager schreibt und die Leute deswegen Hand an sich legen. Ich meine wirklich!»

Carolyn fielen fast die Augen aus dem Kopf, ihr Mund

hing im Sand. «Oh, es soll ein schönes Erlebnis sein. Es soll das intimste Erlebnis sein, das ein Mensch haben kann. Man soll diesen herrlichen Augenblick zusammen erleben und körperlich miteinander vereint sein und . . .»

«Carolyn, halt den Mund», sagte ich.

Connie nahm einen weiteren Schluck aus der Pulle. «Trinkt aus, Kinder, einen letzten Tropfen für jede. Abgesehen davon tat es höllisch weh», schloß sie.

«Komisch, mir hat es überhaupt nicht weh getan», sagte ich. «Aber wahrscheinlich habe ich schon in der zweiten Klasse meine Jungfräulichkeit auf dem Fahrradsattel zerrissen oder irgend so etwas.»

«Du auch», stammelte Carolyn.

«Carolyn, seit der achten Klasse habe ich mit demselben müden Stück Pimmel herumgelungert.»

Connie gab mir einen Schubs, und wir rollten in den Sand und lachten wie die Hyänen, und die ganze Zeit über saß Carolyn in heiligem Entsetzen da.

«Wie froh ich bin, daß es hier noch eine andere ehrliche Nicht-Jungfrau gibt! Die einzige, die mich fertigmacht, ist Judy Trout. Die ist auf allen runtergegangen, nur mit der *Titanic* nicht, und sie läuft rum und spielt die Unschuld in weißer Spitze. Es ist zum Kotzen.» Connies Stimme verriet einen Anflug von Bitterkeit. Sie haßte Heuchelei, und Ft. Lauderdale High School 1961 war Heuchelei USA.

«Du meinst unsere Anchor-Schwester Judy Trout?»

«Carolyn, warum nimmst du nicht noch einen Schluck, vielleicht macht das deinen Kopf klarer. Du scheinst von einem ständigen Nebel umgeben zu sein», fügte ich hinzu. «Vielleicht hat die Tatsache, daß du Schulkaplan bist, dir das Hirn verwirrt.» Dieser Hieb hatte sie offenbar verletzt, und das verschaffte mir ein gewisses wildes Vergnügen. Tatsächlich brachte mich Carolyn allmählich in Wut, wie sie in ihrer Selbstgerechtigkeit und mit diesem hinreißend langen Körper dasaß.

«Die Flasche ist leer. Ich nehme nicht an, daß noch irgend jemand in dieser Wüste Alkohol hervorzaubern kann?» Connie betrachtete trauernd die Flasche.

«Auf dem Jade-Strand gibt es genügend Schnaps, um die ganze Navy wegzuschwemmen, aber wir müßten halt etwas von einem seligen Paar stibitzen, wenn sie gerade nicht hingucken.»

«Lohnt nicht, Moll, laß uns zurückgehen.»

Beim Aufstehen stolperte Carolyn. Der Wodka fällte sie wie ein Schmiedehammer. Sie legte ihren Arm um meine Schulter und kicherte, sie brauche eine Stütze. Sie war voll wie eine Strandhaubitze, und diesem Umstand schrieb ich es zu, daß ihre Hand immer wieder auf meine Brust fiel. Außerdem war ich auch nicht stocknüchtern.

«Wer von uns fährt?» fragte Connie.

«Carolyn ist bestimmt nicht imstande. Ich kann es machen. Ich bin okay, ein bißchen angeschlagen, aber okay.»

«Gut», seufzte Connie, «denn ich will aus dem Fenster gucken und von Paul Newmans Schultern und Augen träumen. Geht er dir nicht auch unter die Haut? Zu schade, daß nicht er es war, an Stelle von Sam Breem.»

Ich hatte nicht vor, irgendwelche Informationen von mir zu geben, wer mir unter die Haut ging und wer nicht. «Irgendwo muß man anfangen. Jedenfalls fängt kein Mensch oben an der Spitze an, stimmt's?» Ich schlüpfte hinter das Steuer und versuchte herauszufinden, wie ihr verfluchtes Auto funktionierte. Außerdem versuchte ich, Paul Newman, die Frau in dem schwarzen Slip und Carolyns Hand auf meinem Busen aus meiner Vorstellung zu verbannen.

Wir fuhren AIA hinunter, und Carolyn fiel auf dem

Rücksitz in sich zusammen. «Hoffentlich kotzt sie nicht», knurrte Connie.

«Das hoffe ich auch, ich hasse das mehr als alles andere. Blut ist weit besser als Kotze.»

An der ersten Ampel hielt ich neben einem blauen 1960er Chevy Bel Air, der mir bekannt vorkam. «He, Connie, das Auto sieht aus wie das von Mr. Beers.»

«Es ist das von Mr. Beers. Sieh mal, wer da neben ihm sitzt, und er hat den Arm um sie gelegt! Mrs. Silver, das ist wer.»

«Was?» Ich zog den Wagen noch etwas weiter vor, um besser sehen zu können, und sah, daß es unser höchst verehrter Direktor mit unserer höchst geachteten Dekanin war. Bevor Connie sich auf dem Vordersitz ducken konnte, hupte und winkte ich.

«Bolt, was in Teufels Namen tust du da? Willst du unbedingt, daß wir von der Schule fliegen?»

«Wart's ab. Wirst schon sehen, was ich tue, und mir dafür danken.»

«Du bist betrunken, das ist alles.»

«Nicht eine Sekunde.»

Mr. Beers und Mrs. Silver sahen uns mit einem unsäglich kläglichen Blick des Erkennens an. Die Ampel schaltete um, und er flitzte davon.

«Das wird ein Montag werden!»

Connie blickte in meine Richtung. «Sie haben uns gesehen, das ist sicher. Wie sollen wir ihnen je wieder ins Auge sehen? Du mit deiner großen Klappe.»

«Benutz doch deinen Gehirnkasten. Nicht wir brauchen uns Sorgen zu machen, ihnen ins Auge zu sehen, *sie* müssen Schiß haben, *uns* in die Augen zu sehen. *Sie* sind die Verheirateten, die vom Getrappel lauter kleiner Füße umgeben sind, nicht wir. Wir sind nur ein paar Leaders, die sich haben vollaufen lassen.»

Sie legte die Hand auf ihre Lippen und dachte darüber

nach. «Du hast recht. Wau. Wir haben ins Schwarze getroffen. Meinst du, wir sollten Carolyn wecken und es ihr erzählen?»

«O Gott, nein, sie hat ja schon fast einen Blutsturz bekommen, als sie von unseren Abenteuern hörte. Wenn ihr Prinz, Mr. Beer, sich als eine schäkernde Kröte herausstellt, wird sie das bestimmt umhauen.»

«Laß es uns auch niemand anders erzählen. Es soll unser kleines Geheimnis sein», lachte Connie.

Bei Carolyns Haus angekommen, mußten wir sie heimlich hineinschleusen. Ihre Eltern waren sehr fromm und hätten blau geschissen, wenn sie betrunken nach Hause gekommen wäre. Aber wir weckten das Balg von ihrer Schwester auf, Babs. Wir mußten dem kleinen Cherubim was zahlen, damit sie den Mund hielt. Kaum glaublich, daß die beiden aus ein und derselben Familie stammen!

Connie übernahm das Steuer und fuhr mich zu dem flamingo-rosa-roten «Dorn im Auge», unserer Bleibe in der Nähe der Eisenbahnlinie. Leise stieg ich aus und sagte Connie flüsternd gute Nacht.

Wir trafen uns in der Cafeteria, morgens vor Schulbeginn, um uns gegenseitig unser Samstagabenderlebnis zu bestätigen und um noch einmal unser Gelübde der Geheimhaltung zu bekräftigen. Mitten in der großen Pause ertönte über den Quakkasten die Ankündigung: «Molly Bolt und Connie Pen werden gebeten, sich im Anschluß an die Pause im Direktionsbüro zu melden.» Mit ahnungsvollem Schaudern blickten wir einander an. Dann nahmen wir uns zusammen und gingen erhobenen Hauptes in das Hauptgebäude.

Ich mußte zu Mrs. Silver hineingehen, während Connie Mr. Beers gezogen hatte. Mrs. Silver war etwa 45 Jahre alt, und sie sah ganz in Ordnung aus, außer daß ihr Haar mit einer blauen Spülung behandelt worden war.

Sie begrüßte mich nervös und bat mich, Platz zu nehmen.

«Molly, Sie sind eine der hervorragendsten Schülerinnen von Ft. Lauderdale High School. Sie haben überall nur die besten Noten, und Sie haben sich als Leader bewährt. Außerdem sind Sie die beste weibliche Sportlerin, die wir haben. Nächstes Jahr können Sie mit vielen Auszeichnungen und zuversichtlich mit Stipendien rechnen, da ich ja weiß, daß Ihre Familie finanziell – na, ich weiß, daß Sie diese Stipendien brauchen.»

«Ja, Ma'am.»

«Wenn Sie mir erlauben, würde ich mich freuen, eines Ihrer College-Empfehlungsschreiben aufzusetzen und zu versuchen, Ihnen dabei zu helfen, daß Sie ein volles Stipendium bekommen.»

«Vielen Dank, Mrs. Silver. Es wäre eine Ehre für mich, wenn Sie mich empfehlen würden.»

«Wissen Sie schon, was Sie studieren wollen?»

«Ich schwanke zwischen Jura und Film, aber die einzigen Filmhochschulen sind in New York und Kalifornien, und das ist ziemlich weit weg.»

«Nun, denken Sie darüber nach, und wir werden versuchen, etwas auszuarbeiten. Sie sollten Schulen wie Vassar und Bryn Mawr ins Auge fassen; sie haben geographisch eingeteilte Zulassungsquoten. Bei Ihren guten Leistungen auf der ganzen Linie werden Sie den Sprung bestimmt schaffen, vorausgesetzt, Sie erreichen die nötigen Punkte, und das werden Sie sicher.»

«Ich verspreche, darüber nachzudenken. Die ‹Seven Sisters› haben mich nie angezogen aber ich habe auch noch nie ernsthaft darüber nachgedacht.»

Es entstand eine verlegene Pause. Mrs. Silver schob ihre nutzlose Löschrolle auf ihrem Schreibtisch hin und her. «Molly, haben Sie daran gedacht, nächstes Jahr als Präsidentin des Schülerrats zu kandidieren?»

«Ich habe daran gedacht, aber es sieht so aus, als hätte

es Gary Vogel schon in der Tasche. So oder so – Mädchen haben es sehr schwer, gewählt zu werden.»

«Ja, die Mädchen haben es allgemein in der Welt sehr schwer.» Plötzlich sah sie geschlagen, alt und ausgelaugt aus. Mrs. Silver, ich werde Sie nirgendwo verpfeifen. Verflucht, verflucht, Sie sehen so unglücklich aus. «Wenn ich meine Phantasie benutze, fällt mir vielleicht etwas ein, was Gary Vogel aus dem Feld schlagen wird, aber Sie wissen, der Schülerrat hat kein Limit festgesetzt für Wahlkampffonds, und Gary ist reich.»

Sie zwinkerte, und ein Lächeln huschte über ihre Lippen. «Entweder werden die Spenden begrenzt, oder Sie kriegen einen Fonds für den Wahlkampf, das verspreche ich Ihnen.»

«Ich hoffe es, Mrs. Silver; das würde die Dinge ausgleichen.»

Eine weitere Pause, und dann sagte ich irgendwo aus dem Nichts heraus: «Mrs. Silver, Sie brauchen mich nicht zu kaufen. Ich sage nichts über den letzten Samstagabend, egal was passiert. Tut mir leid, daß Sie so durcheinander sind.»

Erleichterung und Überraschung zeichneten sich auf ihrem Gesicht ab. «Danke.»

Ich verließ das Büro und wartete bei dem Trophäenkasten, daß Connie herausgewalzt kam. Fünf Minuten später erschien sie mit einem breiten Grinsen auf ihrem runden Gesicht. «Du siehst die Herausgeberin der Schülerzeitung für 1962 vor dir», sagte sie strahlend.

«Und du siehst die künftige Präsidentin des Schülerrats vor dir.»

«Oh, wau!» Connie schüttelte den Kopf und fuhr mit leiser Stimme fort: «Der arme Kerl zitterte wie Espenlaub, als ich in seinem Büro war. Wie war sie?»

«Genauso. Ich hab ihr gesagt, ich würde den Mund

halten, und sie sollte sich keine Sorgen machen. Was hast du ihm gesagt?»

«Ungefähr dasselbe. Sieht aus, als hätten wir die Schule in der Tasche, was?»

«Ja», sagte ich, «in der Tasche.»

8

In diesem Sommer arbeitete ich in den Ferien auf den Tennisplätzen. Connie war in Mexiko, und Carolyn fuhr nach Maine, wo sie in einem großen Ferienlager der verschiedensten protestantischen Sekten als Gruppenleiterin fungierte. Leroy war durch die neunte Klasse gekommen und endlich in der zehnten gelandet. Er kam mehrmals mit seinem Motorrad angebraust, aber wir machten's nicht miteinander. Ich war eigentlich ziemlich fertig mit ihm, besonders seit dem Streit, den wir wegen des Motorrads gehabt hatten. Manchmal tat er mir leid. Wie ein stumpfes Tier folgte er der Herde und merkte nur vage, daß er unglücklich war. Er war beeindruckt, als er erfuhr, daß ich mit überwältigendem Sieg zur Präsidentin des Schülerrats gewählt worden war. Aber immer häufiger ging uns der Gesprächsstoff aus, und unsere letzte Rettung waren Motorräder, Autos und Filme. Einmal gestand er mir mit pathetischer Stimme: «Weißt du, ich kann mit dir reden wie mit jedem normalen Menschen. Mit anderen Mädchen kann ich nicht reden. Ich greif sie mir irgendwo auf, fahr mit ihnen ins Kino, fahr raus zum Ficken und fahr sie dann nach Hause. Wie geht das, wenn man verheiratet ist? Ich meine, worüber reden die Leute, wenn sie verheiratet sind?»

«Über ihre Kinder vermutlich.»

«Ist vielleicht alles, was sie miteinander gemein haben.»

Und es wurde zunehmend klarer, daß alles, was Leroy und ich miteinander gemein hatten, eine Kindheit voll Speiseeis, Rosinenschachteln und einer löchrigen Matratze war. Andererseits hatte ich im Grunde nie viel mit irgend jemandem gemein gehabt. Ich hatte keine Mutter, keinen Vater, keine Wurzeln, keine biologischen Ähnlichkeiten, die man Schwestern und Brüder nennt. Und für die Zukunft wünschte ich mir kein Reihenhaus mit pastellfarbenem Eisschrank, Kombiwagen und einem Haufen blonder, gleichmäßig über die Jahre verteilter Kinder. Ich wollte auch nicht ins *McCall*-Magazin kommen und die Muster-Hausfrau werden. Ich wollte nicht einmal einen Ehemann oder eigentlich überhaupt keinen Mann. Ich wollte meine eigenen Wege gehen. Das war alles, glaube ich, was ich je wollte, meine eigenen Wege gehen und vielleicht hier und da etwas Liebe finden. Liebe, aber nicht von der «Auf immer und ewig»-Sorte mit Ketten um die Vagina und einem Kurzschluß im Gehirn – da wollte ich lieber allein sein.

Carrie und Florence waren entsetzt, daß ich als Präsidentin des Schülerrats gewählt worden war. Carrie hatte sich in den Kopf gesetzt, daß ich Ballkönigin beim Schulfest werden sollte, und sie wußte, daß man nicht beides, Präsidentin und Ballkönigin, sein konnte. Sie war der Meinung, ich verriete mein Geschlecht. Florence regte sich weniger auf, aber sie fand es schon höchst seltsam. Nach ihrer Theorie war das Regieren ein so schmutziges Geschäft, daß wir es am besten den Männern überließen. Ich hielt mich möglichst viel von zu Hause fern, aber im Grunde hatte ich, seit ich mich auf zwei Beinen bewegen konnte, nie etwas anderes getan. Wenn ich zu Hause war, gab es immer Streit. Eines Abends stürmte ich nach einer großen Debatte darüber, ob ich mir die Haare abschneiden lassen sollte, aus dem Haus und wollte gerade ins Auto einsteigen, da kam Carrie herausgerannt und kreischte: «Nimm bloß nicht den Wagen, dein Vater braucht ihn.» Also stieg ich wieder aus und schlug die Tür so fest zu, wie ich konnte. Carl kam heraus und fragte mich, wohin ich wollte. «Nirgendwohin. Ich wollte nur etwas fahren, das ist alles. Irgendwohin, um von unseren freundlichen Nachbarschaftsharpyien wegzukommen.»

«Du kannst mit mir fahren.»

Carl fuhr den Sunrise Boulevard hinaus und bog links zum Strand ab. Oben beim Birch State Park fanden wir ein ruhiges Plätzchen und stiegen aus. Er setzte sich auf eine grüne Bank und blickte auf den Ozean hinaus.

«Das Meer ist wirklich wunderschön. Ich kann es nicht glauben, daß da auf der anderen Seite Länder sind und daß dort drüben jetzt vielleicht jemand genauso dasitzt wie ich und aufs Meer sieht.»

«Ja.» Ich war immer noch sauer.

«Ich glaube nicht, daß ich ohne das Meer leben könnte. Alle die Jahre in Pennsylvanien . . . Ich könnte nicht dorthin zurück.»

«Ja, ich liebe das Meer auch, aber ich weiß nicht, ob ich die ganze Zeit in seiner Nähe leben werde. Jedenfalls mag ich Florida nicht besonders.»

«Vermutlich ist es eine Gegend für alte Leute. Kinder mögen sowieso nicht da bleiben, wo sie groß geworden sind, und deshalb wirst auch du wahrscheinlich weiterziehen.»

«Ich will dahin gehen, wo ich eine Chance hab. Hier habe ich keine Chance. Außerdem möchte ich von all den Leuten wegkommen, die wir kennen. Sie kommen mir irgendwie in die Quere.»

«Du und deine Mutter, ihr seid wie Feuer und Wasser.

Du kannst nicht mal einfach ‹Ja› zu ihr sagen und deiner Wege gehen. Du mußt auf sie losgehen. Stolz, Kind, Stolz. Wenn du so tätest, als gäbest du ihr nach, würde es diese ganzen Streitereien gar nicht geben.»

«Sie hat unrecht. Wenn ich ihr nachgebe, bekräftigt sie das nur in ihren Fehlern.»

«Sie kann auch nicht aus ihrer Haut heraus. Ich würde nicht so weit gehen, zu sagen, daß sie immer unrecht hat.»

«Und ich sage, sie ist im Unrecht. Zumindest wenn sie sich in mein Leben einmischt, ist sie im Unrecht. Es muß immer nach ihrer Vorstellung gehen. Aber ich lasse mir von niemandem sagen, was ich zu tun habe. Von niemandem. Besonders nicht, wenn es das Falsche ist.»

«Ich weiß nicht. Ich mag keine Streitereien, ob zu Recht oder zu Unrecht. Ich lächle und sage ‹Ja› zu meinem Chef und ‹Ja› zu Carrie und ‹Ja› zu meinen Eltern, als sie noch lebten. Ich laviere mich durch.»

«Ich kann das nicht, Dad.»

«Ich weiß. Du wirst dafür bezahlen, Kindchen. Tränen und Bitternis, weil du draußen bist und ganz für dich allein kämpfen mußt. Die meisten Leute sind Feiglinge wie ich. Und wenn du versuchst, sie zum Kämpfen zu bringen, kehren sie sich gegen dich, genauso schlimm wie die Leute, gegen die du immer gekämpft hast. Du wirst allein sein.»

«Ich bin schon jetzt ganz allein. Ich bin wie eine Mieterin im Haus und bin nie etwas anderes gewesen. Ich habe niemand außer meinem süßen Selbst.»

Carl sah verstört aus und sagte: «Du hast mich. Ich bin dein Vater. Du bist nicht allein, wenn ich in der Nähe bin.»

«O Daddy, du bist nie in der Nähe.» Er sah so verletzt aus, daß ich mir am liebsten die Zunge abgebissen hätte.

«Ich bin jetzt immer so müde, wenn ich von der Arbeit

nach Hause komme. Als du klein warst und ich nach Hause kam, schliefst du schon. Als du dann größer wurdest, warst du mit den anderen Kindern draußen. Jetzt bringe ich offenbar nicht das kleinste bißchen Energie mehr auf. An manchen Tagen denke ich mir bei der Arbeit, ich geh heim, esse Abendbrot, und dann fahre ich runter zur Schule, um zu sehen, wie du deine Show abziehst. Aber dann setz ich mich hin, lese die Zeitung und schlafe ein. Ich komme nicht viel herum. Zu alt vermutlich – tut mir leid, Schatz.»

«Das tut mir auch leid, Daddy.» Ich starrte auf die dunklen Wellen hinaus und versuchte, ihm nicht ins Gesicht zu sehen.

«Molly, ich bin wirklich stolz auf all das, was du in der Schule so machst. Du bist wieder was Besonderes, bestimmt. Du mußt weitermachen und eines Tages jemand sein. Und kämpfe du nur weiter ganz für dich allein. Zum Teufel, wenn du gegen Carrie ankommst, sind alle andern kleine Fische.» Er kicherte und fuhr fort: «Weißt du schon, auf welches College du gehen und was für Fächer du nehmen willst?»

«Noch nicht – das College meine ich. Vielleicht auf eins von den piekfeinen ‹Seven Sisters›, wo die reichen Gören hingehen, oder vielleicht auf ein College in einer Großstadt. Hängt davon ab, wer mir das meiste bietet. Aber ich weiß, was ich will, irgendwas mit Jura oder Filmregie. Das sind die einzigen Dinge, für die ich mich interessiere.»

«Du würdest eine gute Rechtsanwältin abgeben. Niemand kann dich an die Wand reden, du bringst die Leute schlimmer durcheinander als ein Hundefrühstück. Aber diese Regie-Sache, ich weiß nicht. Dann mußt du nach Hollywood, nicht? Das ist eine schlimme Ecke, heißt es.»

«Ich weiß nicht. Die Studios fallen alle auseinander,

soweit ich gehört hab. Da müßte es doch eigentlich irgendwelche Möglichkeiten geben – neue Firmen und so. Aber ich muß erst das Handwerkszeug lernen. Es gibt keine weiblichen Regisseure. So werde ich bestimmt kämpfen müssen. Und Jura ... Ja, ich weiß, daß mir das ziemlich liegt. Aber ich würde lieber Filme machen als auf irgendwelche schläfrigen Geschworenen einreden.»

«Dann mach Filme. Du hast nur ein Leben, deshalb tu, was du möchtest.»

«Das ist auch meine Vorstellung.»

«Und wie steht's mit dem Heiraten?»

«Ich werde nie heiraten. Schluß, aus.»

«Das hab ich kommen sehen. Dir würde eine Schürze auch nicht besonders stehen, und unter uns, es würde mich krank machen, wenn ich sähe, wie du vor irgend jemandem den Buckel krumm machst, besonders vor einem Ehemann.»

«Mach dir deswegen keine Sorgen, das wird nie geschehen. Warum sollte ich mir außerdem eine Kuh kaufen, wenn ich die Milch umsonst bekommen kann? Ich kann losziehn und bumsen, wann immer mir, verdammt, der Sinn danach steht.»

Er lachte. «Wenn es um Sex geht, sind die Menschen verrückt. Aber wenn du von deinem alten Herrn einen guten Rat annehmen willst – bumse soviel du willst, nur mach kein Aufhebens davon.» In seiner Stimme lag eine seltsame Traurigkeit: er hielt inne und beugte sich vor und malte einen Kreis in den Sand. «Molly, ich habe mit meinem Leben nicht viel Vernünftiges angefangen, und jetzt ist es fast vorbei. Ich bin 57 Jahre alt. 57. Ich kann mich nicht daran gewöhnen. Wenn ich an mich selbst denke, bin ich immer noch sechzehn. Komisch, nicht? Für dich bin ich ein alter Kauz, aber ich kann es nicht glauben, daß ich alt bin. Hör auf mich», seine Stimme wurde kräftiger, «mach du weiter und tu alles, was du tun willst, und zum Teufel mit der ganzen übrigen Welt. Lern das von deinem alten Vater. Ich habe nie eine gottverdammte Sache geschafft, und jetzt bin ich zu alt, um etwas zu machen. Alles, was ich habe, sind tote Träume und eine Hypothek auf diesem Haus mit noch zehn Jahren, die ich abzahlen muß. Ich habe mein ganzes Leben gearbeitet, und alles, was ich vorzuweisen habe, ist dieses viereckige rosarote Haus, direkt bei den Eisenbahnschienen, neben lauter anderen viereckigen Häusern. Scheiße. Zum Teufel mit den Torpedos, und volle Fahrt voraus, Mädchen! Hör auf niemanden außer auf dich selbst.»

«Dad, du hast dir wieder diese Kriegsfilme angeschaut.» Ich umarmte ihn fest und gab ihm einen Kuß auf seine grauen, salzigen Stoppeln.

Die Julimitte war heiß. Ich war triumphierend als Gouverneur vom Girl's State zurückgekehrt. Carrie und Florence murmelten, mit mir könne man jetzt nicht mehr zusammen leben. Carl ging zur Arbeit und sagte jedem, den er traf, seine Tochter werde eines Tages richtiger Gouverneur werden. Eines Abends, kurz nachdem ich aus Tallahassee zurückgekehrt war, glotzten Carl und ich in die Röhre und sahen *Peter Gunn.* Wir wetteten, wer der Schurke war, und Carl gewann, weil es eine Wiederholung war. Er sagte mir erst nach der Sendung, daß er sie schon einmal gesehen hatte, und lachte noch auf dem Weg ins Schlafzimmer.

Ich ging gegen elf ins Bett und schlief ein, während draußen die Palmenblätter rauschten. Palmenwedel hören sich wie Regen an, es ist ein beruhigendes Geräusch. Ich schreckte aus tiefem Schlaf auf, jemand krallte die Finger in mein Gesicht, kratzte an meiner Kehle. Im Zimmer war es pechschwarz, bis auf ein geisterhaftes rotes Licht, das von draußen durch die heruntergezogenen Jalousien flimmerte. Jetzt sah ich eine andere Gestalt auf dem Bett, sie zog und zerrte an dem Wesen, das mich kratzte. Nach und nach stellten sich meine Augen auf die Schwärze ein, und ich erkannte Carrie, die mich unter seltsamen Lauten angriff.

Sie wird mich umbringen. Sie ist von Sinnen und versucht mich zu erwürgen. Dann begann sie aus vollem Hals zu wehklagen: «Wach auf, wach auf, Carl ist tot. Wach auf, Molly, dein Vater ist tot.» Florence hatte alle Hände voll damit zu tun, Carrie von mir wegzuziehen. Sie bestätigte die Nachricht: «Er ist draußen im Wohnzimmer, wenn du ihn sehen willst, bevor sie ihn wegbringen. Geh gleich, der Ambulanzwagen ist schon da, und der Arzt.» Ich warf mir den Bademantel über und rannte ins Wohnzimmer mit dem riesigen Spiegel, der mit Flamingos bemalt war. Dort unter dem Spiegel vor der Tür lag Carls Leichnam. Seine Augen starrten nach oben direkt in die meinen, und er war ganz blau im Gesicht.

«Warum ist er blau?»

Der Arzt antwortete: «Herzanfall. Es geschah ganz plötzlich. Er hatte noch Zeit, es Carrie zu sagen. Er sagte, er glaube, es sei sein Herz. Dann war er mir nichts dir nichts weg.»

Die Männer von der Ambulanz kamen herein und starrten mich neugierig in meinem Bademantel an. Sie nahmen keine Rücksicht darauf, daß mein Vater gerade gestorben war. Für sie war ich nur ein sechzehnjähriger Weiberhintern im Bademantel, nichts weiter. Der Arzt wies mich an, Carrie Beruhigungspillen zu verabreichen, so außer sich war sie. Obwohl wir sie mit Pillen vollgestopft hatten, wachte sie die ganze Nacht über immer wieder auf und jammerte: «Was ist das für ein Tag? Wo ist mein Carl?» Dann rief sie ihn, als ob sie eine Katze riefe: «Carl, o Carl, komm heeeer.» Es hatte keinen Zweck, zu versuchen, wieder in den Schlaf zu finden, deshalb blieben Florence und ich die ganze Nacht auf und besprachen die Beerdigungsformalitäten. Florence sah mich mit einem forschenden Auge an und wartete darauf, daß ich stockte oder weinte. Wenn ich geweint hätte, hätte sie mir gesagt, ich solle mich zusammennehmen um Carries willen. Da ich nicht weinte, beschuldigte sie mich der Herzlosigkeit – ich hätte Carl nie wirklich geliebt, weil er nicht mein natürlicher Vater war. Sie warf mir vor, daß ich adoptiert war und daß adoptierte Kinder ihren Eltern gegenüber nie echte Gefühle hätten. Ich war sprachlos. Ich hatte dieser Frau nichts zu sagen. Mochte sie denken, was sie wollte. Bei solchen Leuten geb ich einen Scheiß drauf, was sie denken.

Das Begräbnis wurde auf Sonntag gelegt. Als wir mit Carls Kleidern zu Zimmers Bestattungsinstitut gingen, stellten wir fest, daß Carl nicht dort war. Wir riefen bei allen anderen Bestattungsinstituten in der Stadt an, um seine sterblichen Überreste aufzuspüren, und fanden ihn schließlich bei Bolts Bestattungsunternehmen. Da er mit Nachnamen Bolt hieß, waren die Männer von der Ambulanz durcheinander gekommen und hatten ihn zum falschen Institut gebracht. Ihnen machte es nichts aus, daß sie einen Fehler begangen hatten, sie berechneten uns die Sache gleich zweimal.

Nach der Trauerfeier stiegen wir in den großen weißen Continental, um zum Friedhof hinauszufahren, und Carrie erlangte ihren Sinn für Humor gerade lange genug wieder, um zu sagen: «Komisch, das ist das erste Mal, daß ich in so einem teuren Auto fahre. Offenbar muß erst jemand sterben, bevor man in einem Lincoln Continental fahren kann.» Sie kicherte, und Florence sah sie an, als ob der Schmerz sie ihres Verstandes beraubt hätte. Ich selbst fand es ziemlich komisch. Bei all unseren Streitereien, man mußte zugeben, daß Carrie sich nicht so leicht blenden ließ. Sie betrachtete den größten Teil der Welt

Liebe. Sünde...

um sie herum als eine Show für die Reichen auf Kosten der Armen.

Einsamkeit senkte sich mit Carls Tod auf das rosa Haus herab. Carrie heulte fast den ganzen Tag hindurch, bis ich wieder zur Schule ging. Ich versuchte, eine Weile in ihrer Nähe zu bleiben, damit sie sich nicht so verloren vorkam, aber wir stritten immer nur. Wir stritten uns wegen des Begräbnisses, stritten darüber, daß ich nicht weiter darüber streiten wollte, stritten, weil ich auf den Tennisplätzen arbeitete statt im Archiv. Ich gab es auf, zu Hause zu bleiben, und ging morgens fort, um erst abends nach Hause zu kommen. Worauf wir darüber stritten, daß ich sie in dem Haus mit all den Kübeln voll Elend allein zurückließ.

Zwei Wochen nach Schulbeginn kam ich eines Nachmittags gegen fünf nach Hause und zog mich um, weil ich noch zu einem Treffen in der Schule wollte. Florence war es gelungen, Carrie aus dem Haus zu locken, und sie nahm sie mit zu dem neuen Britt-Kaufhaus, wo sie die Schaufenster betrachten wollten. Ich saß in der hellgelben Küche, las *Orlando* von Virginia Woolf, lachte mich halbtot dabei, bis ich auf die Uhr sah und feststellte, daß es halb sechs war. Ich sprang auf und setzte den Kaffeetopf auf. Die dunklen Rostteilchen wirbelten im Wasser herum, als ich plötzlich zur Tür hinausblickte und begriff, daß Carl nie wieder nach Hause kommen würde. Ich kam mir so töricht und verlassen vor, daß ich Wasser aufgesetzt hatte, damit er nach der Arbeit frischen Kaffee bekam. Ich setzte mich hin und versuchte wieder *Orlando* zu lesen, aber ich konnte mich nicht konzentrieren. Ich stand auf und ging in Carries Schlafzimmer. Carl hatte eine Schublade in der großen alten Kommode mit dem grauen Linoleum obendrauf. Die kleine, flache Schublade enthielt ein paar alte Perlmutt-Taschenmesser, eine rote und silberne Zigarettenschachtel aus den dreißiger Jahren und einen abgewetzten ovalen Ring mit einem Onyxstein, in den der Kopf der Athene eingraviert war. Ein ganzes Menschenleben ist dahin. Ein wunderbares, lachendes Leben, und übriggeblieben ist nur diese Handvoll gebrauchter alter Gegenstände, die nicht einmal etwas wert sind.

Der humpelnde 52er Plymouth rollte auf den Abstellplatz, und ich hörte, wie die beiden ausstiegen und wie eine die andere anzischte, sie brauche keine Hilfe. Ich sauste zurück in die Küche und öffnete mein Buch. Florence bemerkte sofort meine roten Augen und meine Schniefnase.

«Was ist mit dir los?» fragte sie.

«Ich habe in einem traurigen Buch gelesen, das ist alles.»

Carrie schimpfte, daß ich nichts als traurige Bücher läse und mir die Augen ruinierte. «Immer hast du die Nase in einem Buch stecken. Ein Bücherwurm, das ist's, was du bist, hast deine Augen, seit du ein Baby warst, überstrapaziert. Aber du hörst ja nicht auf mich. Nein, du hörst nie auf mich. Ich sage dir zu deinem eigenen Besten, du mußt aufhören, so viel zu lesen. Ganz abgesehen davon, daß es weder gut für dein Gehirn noch deine Augen ist, wenn du die ganze Zeit liest. Das wirbelt in dir bloß alles durcheinander. Ruiniert deine Gesundheit so sicher, wie ich hier stehe und mit dir rede. Molly, hörst du mich!»

«Ja, Mom.»

Sie öffnete eine große weiße Tüte, auf der in Schreibschrift «Danke» stand, und zeigte mir eine Wildnis von Plastikblumen.

«Die sind für das Grab deines Vaters. Sie halten länger als die richtigen. Es sieht hübsch aus, wenn die Leute vorbeifahren.»

«Sie sind hübsch. Entschuldige, ich muß noch mal zur Schule.»

Als ich aus der Tür trat, hörte ich Florence zu Carrie sagen: «Dies Mädchen ist verrückt. Sie weint nicht über den Tod ihres Vaters, aber sie sitzt hier und heult wegen irgendeinem blöden Buch.»

9

Das letzte Jahr war ein einziger Sieg. Connie und ich brauchten nie zum Unterricht zu gehen, wenn wir nicht wollten. Wann immer wir darum ersuchten, schrieb Mr. Beers uns blaue Zettel, die uns davon befreiten. Die einzige Stunde, die wir uns herabließen zu besuchen, war Englisch für Fortgeschrittene mit Mrs. Godfrey. Sie war eine so glänzende Lehrerin, daß wir nichts dagegen hatten, Mittelenglisch zu lernen und Chaucer zu lesen. Carolyn war auch in der Klasse. Wir drei saßen in der ersten Reihe und wetteiferten um die beste Zensur.

Carolyn war Captain der Cheerleaders, und im Eßraum tauchte sie gewöhnlich in ihrer Uniform mit blauen Troddeln an ihren weißen Stiefeln auf. Connie und ich machten uns über den ganzen Sportrummel lustig, aber Carolyn war dadurch der gesellschaftliche Star der Schule. Wir drei trafen uns auch mit drei Jungen, die enge Freunde waren. Immer wenn wir mit unseren jeweiligen Freunden gesehen wurden, bedachten wir sie mit der üblichen zärtlichen Aufmerksamkeit, die von der strengen High School-Gesellschaft verlangt wurde, aber in Wirklichkeit machte sich keine von uns dreien auch nur das geringste aus ihnen. Sie waren ganz praktisch, etwas, was man brauchte wie einen Büstenhalter, wenn man zu Schulveranstaltungen ging. Carolyn wurde mit der Zeit angespannter als eine Violinsaite, weil Larry sie triezte, sie solle mit ihm schlafen. Connie und ich rieten ihr, sich darauf einzulassen und es hinter sich zu bringen, weil wir es satt hatten, sie über Larry schimpfen zu hören, wie er jeden Samstagabend kurz nach Mitternacht nach ihren Titten grabschte. Außerdem machten Connie und ich es beide mit unseren Freunden, ohne schädliche Nebenwirkungen zu verspüren. Natürlich sollte es keiner wissen, aber jede erzählte es hinter vorgehaltener Hand. Diese ganze offene Heterosexualität amüsierte mich. Wenn die nur wüßten. Unsere Freunde glaubten, sie seien ein wahres Gottesgeschenk, weil wir mit ihnen schliefen, aber sie waren auf so tragische Weise durchsichtig, daß wir ihnen ihre Arroganz vergaben.

Carolyn beschloß wieder mit ihrer unbarmherzigen Logik, daß sie es mit Larry machen würde, wenn wir das Footballspiel gegen Stranahan gewännen. Die seiften wir ein. Als Carolyn das Feld der Ehre verließ, zeigte ihr Gesicht nicht wie gewöhnlich ein leuchtendes Kirschrot, weil sie sich die Lunge aus dem Leib geschrien hatte, sondern aschfahles Weiß. Connie und ich gingen zu ihr hinüber, um ihr Mut zuzusprechen. Dann wanderten wir drei zum Umkleideraum zurück, um auf unsere Freunde zu warten – alle Princeton-Haarschnitt, Weejun-Schuhe und Gold Cup-Socken. Clark kam mit einem Schmiß an der Backe heraus, und ihn verlangte nach Mitgefühl. Ich sagte ihm, er sei ein Footballheld, was er auch war, da er zwei Tore geschossen hatte. Connies Douglas polterte schwerfällig heraus (Stürmer neigen dazu, breit zu werden), und sie sagte ihm, er sei ein Footballheld. Larry stolperte, als er durch die Tür kam, in solcher Eile war er, Carolyn zu sehen. Er ließ ihr keine Zeit, ihm zu sagen, daß er ein Footballheld sei, weil er ihr einen knochenbrechenden Kuß gab, eine Wiederholung aus dem Errol Flynn-Film, sie hochhob und in sein Sting Ray Cabriolet setzte. Carolyn winkte nervös zum Abschied, und wir winkten alle zurück. Dann kletterten wir vier in Dougs Auto und fuhren zu Wolfie und einem endlosen Gerede über diesen verfehlten Angriff und jene gelungene Blokkade, und dazwischen genossen wir Eis mit Bananen und heißer Schokolade.

Am nächsten Morgen ging das Telefon um 9 Uhr. Es war Carolyn. «Ich muß sofort mit dir reden. Bist du wach?»

«Vermutlich, wenn ich ans Telefon gekommen bin.»

«Ich komme rüber, wir können ja im Forum zusammen frühstücken, okay?»

«Okay.»

Eine Viertelstunde später kam Carolyn und sah noch blasser als gewöhnlich aus. Als ich auf den Vordersitz rutschte, fragte ich: «Wie geht's der neuen Hure von Ft. Lauderdale High School?»

Sie schnitt eine Grimasse. «Ich bin in Ordnung, aber ich muß dich einiges fragen, damit ich weiß, ob ich es richtig gemacht habe.» Bei Eiern, die so aussahen, als hätten die Hühner sie verleugnet, begann sie: «Ist das immer so 'ne Schweinerei? Weißt du, als ich aufstand, lief mir das ganze Zeug die Beine runter. Larry sagte, es sei Sperma. Es war so ekelhaft, daß ich fast gekotzt hätte.»

«Daran gewöhnst du dich.»

«Na ja. Und was anderes – was soll ich eigentlich die ganze Zeit über tun, einfach daliegen? Ich meine, ich meine, was macht man eigentlich? Da liegen sie auf einem drauf, schwitzen und schnaufen, und es ist überhaupt nicht, wie ich dachte.»

«Wie gesagt, man gewöhnt sich daran. Es ist nichts Mystisches dabei, falls es das ist, worauf du wartest. Ich bin keine Expertin oder so was, aber verschiedene Leute sind eben verschieden. Larry ist vielleicht nicht der beste Bumser in der Welt, so gründe dein Urteil nicht auf seine

eine Darbietung. Jedenfalls sollen sie technisch besser werden, wenn sie älter werden. Wir treffen im linkischen Alter auf sie, nehme ich an.»

«So steht's aber nicht in den Medizinbüchern. Da heißt es, sie erreichen ihre Vollkraft mit achtzehn, und wir erreichen unsere Blütezeit mit fünfunddreißig. Wie soll das zeitlich zusammenpassen? Es ist alles so lächerlich. Du und Connie müßt denken, ich hab sie nicht mehr alle.»

«Nein, du nimmst es nur zu ernst, das ist alles.»

«Na ja, es ist ja auch ernst.»

«Nein, das ist es nicht. Es ist einfach ein dümmliches Spiel, und es bedeutet überhaupt nichts, außer natürlich, du wirst schwanger. Dann bedeutet es, du sitzt in der Klemme.»

«Ich geb mir Mühe. He, magst du Freitag einen trinken gehen?»

«Klar. Wie steht's mit Connie?»

«Sie muß am Wochenende zu einer Zeitungskonferenz in Miami.»

«Okay, dann gehen wir beide.»

Freitag abend gingen wir zum Kinderspielplatz im Holiday Park. Am späten Abend kam da niemand mehr hin, und die Polizeistreifen waren sehr mit ihren eigenen Schwänzen und den in den Büschen versteckten beschäftigt, um auch noch den Spielplatz abzusuchen. Eigentlich mochte ich gar keinen Alkohol, aber ich nahm ein paar Schlucke, um wenigstens mitzumachen. Carolyn jedoch ließ sich vollaufen. Sie rutschte die Kletterstange herunter, spielte auf der Schaukel und entledigte sich bei jedem Schwung einiger Kleidungsstücke. Als sie zu ihrer Unterwäsche kam, marschierte sie schnurstracks auf das am Boden stehende blaue Flugzeug zu und kletterte in das offene Heck und dann zum Rumpf. Dort blieb sie, gab Flugzeuggeräusche von sich und machte keinerlei Anstalten, das Pilotenspiel wieder aufzugeben. Ich kletterte zu ihr hinein. Der Raum war eng und schmal, und so mußte ich mich neben sie legen.

«Carolyn, vielleicht solltest du nach dem Abitur zur Air Force gehen. Die richtigen Geräuscheffekte beherrschst du jedenfalls.»

«Wuschsch!» Dann stützte sie sich auf einen Ellbogen und fragte mit keuscher Stimme: «Wie küßt Clark dich?»

«Auf die Lippen, wohin sonst? Was meinst du damit, wie er mich küßt? Was für eine blöde Frage!»

«Soll ich dir zeigen, wie Larry küßt?»

Ohne auf meine nüchterne Antwort zu warten, packte sie mich und pflanzte den dicksten Kuß seit Leota B. Bisland auf mein Gesicht.

«Ich bezweifle, daß er so küßt.» Sie lachte und küßte mich noch einmal. «Carolyn, weißt du, was du tust?»

«Ja, ich geb dir Unterricht im Küssen.»

«Ich bin dir sehr dankbar, aber wir hören besser auf.» Wir hören besser auf, denn noch ein Kuß, und du kriegst mehr, als du dir einhandeln wolltest, junge Dame. Oder vielleicht *wolltest* du dir gerade das einhandeln?

«Ha.» Sie bedachte mich mit einem weiteren Kuß, diesmal den ganzen Körper an den meinen gepreßt. Da war's aus. Ich ließ meine Hände an ihren Flanken emporgleiten bis hinauf zu ihren Brüsten und gab ihr den Kuß mit Wucht zurück. Sie ermutigte dieses Vorgehen und fügte ein paar eigene Neuheiten hinzu, indem sie zum Beispiel an meinen empfindlichen Ohren nibbelte. Inzwischen machte ich mir doch einige Sorgen, daß wir hier so im Heck eines alten blauen Flugzeugs mitten auf dem Spielplatz im Holiday Park lagen. Carolyn machte sich keine Gedanken. Sie warf alles, was von ihrer Kleidung noch übrig war, ab. Dann machte sie sich daran, mich auszuziehen, und warf meine Sachen ins Cockpit. Bald hatte ich meine Sorgen vergessen. Ich konnte an nichts anderes denken, als daran, es mit Carolyn Simpson zu treiben, dem obersten Cheerleader und – schon im zweiten Jahr – Schulkaplan der Ft. Lauderdale High School – und auf dem sicheren Weg zur Ballkönigin. Wir verbrachten die halbe Nacht in dem Flugzeug und kamen ins wilde blaue Jenseits. Ich weiß, daß wir die Schallmauer durchbrachen. Schließlich begann es hell am Himmel zu werden, und wir fröstelten. Ich fand, es war an der Zeit zu gehen. «Laß uns hier abhauen.»

«Ich will nicht raus, ich möchte zehn Jahre hier drinnen bleiben und mit deinen Brüsten spielen.»

«Komm, los.» Ich streckte die Hand aus und griff nach ihrer Unterwäsche und meinen Kleidern. Dann stieg ich rückwärts aus dem Flugzeug und sammelte ihre taubedeckten Bermuda-Shorts, ihre Villager-Bluse und ihre abgetragenen weißen Segeltuchschuhe auf. Zitternd rannten wir zum Auto.

«Hast du Hunger?» fragte ich.

«Nach dir.»

«Carolyn, du bist so verdammt schnulzig. Komm, laß uns bei *Egg and You* irgendwas Gutes essen.»

Nach all der Energie, die ich verbrannt hatte, bestellte ich mir zwei Frühstücke. Carolyn nahm Eier und Schinken.

«Molly, du sagst niemandem was, nicht wahr? Ich meine, wir könnten wirklich in Schwierigkeiten kommen.»

«Nein, ich sage nichts, aber ich hasse Lügen. Es scheint mir ziemlich unwahrscheinlich, daß irgend jemand nach so etwas fragt. Also kein Problem.»

«Auch ich hasse Lügen, aber die Leute werden sagen, wir seien Lesbierinnen.»

«Sind wir das nicht?»

«Nein, wir lieben uns einfach, das ist alles. Lesbierinnen sehen wie Männer aus und sind häßlich. Wir sind nicht so.»

«Wir sehen nicht wie Männer aus, aber wenn Frauen miteinander schlafen, wird das gewöhnlich als lesbisch bezeichnet, deshalb solltest du lieber lernen, nicht zusammenzuzucken, wenn du das Wort hörst.»

«Hast du so was schon vorher gemacht?»

«Als ich in der sechsten Klasse war, aber das liegt schon sieben Jahrhunderte zurück. Und du?»

«Diesen Sommer im Ferienlager. Ich dachte, ich sterbe vor Angst, aber sie war so phantastisch, diese andere Gruppenleiterin. Ich wäre nie auf den Gedanken gekommen, sie für eine Lesbierin zu halten, verstehst du? Wir haben unsere ganze freie Zeit zusammen verbracht, und eines Abends hat sie mich geküßt, und wir machten es. Ich konnte damals an nichts anderes denken, es fühlte sich zu gut an.»

«Schreibst du ihr?»

«Sicher. Wir wollen versuchen, aufs selbe College zu kommen. Molly, glaubst du, daß man mehr als einen Menschen zugleich lieben kann? Ich meine, ich liebe dich und ich liebe Susan.»

«Ich vermute schon. Ich bin nicht eifersüchtig, wenn es das ist, was du meinst.»

«Ja, irgendwie. Willst du noch was wissen? Es ist viel besser, als es mit Larry zu machen, ich meine, da ist kein Vergleich, verstehst du?»

«Das weiß ich.» Wir lachten und bestellten zwei Eiscreme mit heißer Schokoladensauce um sechs Uhr früh.

Carolyn machte es sich zur Gewohnheit, im Eßsaal auf mich zu warten und mir alle möglichen Arten von Aufmerksamkeiten zu erweisen. Sie vergaß darüber, Larry oder Connie ihre Aufmerksamkeit zu widmen. Larry war das egal, solange er seinen Wochenendfick bekam, aber Connie war empfindlicher. Deshalb versuchte ich mehr Zeit mit Connie zu verbringen, was Carolyn zur Raserei brachte. Die Male, die wir zusammen waren, wurden immer angespannter, bis ich mir allmählich wie ein Knochen zwischen zwei Hunden vorkam. Wir spielten in unserer Schüleraufführung von *Macbeth* die Hexen, und bei den Proben versuchte ich Carolyn zu erklären, was da meiner Meinung nach im Gange war und daß sie es *cool* nehmen sollte.

Da brach es aus ihr heraus: «Schläfst du mit Connie?»

Connie, die auf der anderen Seite eines Pappfelsens saß, schob den Kopf über die Spitze und sagte: «Was?!»

Da hatten wir's. Was nun? «Carolyn, da hast du was Blödes gesagt. Nein, ich schlafe nicht mit Connie, aber ich mag sie sehr. Sie ist meine beste Freundin, und daran solltest du dich lieber gewöhnen.» Carolyn begann zu weinen.

Connie sah mich voller Erstaunen an, und ich zuckte mit den Schultern.

«Molly, wie kommt sie darauf, daß wir miteinander schlafen? Was geht da vor?»

«Connie.» Pause. Was, verfluchte Scheiße, soll ich jetzt sagen? «Connie, es hat keinen Zweck, drum herum zu lügen. Carolyn und ich haben miteinander geschlafen. Ende der Durchsage. Ich nehme an, sie ist eifersüchtig geworden. Ich weiß es nicht.» Ich wandte mich an Carolyn: «Weshalb, zum Teufel, bist du überhaupt eifersüchtig, du bist diejenige mit Susan, nicht ich. Was willst du überhaupt?»

Carolyn schniefte und wollte etwas sagen, aber Connie, die sich von ihrem Schock erholt hatte, kam ihr zuvor. «Ich möchte sichergehen, daß ich das richtig gehört habe. Du schläfst mit Carolyn?»

«Ja, ich schlafe mit Carolyn. Carolyn schläft mit mir. Ich schlafe mit Clark, und Carolyn schläft mit Larry. Alles, was wir brauchen, ist ein rundes Bett, und wir können eine Sexparty veranstalten. Jesus!»

«Wissen das die Jungens?»

«Natürlich nicht. Außer dir weiß niemand etwas. Du weißt, was passieren würde, wenn es herauskäme.»

«Ja, jeder würde euch schwul nennen, was ihr auch seid, nehme ich an.»

«Connie!» schrie Carolyn auf. «Wir sind nicht schwul. Wie kannst du das sagen? Ich bin sehr weiblich, wie kannst du mich schwul nennen? Vielleicht Molly, schließlich spielt sie Tennis und kann einen Football so weit werfen wie Clark. Aber ich nicht.»

Carolyn machte jetzt in Rosenkranz-Beten, auch gut. Ich versuchte so zu tun, als ob ich nicht wüßte, daß sie eine solche Show abziehen würde, wenn sie in die Ecke gedrängt wurde, aber innerlich wußte ich es. Ein unmerklicher Hauch von Haß ringelte sich um meine Nasenlöcher. Ich hatte Lust, ihr ihren femininen Kopf zu zerschmettern.

«Was hat Mollies Tennisspiel damit zu tun?» Connie wurde immer verwirrter.

«Weißt du, Lesbierinnen sind knabenhaft und athletisch. Ich meine, Molly ist hübsch und all das, aber sie ist eine bessere Sportlerin als die meisten Jungens, die auf diese Schule gehen, und außerdem benimmt sie sich nicht wie ein Mädchen, verstehst du? Ich bin überhaupt nicht so. Ich liebe Molly einfach. Deswegen bin ich aber noch lange nicht schwul.»

Stiller Zorn schwang in Connies Stimme mit, als sie sich Carolyn vornahm. «Nun, ich habe ungefähr fünfzehn Pfund Übergewicht, kräftig nennt man so was, glaube ich, außerdem erinnere ich mich nicht, je nach wahrer Weibchen-Art herumgealbert und gegiggelt zu haben, warum kommst du also nicht raus mit der Sprache und nennst mich auch einen kessen Vater, wenn dein Geist so verquer funktioniert?»

Carolyn war echt verblüfft. «Oh, von dir hab ich das

nie gedacht. Du bist in Ordnung. Im übrigen bist du träge, deshalb bist du fett. Du bist alles andere als athletisch. Du bist der Typ der Karriere-Frau.»

«Carolyn, du machst mich krank.» Ich warf meine Hexenlumpen von mir und lief auf die Auditoriumstür zu.

«Molly!» schrie Carolyn.

Connie legte ihr Kostüm ab und lief hinter mir her.

«Wo läufst du hin?»

«Ich weiß nicht, ich will vor allem von dieser Miss Teenage America da drinnen weg.»

«Ich hab den Wagen da, laß uns zum Park fahren.»

Wir fuhren zum Holiday Park hinüber und nahmen in dem Cockpit des blauen Flugzeugs Platz. Ich machte mir nicht die Mühe, Connie von meinem letzten Aufenthalt in diesem Flugzeug zu erzählen.

«Glaubst du, daß du schwul bist?»

«Oh, phantastisch, du auch noch! Dann trage ich jetzt also ein leuchtendes Etikett ‹Schwul› auf meiner Brust. Ich könnte mir auch ein scharlachrotes ‹L› in meine Stirn eingravieren. Warum muß jeder einen in einen Kasten stecken und den Deckel drauf nageln? Ich weiß nicht, was ich bin – polymorph und pervers. Scheiße. Ich weiß nicht einmal, ob ich weiß bin. Ich bin ich. Das ist alles, was ich bin, und alles, was ich sein möchte. Muß ich irgend etwas sein?» Connie blickte auf ihre Hände, und über ihren Augen zogen sich die Brauen zusammen. «Komm, raus damit, Connie, was hast du auf dem Herzen?»

«Nein, du brauchst nicht irgend etwas zu sein. Es tut mir leid, daß ich dich gefragt habe, ob du schwul bist. Aber das Ganze ist ein gewaltiger Schock. Dinge, die einem die Mutter nicht erzählt hat und all das. Ich vermute, ich bin spießig, oder vielleicht habe ich auch nur Angst. Meiner Meinung nach solltest weder du noch sonst jemand ein Etikett tragen, und ich verstehe nicht, warum es so gottverdammt wichtig ist, mit wem man schläft, und ich verstehe nicht, wieso ich dem so aufgesessen bin. Die ganze Zeit dachte ich, ich sei eine progressive Denkerin, die knospende Intellektuelle unter der Spreu, jetzt wird mir klar, daß ich mit Vorurteilen vollgestopft bin wie das allerletzte Rindvieh. Ich verberge sie hinter Schichten von vielsilbigen Wörtern.» Sie holte tief Luft und fuhr fort: «Es hat mich völlig über den Haufen geworfen, als du sagtest, du schliefest mit Carolyn – mich, Miss Sarkasmus von Ft. Lauderdale High School, Miss Schein-Schlau.» Ich begann etwas zu sagen, aber sie fuhr fort. «Ich bin noch nicht fertig, Molly, ich weiß nicht, ob ich noch deine Freundin sein kann. Es wird mir jedesmal, wenn ich dich sehe, wieder einfallen. Ich werde nervös sein und immer denken, ob du wohl gleich über mich herfällst, oder so.»

Jetzt war ich an der Reihe, schockiert zu sein. «Das ist doch verrückt. Was meinst du, was ich tue – immer wenn ich eine Frau sehe, ins Japsen kommen? Ich werde nicht auf dich losspringen wie ein basedowkranker Affe. Gott verdammich.»

«Ich weiß das. Ich *weiß* das, aber es ist in meinem Kopf. Es liegt an mir, nicht an dir. Tut mir leid. Es tut mir wirklich leid.»

Sie schwang ihr Bein herüber und kletterte aus dem Cockpit hinaus. «Los, komm. Ich bring dich nach Hause.»

«Nein, es ist ja nicht weit. Ich möchte lieber laufen.»

Sie blickte nicht auf. «Okay.»

An diesem Abend rief Carolyn an und erfüllte mein Ohr mit viertausend lieblichen Entschuldigungen. Ich sagte ihr, sie solle die Klappe halten, und es sei mir scheißegal, was sie dächte. Sie könne ihre Ballkönigin-Tiara nehmen und sich in den Hintern stecken.

In der Schule gab es viel Getuschel über den Bruch zwischen den fröhlichen Drei, aber keine von uns machte den Mund auf, und so mußten die Tratschtanten sich ihre eigenen Geschichten zusammenbrauen. Fast überall akzeptiert wurde Miss Martons Theorie, daß Connie mit Clark hatte schlafen wollen und daß ich es nicht geduldet hatte. Carolyns Verhalten erklärte sie damit, daß Carolyn zwischen uns beiden hin und her gerissen sei. Als ich meinen Sinn für Humor wiedergefunden hatte, fand ich alles sehr komisch, aber ich ärgerte mir zugleich auch ein Loch in den Bauch – die Leute sind so blöd! Man biete ihnen in rotes Zellophanpapier eingewickelte Scheiße, und sie kaufen sie.

Ich wurde immer isolierter in dem Glanz meines Büros. Es war ein ermüdendes Spielchen, als erst einmal der Nimbus, Präsidentin des Schülerrates zu sein, verblaßte. Ich sehnte mich danach, zu dem Kartoffelfeld zurückzukehren und mit Kindern, die den Unterschied zwischen Weejun- und Old Maine-Sportschuhen nicht kannten, Unfug zu treiben. Aber diese Kinder wuchsen heran und trugen tonnenweise Augen-Make-up, rosaroten Perlmutt-Nagellack und kratzten einander die Augen aus wegen eines Jungen mit einem metallglänzenden liebesapfelroten 55er Chevy, mit einer Vier-Gang-Schaltung auf dem Boden. Es führte kein Weg zurück. Kein Weg zurück. Auf dem College würde es wie in der Oberschule sein, nur schlimmer. Aber ich mußte hin. Wenn ich nicht das Examen machte, würde ich nur eine Sekretärin mehr sein. Nein danke. Ich mußte es schaffen, und ich mußte in eine Großstadt, ich mußte weitermachen. Das hatte Carl einmal zu mir gesagt, du mußt weitermachen. Es wäre schön gewesen, jetzt mit Carl reden zu können. Gott, wäre es schön gewesen, mit jemandem reden zu können, der seine sieben Sinne beisammen hatte.

Eine Woche vor der Abschlußprüfung wirbelte ein

farbiges Ereignis die Schule durcheinander. Jemand hatte sich vor der ersten Turnstunde in den Duschraum der Mädchen geschlichen, die Brausenköpfe abgedreht und irgendwelchen Farbpuder hineingetan. Sechzig Mädchen nahmen an der ersten Turnstunde teil, und die ersten zwanzig etwa kamen rot, gelb, grün oder blau unter den Duschen hervor. Das Zeug ließ sich nicht einmal abwaschen. An diesem Samstagabend wurden die Diplome verliehen, und mit einem gewissen Vergnügen bemerkte ich, daß Carolyn einem schwindsüchtigen Film-Indianer ähnelte und Connie entschieden blau aussah.

Als ich mein Diplom entgegennahm, erhielt ich eine stehende Ovation von meiner Wählerschaft und eine Umarmung von Mr. Beers. Als der Lärm verebbte, sagte er in das summende Mikrofon: «Das hier ist unser Gouverneur in zwanzig Jahren.» Alles jubelte von neuem, und ich dachte, Mr. Beers war so blöd oder vielleicht so gutmütig wie Carl, der jedem bei der Arbeit dasselbe zu erzählen pflegte.

10

Gainesville in Florida ist die Bettpfanne des Südens. Im nördlichen Zentral-Florida gelegen, bietet es Zwergkiefern, spanisches Moos und blutigrote Ziegelklötze von Bürohäusern. Es ist der Sitz der Universität von Florida. Der einzige Grund, weshalb ich dorthin ging, war, daß man mir ein volles Stipendium mit Zimmer und Verpflegung gewährte. Duke, Vassar und Radcliffe boten weniger, und da ich kein Geld hatte, bestimmten materielle Gesichtspunkte meine Wahl.

Carrie und Florence setzten mich in den Greyhound-Bus, der hinter der Howard Johnson-Gaststätte hielt und losfuhr, um hinter anderen Howard Johnson-Gaststätten in Florida zu halten. Die Busfahrt dauerte zwölf Stunden, aber schließlich kam ich an und warf einen ersten Blick auf die trostlose Stadt. Mit meinem einen Koffer in der Hand, auf dem ein Girls' State-Zettel klebte, wanderte ich zur Universität.

Ich bekam ein Zimmer in Broward Hall, auf dem Campus als «Schweinebucht» bekannt. Aber das Zimmer war umsonst, und so ertrug ich es. Gleich an diesem ersten Tag lernte ich Faye Raider, meine Zimmergenossin, kennen, eine Medizinstudentin aus Jacksonville. Da ich Jura auf meine Aufnahmeformulare geschrieben hatte, hielt die Verwaltung das wohl für eine gute Ehe. Und eine gute Ehe war es, aber nicht aus Gründen des Studiums. Faye und ich entdeckten eine gemeinsame Neigung zu Aufruhr. Somit verloren wir keinerlei Zeit, ein System zur Bestechung der Gebäudewächter einzurichten, damit wir durch Kellerfenster ein- und aussteigen konnten, sobald die Türen abgeschlossen waren, um unsere Jungfräulichkeit vor der Nachtluft zu schützen. Faye schloß sich der Chi Omega-Verbindung an, weil ihre Mutter 1941 eine Chi O gewesen war, und ich schloß mich den Delta Delta Delta an, weil sie wie die Universität versprachen, alles zu bezahlen – ein schmutziger Handel. Faye sagte, sie sei einer Studentinnenverbindung beigetreten, um ihrer Mutter eine Freude zu machen, für die die Jacksonville-Seniorenvereinigung die einzige Freude im Leben sei, und ich tat es, weil die Campus-Politik es verlangte. Auf diese Weise wurden alle meine Wahlkosten von der Studentinnenverbindung und der Partei, zu der sie gehörte, die Universitätspartei, bestritten. Ich kandidierte als Vertreterin der Erstsemester und gewann. Faye war Wahlkampf-Managerin, was

Tri Delta für einen Schlag von politischer Brillanz hielt, da es zur Einigung der Häuser Tri Delta und Chi Omega beitrug, die zusammen die übrigen elf Studentinnenverbindungen auf dem Campus beherrschten. Faye und ich lachten über die Feierlichkeit, mit der unsere «Schwestern» all dies begrüßten, und verbrachten im übrigen unsere freien Stunden damit, die County-Grenze zu überschreiten, um an Alkohol zu gelangen, den wir in unserem Zimmer leicht verwässerten und dann zu einem höheren Preis weiterverkauften.

Wir haßten beide die Universität mit ihren langweiligen Landwirtschaftshauptfächern, den schrecklichen Business-Hauptfächern und all den Mädchen, die in Trenchcoats, ein paar Kunstgeschichtsbücher unter den linken Arm geklemmt, herumliefen. Faye gestand mir, daß ihr nicht viel daran liege, Ärztin zu werden, aber sie wolle verdammt sein, wenn sie sich in die Philologievorlesungen setzen würde zu all den babbelnden Mädchen, die so runde Nadeln auf ihren Bubi-Kragen trugen. Ihr Vater kaufte ihr einen Mercedes 190 SL, um sie in ihrem Studieneifer zu ermuntern, und alle zwei Wochen pflegte er ihr einen dicken Scheck mit der Post zu schicken. Faye war die Großzügigkeit selbst, vielleicht weil sie nicht wußte, was Geld wert war, aber ich liebte sie deswegen, was auch immer ihre Motive waren. Sie warf einen Blick auf meine bescheidene Garderobe, marschierte mit mir zum besten Laden in der Stadt und blätterte 300 Dollar für Kleider hin. Mit Rücksicht auf meinen Stolz verkündete sie, sie habe keine Lust, mit einer Zimmergenossin gesehen zu werden, die jeden Tag dieselbe Bluse trage. Für Faye war ich wohl so etwas wie eine Kuriosität. Sie konnte meinen Ehrgeiz nicht verstehen, aber Faye konnte auch meine Armut nicht begreifen.

Es verstieß natürlich gegen die Regeln, aber Faye hielt in ihrem Schrank eine kleine Eisbox versteckt, wo sie

Mixer, Oliven und Streichkäse aufbewahrte. Den Alkohol versteckte sie in Schuhschachteln. Ich konnte mir nicht vorstellen, daß Faye auf dem besten Wege war, bis Mitte Oktober eine jugendliche Alkoholikerin zu werden. Ich fragte sie, warum sie soviel trinke, aber sie sagte mir, ich solle das Moralisieren lassen, also ließ ich das Thema fallen. Ihre Noten wurden schlechter, und sie schwänzte immer häufiger die Übungen. Glücklicherweise brauchte ich nicht so sehr viel zu lernen, um meine Examina zu schaffen, denn Faye dachte nicht daran, für sich selbst oder jemand anders zu lernen. Abends um neun, wenn wir in unseren Schlafzimmern waren, lief Faye mit einer riesigen Kuhglocke in den Flur hinaus und schlug mit einem Trommelstock darauf und brüllte: «Lernt, lernt all ihr Arschkriecher.» Dann segelte sie in ihr Zimmer zurück und schenkte sich ein weiteres Glas ein.

Bei Chi Omega machten sie sich wegen ihrer Neuerwerbung Sorgen, als Faye beim Abendessen für Präsident Reich aufkreuzte und zu ihm hinschwankte und murmelte: «He, Prex, wie lassen Sie hängen?» In dem Bemühen, sie auf den rechten Pfad der Tugend zu bringen, hielt ihre ältere Schwester Cathy einmal in der Woche ein einstündiges Herz-zu-Herz-Gespräch mit ihr ab. Faye zeterte wütend, das sei Amateur-Psychiatrie und es verletze ihre neu erworbene professionelle Ethik. Eines Donnerstags kam sie nach einer Sitzung in unser Zimmer zurück und knallte die Tür zu.

«Bolt, ich hab's platzen lassen. Ich hab den ganzen Scheiß platzen lassen. Ich hab meinem gottverdammten großen Scheißschwesterherz gesagt, daß ich schwanger bin und eine Abtreibung brauche. Ihr milchweißes Gesicht gerann direkt vor mir. Sie versprach mir, es niemand weiterzusagen, aber ich wette Dollars gegen Spritzgebackenes, daß sie ihr Schapp aufmacht. Das wird meine Mutter umhauen!»

«Bist du sicher, daß du schwanger bist?»

«Ja, verflucht, scheißsicher. So sicher, daß ich kotzen muß.»

«Wo kriegen wir eine Abtreibung her?»

«Ich kenne einen Kerl von der medizinischen Fakultät, der wird's machen. Aber ich muß ihm 500 Dollar geben. Kannst du dir vorstellen, 500 Dollar, um ein winziges bißchen Schleim aus meinen Eingeweiden rauszukratzen?»

«Meinst du, daß er was davon versteht?»

«Wer weiß das schon?»

«Wann machen wir's also?»

«Morgen abend. Du fährst mich hin, Herzchen.»

«In Ordnung. Hast du Cathy gesagt, daß es morgen ist?»

«Nein. Wenigstens habe ich noch soviel Verstand gehabt, das nicht auszuspucken. Ich weiß nicht einmal, warum ich ihr überhaupt was erzählt habe. Es beschäftigte mich, und es rutschte mir so raus. Blöd.»

Am nächsten Abend brachen wir um neun auf und fuhren westwärts aus der Stadt hinaus. Wir hielten auf dem Parkplatz beim Wohnwagen des Medizinstudenten, und Faye stieg aus.

«Ich komm mit dir.»

«Nein, das tust du nicht. Du bleibst hier und wartest.»

Es schien Stunden zu dauern, und ich war so nervös, daß ich mich übergab. Das Ganze war gruselig, und das spanische Moos wirkte in der Nacht wie hagere Todesfinger, die auf mich zukamen, um mich zu ergreifen. Ich konnte an nichts anderes denken als an Faye, wie sie da auf einem Küchentisch lag und er Gott weiß was tat. Ich dachte, vielleicht sollte ich hineingehen, aber angenommen, ich platzte gerade im kritischen Augenblick herein und er stach sie, oder so. Endlich kam Faye herausgeschwankt. Ich rannte aus dem Auto, um ihr zu helfen.

«Faysie, ist alles in Ordnung?»

«Ja, nur ein bißchen schwach.»

Als wir uns dem Studentenheim näherten, drehte ich die Scheinwerfer aus und hielt auf dem mit Teersplit bedeckten Parkplatz. Wir gingen langsam zu dem Kellerfenster, das für den Preis von 10 Dollar pro Woche ständig unverschlossen war. Ich hob Faye hindurch, da es ziemlich hoch lag. Als ich auf der anderen Seite hinuntersprang, sah ich Blut an ihrem Bein herunterlaufen. «Faye, du blutest. Vielleicht sollten wir lieber doch zu einem richtigen Arzt gehen.»

«Nein, er hat gesagt, daß ich ein bißchen bluten würde. Das ist schon in Ordnung. Sprich nicht mehr darüber, sonst muß ich nur darüber nachdenken.»

Wir begannen die vier Treppen zu unserem Zimmer hinaufzusteigen, und bei Faye ging es schmerzhaft langsam. «Ich bin so verflucht schwach, daß wir dazu eine ganze beschissene Stunde brauchen werden.»

«Leg deine Arme um meinen Hals, und ich trag dich hoch.»

«Molly, du schaffst mich. Immerhin wiege ich 135 Pfund, und du mußt ungefähr hundert wiegen.»

«Ich bin sehr stark. Komm, das ist nicht der Augenblick, Gewichtsvergleiche anzustellen. Leg deine Arme um meinen Hals.» Sie lehnte sich an mich, und ich hob sie hoch. «Mein Held», lachte sie.

Die nächsten zwei Tage schwänzte ich die Seminare, um in der Nähe zu sein, falls Faye mich brauchte. Sie erholte sich blitzschnell, und am Samstag war sie schon wieder zu einem weiteren alkoholgeschwängerten Wochenende bereit. «Ich fahr rüber nach Jacksonville, um auf den Putz zu hauen.»

«Sei nicht schwachsinnig, Faye, und tritt mal leise dieses Wochenende.»

«Wenn du so beunruhigt bist, kannst du ja mitkommen und Krankenschwester spielen. Wir können bei mir zu Hause übernachten und Sonntagabend zurückkommen. Auf, komm.»

«Okay, aber du versprichst mir, daß du dir nicht irgend so 'nen Hengst schnappst und alle deine Nähte wieder aufreißt oder was immer du da hast.»

«Du machst mich fertig.»

Wir begannen unseren Zug in einer Bar in der Nähe der Universität von Jacksonville – schwarze Mauern mit Leuchtfarbe drauf und riesigen Schildkrötenpanzern hier und dort. Ein gewaltiger Basketball-Spieler lud uns zu einem Drink ein und drängte mich, mit ihm zu tanzen. Meine Nase stieß an seinen Nabel, und vom langen Tanzen auf Zehenspitzen bekam ich Krämpfe in den Füßen. Wir suchten das Weite und strebten der Innenstadt zu. «Ich werde dich in eine wilde Bar führen, Molly, also mach dich auf was gefaßt.»

Die Bar hieß *Rosetta* nach der Besitzerin, die mit einer schwarzen Lasagne-Frisur herumlief, die Haare einen halben Meter hochtoupiert und mit Eßstäbchen kreuz und quer durchbohrt.

Rosetta lächelte uns zu, als wir hereinkamen, und bat um unsere Ausweise. Sie waren natürlich gefälscht, aber wir passierten Checkpoint Charlie und gingen zu einem Tisch in der Ecke. Als wir uns setzten, blickte ich zur Tanzfläche hinüber und sah, daß die Männer miteinander tanzten und die Frauen miteinander tanzten. Ich verspürte einen plötzlichen Drang, in unbändigem Applaus in die Hände zu klatschen, aber ich unterdrückte ihn, weil ich wußte, daß niemand so etwas verstehen würde.

«Faye, wie hast du diese Kneipe gefunden?»

«Ich komme herum, Schatz.»

«Bist du schwul?»

«Nein, aber ich mag schwule Bars. Sie sind lustiger als

die normalen, außerdem gibt's keine Idioten, die einen betatschen wollen. Ich dachte, ich bring dich zur Abwechslung mal hierher.»

«Dachtest wohl, du würdest mich schockieren, was?»

«Ich weiß nicht, ich dachte einfach, es würde lustig sein.»

«Dann laß uns lustig sein. Komm, du kluges Kind, wie wär's mit einem Tanz?»

«Bolt, du schaffst mich wirklich. Wer, zum Teufel, soll denn führen?»

«Du, weil du größer bist als ich.»

«Wunderbar, ich mach also den kessen Vater.»

Als wir erst einmal auf der Tanzfläche waren, hatten wir ungeheure Mühe, uns im Gleichgewicht zu halten, weil Faye dröhnend lachte. Alle zwei Schritte verstümmelte sie mir meinen mit einer Sandale bekleideten Fuß. Dann schwang sie mich in einem plötzlichen Anfall von Konzentration im Fred Astaire-Stil herum und nutzte ihre Erfahrung im Quadrille-Tanzen. Als die letzten Klänge von *Ruby and the Romantics* verebbten, wandten wir uns wieder unserem Tisch zu. Zwei junge Frauen kamen uns von der anderen Seite der Tanzfläche her entgegen.

«Entschuldigen Sie. Sind Sie nicht alle an der Florida-Universität und wohnen im Broward?»

Faye bestätigte es. Dann fragte uns die Kleinere, ob wir nicht auf einen Drink mit an ihren Tisch kommen wollten. Wir waren einverstanden und trotteten zu unserem Ecktisch zurück, um unsere Gläser zu holen.

«Molly, wenn die Kleine mich anzuhauen versucht, sagst du ihr, wir gingen zusammen, in Ordnung?»

«Blitzheirat, was? In dem Fall werde ich alles für meine Frau tun.»

«Danke, Liebes. Ich werde dasselbe für dich tun. Erinnere dich, wir sind das schärfste Paar seit Adam und Eva.

Falsche Metapher – seit Sappho und wem auch immer. Los, komm.»

Die Frauen hießen Eunice und Dix. Sie waren in der Kappa Alpha Theta und fuhren am Wochenende unter dem Vorwand hierher, sie hätten Freunde, die in Jacksonville wohnten. In Wirklichkeit wollten sie nur den spähenden Augen ihrer liebevollen Verbindungsschwestern entgehen. Dix, die kleinere, war heftig dabei, Faye zu becircen. Faye war des Becircens wert. Sie hatte glänzendes schwarzes Haar, einen Teint wie weißes Porzellan und zwei haselnußbraune Augen – eine «Schöne aus dem Süden», die Studentin geworden war. Mir bereitete die Baretikette Kopfzerbrechen – ich wußte nicht, ob ich Leute zum Tanzen auffordern oder zu einem Drink einladen oder mich gar nach ihnen erkundigen durfte, zumal die Leute immer nur ihre Vornamen nannten. Eunice verkündete, daß ihr Hauptfach Krankengymnastik sei und das von Dix Englisch. Und daß sie schon seit anderthalb Jahren zusammen gingen.

«Wie nett», meinte Faye gedehnt, und ich erstickte fast an meinen Drink. Faye blieb eigenartig unbeeindruckt von allen romantischen Zurschaustellungen, ob sie nun homosexueller Natur oder von der gewöhnlichen heterosexuellen Wald- und Wiesen-Sorte waren. Sarkasmus erreichte Dix und Eunice nicht, und sie dachten, Faye hätte ihnen das gesegnete Zeichen ihres Einverständnisses gegeben. Dem verdankten wir, daß sie uns das ganze Szenario ihrer Liebe vermittelten. Wie sie sich in der Mathematikstunde kennengelernt hatten, wie lange es dauerte, bis sie zusammen ins Bett gegangen waren, und so weiter. Mit jedem Schluck wurde Dix angeregter; bald lehnte sie sich herüber, um uns anzuvertrauen: «Ihr werdet nie vermuten, was uns passierte, als wir in Jennings wohnten und normale Zimmergenossinnen hatten.»

«Ich kann's gar nicht erwarten. Erzähl!» antwortete Faye.

«Nun, wir trieben es gewöhnlich in Eunices Zimmer, weil ihre Gefährtin Abendunterricht hatte. Eines Abends war ich also drüben und . . . na ja, ich war gerade dabei, auf sie draufzusinken, als die Stimme ihrer Zimmergenossin im Gang ertönte. Schätzchen, ich wußte nicht, ob ich blind werden oder in die Hose machen oder um mein Leben rennen sollte. Zum Glück hatten wir die Tür abgeschlossen! Ich wollte mich gerade loseisen, als sich meine Zahnklammer in Eunices Haar verfing. Da ballerte nun ihre Zimmergenossin an die Tür und brüllte, und ich saß in einer inkriminierenden Stellung fest. Keine Zeit, zärtlich zu sein, ich riß mich los . . . Eunice gab einen Schrei von sich, der einem das Blut in den Adern gefrieren ließ, und ihre Zimmergenossin fuhrwerkte draußen an der Tür mit dem Schlüssel herum und schrie, jemand wolle Eunice ermorden. Ich stürzte in den Wandschrank, Jane bekam die Tür auf, und das halbe Haus marschierte hinter ihr her, den Leichnam zu sehen. Eunice zog die Decken über sich hoch, verschwitzt und aufgelöst, und versuchte möglichst schmerzerfüllt auszusehen – was sie auch war. Jane wollte wissen, was geschehen war. Eunice log, sie habe aus Versehen die Tür abgeschlossen, und während sie ein Nickerchen hielt, habe sie sich irgendwie den Rücken verzerrt. Den Schrei habe sie von sich gegeben, als sie versucht habe, aufzustehen, um die Tür zu öffnen. Nun wollte die ganze Weiberansammlung Eunice in die Krankenstation schaffen. Da hättest du Eunice sehen sollen, wie sie sich rausgeredet hat. Oh, das kommt bei mir hin und wieder mal vor. Das geht über Nacht wieder weg. Weiß der Himmel, wie lange sie brauchte, um den Haufen Leute aus dem Zimmer zu kriegen! Und ich mußte in dem Rattenloch aushalten, bis ihre Zimmergenossin eingeschlafen war.

Dann schlich ich mich auf Zehenspitzen hinaus. Ich lief zurück zu meinem Wohnheim und kriegte ganz schön Ärger, denn es war mitten in der Nacht!»

Wir lachten, da es ja von uns erwartet wurde, und ich war dankbar, daß Dix so gesprächig war. Hätte sie mich nämlich etwas gefragt, dann hätte ich nicht gewußt, was ich sagen sollte. Eunice wandte sich an Faye. «Wie lange geht ihr schon miteinander?» fragte sie.

«Seit September, als wir feststellten, daß wir im selben Zimmer wohnten.»

«Und vor dem College habt ihr euch nicht gekannt?» fragte Dix.

«Nein», antwortete Faye. «Es war Liebe auf den ersten Blick.»

«War eine von euch schon vor dem College andersrum?» klopfte Eunice auf den Busch. Sie war fasziniert von unserer Märchen-Romanze.

Diesmal gelang es mir, noch zu übertrumpfen. «Faye nicht, aber ich.»

Faye unterdrückte ein Kichern und sah mich an. Sie dachte, ich hätte ihr Märchen noch ein bißchen weiter ausgeschmückt.

«Wie lange hat es gebraucht, bis du sie verführt hast?» bohrte Dix weiter.

«Oh, ungefähr eine Woche.»

«Ja, ich war leicht auf die Matte zu kriegen.»

Wir blieben noch eine Stunde an der Bar und tauschten Informationen aus, welchen Professor man sausen lassen konnte, wer sonst noch schwul war, und so weiter. Faye verschaffte uns einen artigen Abgang, indem sie sagte, wir müßten am nächsten Morgen früh aufstehen und mit ihrer Mutter einkaufen gehen. Auf dem Weg nach Hause war Faye völlig aus dem Häuschen darüber, wer alles in den verschiedenen Studentinnenverbindungen lesbisch war. Wir fuhren die Auffahrt zu einem Landhaus in imitiertem Kolonialstil hinauf, von dem aus man den St. John's River überblickte. Drinnen sah es aus wie in den Ausstellungsräumen eines Möbelladens. Fayes Mutter hatte ein Zimmer im Plüsch der Kolonialzeit, ein anderes in einem mediterranen Stil und wieder ein anderes in einem französisch-ländlichen Stil. Alles war farblich aufeinander abgestimmt, und irgendwie erwartete ich, daß an den Waren noch die Preisschilder baumelten. Fayes Zimmer war im Teenager-Sexbomben-Stil eingerichtet. Auf den beiden Zwillings-Betten lagen orangefarbene Tagesdecken, die auf die Vorhänge abgestimmt waren. Ein schwarzer Fellteppich lag müde zwischen den Betten, und der Frisiertisch stöhnte unter dem Gewicht der vielen Parfum-Flaschen und des übrigen Zubehörs weiblicher Verkleidungskunst. Faye zog sich aus, warf ihre Sachen auf den Boden und ließ sich ins Bett fallen. «Ich bin scheißnüchtern. Nüchtern! Waren die beiden nicht irre komisch? Warte, bis wir sie beim nächsten panhellenischen Spülwasser-Tee wiedersehen. Das müßte toll werden!»

«Ja, aber sie waren doch süß, auf eine spießige, altmodische Art süß!»

«Vielleicht ja. Ich kann es nur nicht aushalten, wenn die Leute ins Schwärmen füreinander geraten.»

«Weil du nie verliebt gewesen bist. Du hast kein Herz, Faysie, nur einen Herzbeutel.»

«Danke.»

«Oh, ich wollte dich nur ein bißchen aufziehen. Ich kann diesen ganzen romantischen Quatsch auch nicht aushalten, vor allem nicht, wenn sie unter dem Tisch füßeln. Uuh. Aber jeder macht das, ob schwul oder normal. Mich stößt es ab – vielleicht bin ich weder das eine noch das andere.»

«Selbst wenn ich mich verliebe, werde ich nicht zu solcher Daddelei herabsinken.» Faye sah aus ihrem Fenster über den dunklen Fluß, dann wandte sie sich mir zu. «Hast du je daran gedacht, es mit einer Frau zu machen?»

«Daran gedacht! Faye, ich hab keinen Quatsch geredet, als ich Eunice erzählt hab, daß ich schon vor dem College schwul war.»

«Molly, du Miststück! Die ganze Zeit hausen wir in einem Zimmer zusammen, und du hast mir das nie erzählt!»

«Du hast nie danach gefragt.»

«Man kommt nicht darauf, nach so was zu fragen. Du bist wirklich ein altes Miststück. So bist du außer mit Frank in Phi Del auch mit Mädchen ausgegangen! Ich kann es nicht glauben, das übersteigt mein Fassungsvermögen.»

«Nein, tut mir leid, muß dich enttäuschen, ich bin die ganze Zeit über mit niemand ausgegangen außer mit Frank, dem Mittelstürmer.»

«Mensch, bin ich sauer, daß du mir das nicht erzählt hast. Da machen wir zusammen meine Abtreibung durch, ich erzähle dir alles, und du erzählst mir nicht mal das eine über dich. Wenn ich so darüber nachdenke, erzählst du sowieso nicht viel von dir. Was für Geheimnisse verbirgst du noch, Mata Hari?»

«Faye, es ist nicht wie so 'ne große Sache, die ich in mir verschlossen halte. Es gab keinen Grund, es dir zu erzählen. Außerdem habe ich andere Dinge im Kopf als nur die Tatsache, daß ich mit ein paar Mädchen geschlafen hab.»

«Du bist mir eine. Ich weiß, daß du mit Männern geschlafen hast. Aber mit Frauen . . . Ich bin ehrlich beeindruckt!»

«Warum hältst du jetzt nicht die Klappe, damit ich schlafen kann.»

Mit einem beleidigten Fauchen ließ Faye sich aufs Bett fallen. Ich schlug auf mein Kissen ein, damit es flach wurde. Zu festgestopfte Kissen kann ich nicht ertragen.

«Molly.»

«Was zum Teufel.»

«Laß uns ficken.»

«Faye, du machst mich fertig.»

«So ist das nun mal mit mir, und ich meine es ernst. Komm.»

«Nein, Periode.»

«Warum nicht?»

«Das ist eine lange Geschichte. Meine Erfahrungen mit Nichtlesbierinnen, die mit mir schlafen wollten, waren gräßlich.»

«Wie kann man eine Nichtlesbierin sein und mit einer Frau schlafen?»

«Frag mich nicht, aber das letzte Mädchen, mit dem ich geschlafen habe, hatte sich alles nur in ihrem verdrehten Hirn ausgedacht.»

«Jetzt, da ich vor Neugierde sterbe und mich dein Korb verletzt hat, erzählst du mir besser von diesen Nichtlesbierinnen, bevor ich meine Zunge verschlucke und krebsrot im Gesicht werde. Wenn du es nicht tust, schreie ich und sage Mutter, du hättest versucht, mich zu vergewaltigen.»

Faye riß ihren Mund zu einem geräuschlosen Scheinschrei auf. Ich erzählte ihr sofort meine Leidensgeschichte.

«Das war eine harte Sache. Danach würde ich mich dem Zölibat ergeben.»

«Genau das tat ich.»

«Brich es. Komm rüber und schlaf mit mir. Ich verspreche, keine Nichtlesbierin zu werden.»

«Dein Humor überwältigt mich.»

Faye sprang aus dem Bett, riß mir die Bettdecke runter und erklärte: «Wenn du nicht zu mir kommst, komme ich zu dir. Jetzt ist es mir verflucht scheißernst. Schieb deinen Hintern rüber.» Sie plumpste neben mich: «So, was habe ich jetzt zu tun? Was ich vorher noch nie getan habe?»

«Faye, ich kann sehen, daß dies der Beginn einer wunderschönen Beziehung ist.»

«Du und Humphrey Bogart. Molly, ich möchte wirklich mit dir schlafen.» Sie umarmte mich und gab mir einen Kuß auf die Stirn. «Okay, vielleicht ist es zum Teil Neugierde, aber auf der anderen Seite habe ich mehr Spaß mit dir als mit irgend jemandem sonst auf dieser gottverdammten Welt. Wahrscheinlich liebe ich dich mehr als irgend jemanden sonst. So sollte es sein, weißt du, ein Liebhaber, der ein Freund ist, und nicht dieser ganze gefühlsduselige Quatsch.» Sie gab mir einen langen sanften Kuß. Es war ihr ernst. In solchen Augenblikken hilft eine intellektuelle Analyse gar nichts, und so verdrängte ich alle Gedanken an danach und küßte ihren Hals, ihre Schultern und kehrte zu ihrem Mund zurück.

Den Rest des Semesters verbrachten wir im Bett und tauchten nur zu Seminaren und zum Essen auf. Faye schaffte ihre Prüfungen, da dies der einzige Weg war, wie wir zusammen bleiben konnten, und sie hörte mit dem Trinken auf, da sie etwas gefunden hatte, das mehr Spaß machte. Bei Chi Omega glaubten sie schon, Faye weilte nicht mehr unter den Lebenden und sei zum Himmel aufgestiegen. Bei Tri Delta begnügten sie sich damit, daß sie mir mit der Post dringende Informationen sandten. Wir waren achtzehn Jahre alt, verliebt und wußten nicht, daß die Welt existierte – aber die Welt wußte, daß wir existierten.

Erst im Februar bemerkte ich, daß manche Leute aus unserem Heim nicht mehr mit uns sprachen. Gespräche brachen ab, wenn eine von uns die braunen Flure hinunterschlenderte. Faye kam zu dem Schluß, daß sie alle an chronischer Kehlkopfentzündung litten und wollte für

Heilung sorgen. Sie legte eine Mickey Mouse-Club-Schallplatte in dem häßlichen Campus-Glockenturm auf, stellte das Gerät ein und verkündete unseren Wohnheim-Nachbarinnen, daß um 15 Uhr 30 über den Glokkenturm die wahre Natur der Universität enthüllt werde. Sobald die Schallplatte quer über den Campus tönte, kamen Dot und Karen von nebenan rübergerannt, um Fayes Erfolg zu bekichern. So schnell, wie sie auf dem Absatz kehrtmachten, um hinauszueilen, fragte Faye sie geradeheraus: «Wie kommt es, daß ihr beide nicht mehr mit uns redet?»

Schrecken überzog Dots Gesicht, und sie erzählte eine Halbwahrheit. «Weil ihr die ganze Zeit in eurem Zimmer bleibt.»

«Quatsch», konterte Faye.

«Es muß einen anderen Grund geben», fügte ich hinzu.

Karen, verärgert über unsere schlechten Manieren, so direkt zu sein, zischte uns anmutig an: «Ihr seid so viel zusammen, daß es aussieht, als wärt ihr Lesbierinnen.»

Ich dachte, Faye würde ihr Chemie-Buch nach Karen werfen, so rot war ihr weißes Gesicht. Ich sah Karen direkt ins Gesicht und sagte ruhig: «Wir sind es.»

Karen prallte zurück, als hätte man sie mit einem schmierigen Scheuerlappen geschlagen. «Ihr seid krank, und ihr gehört nicht in ein solches Heim mit all den Mädchen hier.»

Jetzt sprang Faye auf und ging auf Karen zu, und Dot, der Inbegriff von Mut, drehte nervös am Türknauf herum. Faye legte den höchsten Gang ein und ließ ihren Motor röhren: «Wieso, Karen, hast du Angst, ich wollte mit dir schlafen? Hast du Angst, ich könnte mich mitten in der Nacht hinüberschleichen und auf dich losgehen?» Faye lachte jetzt, und Karen stand wie versteinert da. «Karen, wenn du die letzte Frau auf Erden wärst, würde ich zu den Männern zurückgehen – du bist eine alberne, pickelgesichtige Gans.» Karen rannte aus dem Zimmer, und Faye brüllte: «Hast du ihr Gesicht gesehen? Was für eine fade Zicke dieses Geschöpf ist.»

«Faye, jetzt sind wir dran. Die läuft jetzt direkt zur Wohnheimleiterin, und wir werden echte Scheißschwierigkeiten kriegen. Bestimmt werden sie uns rausschmeißen.»

«Laß sie doch! Wer, zum Teufel, will schon in dieser elenden Verbildungsstätte verrotten?»

«Ich. Es ist meine einzige Chance, aus dem Sumpf rauszukommen. Ich muß mein Examen schaffen.»

«Wir gehen auf ein privates College.»

«Du vielleicht! Ich kann nicht mal mein eigenes Essen bezahlen, verdammt noch mal!»

«Hör zu, mein Alter bezahlt meine Ausbildung. Wir können ja halbtags arbeiten und so das Geld für deine Ausbildung verdienen. Scheiße, ich wollte, er gäbe dir das Geld! Mir ist mein Examen scheißegal. Aber das geht nicht. Er will jedoch unbedingt, daß ich auf dem College bleibe, also wird er ab und zu einen Bonus schicken, um mich zu ermuntern. Damit, und wenn wir ein bißchen arbeiten, kommen wir schon irgendwie zurecht.»

«Ich nehme an, daß es schwieriger wird, Faye, aber ich hoffe, du hast recht.»

Eine halbe Stunde, nachdem Faye Karens nicht existente Sexualität beleidigt hatte, wurde sie in das Büro der Wohnheimleiterin zitiert, während ich zur Dekanin der Studentinnen, Miss Marne, geschickt wurde. Diese Kreatur war eine zickige rothaarige Person, die im Zweiten Weltkrieg im Armeekorps den Rang eines Major innegehabt hatte. Sie zitierte ihre militärische Erfahrung gern als Beweis dafür, daß auch Frauen dergleichen schaffen konnten. Ich ging in ihr *House & Garden*-Büro mit all den gemalten Ordenszeichen an der Wand. Wahrscheinlich hatte sie auch eins da oben als Beweis ihrer Weiblichkeit. Sie lächelte breit und schüttelte mir kräftig die Hand.

«Setzen Sie sich bitte, Miss Bolt. Wollen Sie eine Zigarette?»

«Nein, danke, ich rauche nicht.»

«Sehr vernünftig. Kommen wir zur Sache. Ich habe Sie rufen lassen wegen des unglückseligen Vorfalls in Ihrem Wohnheim. Würden Sie so freundlich sein und mir die Sache erklären?»

«Nein.»

«Miss Bolt, das ist eine sehr ernste Angelegenheit, und ich möchte Ihnen helfen. Das wird sehr viel leichter sein, wenn Sie sich kooperativ verhalten.» Sie strich mit der Hand über die Glasplatte auf ihrem Schreibtisch und lächelte beruhigend. «Molly, darf ich Sie so nennen?» Ich nickte – was, zum Teufel, kümmert's mich, wie sie mich nennt? «Ich habe mir Ihre Beurteilungen angesehen, Sie sind eine unserer hervorragendsten Studentinnen. Ehrenstipendiatin, Tennisteam, Vertreterin für Erstsemester, Tri Delta . . . Sie wissen, was Sie wollen! Ha, ha. Ich glaube, Sie gehören zu den jungen Frauen, die dem Problem, das Sie haben, auf den Grund gehen wollen, und dabei möchte ich Ihnen gern helfen. Ein Mensch wie Sie kann es weit bringen in dieser Welt.» Sie senkte die Stimme vertraulich. «Ich weiß, Sie haben es schwer gehabt, Ihre Herkunft und alles, Sie hatten einfach nicht die Vorteile anderer Mädchen. Deshalb bewundere ich, wie Sie über Ihre Umstände hinausgewachsen sind. Jetzt erzählen Sie mir von dieser Schwierigkeit, die Sie bei Ihren Beziehungen zu Mädchen und insbesondere zu Ihrer Zimmergenossin haben.»

«Miss Marne, ich habe kein Problem bei meinen Beziehungen zu Mädchen, und ich liebe meine Zimmergenossin. Sie macht mich glücklich.»

Ihre spärlichen roten Augenbrauen, wo der braune Stift durchschimmerte, schossen hoch. «Ist die Beziehung zu Faye Raider, hm, intimer Natur?»

«Wir ficken miteinander, wenn es das ist, was Sie meinen.»

Ich glaube, ihr fiel die Gebärmutter raus. Stotternd drängte sie weiter: «Halten Sie das nicht für etwas abwegig? Stört Sie das nicht, meine Liebe? Immerhin ist es nicht normal.»

«Ich weiß, daß es für die Leute auf dieser Welt nicht normal ist, glücklich zu sein, und ich bin glücklich.»

«Hmm. Vielleicht gibt es irgendwelche verborgenen Dinge in Ihrer Vergangenheit, Geheimnisse in Ihrem Unterbewußtsein, die Sie davon abhalten, eine gesunde Beziehung zu Angehörigen des anderen Geschlechts zu haben. Ich glaube, mit einiger harter Arbeit an sich selbst und berufener Unterstützung können Sie diese Sperren aufreißen und den Weg zu einer tieferen, bedeutungsvolleren Beziehung zu einem Mann finden.» Sie holte Atem und lächelte das Lächeln einer Verwaltungsbeamtin. «Haben Sie nie an Kinder gedacht, Molly?»

«Nein.»

Diesmal konnte sie ihren Schock nicht verhehlen. «Ich verstehe. Nun, Liebes, ich habe für Sie eine Behandlung bei einem unserer Psychotherapeuten arrangiert, dreimal in der Woche, und natürlich werden wir beide uns einmal in der Woche sehen. Sie sollen wissen, daß ich hier bin und Ihnen den Daumen halte, daß Sie diese Phase, in der Sie da stecken, überwinden. Sie sollen wissen, daß ich Ihre Freundin bin.»

Wenn ich eine Lötlampe gehabt hätte, ich hätte sie an ihr lächelndes Gesicht gehalten, bis es rot gewesen wäre wie die Haare. Da ich nichts dergleichen in der Tasche hatte, tat ich das nächstbeste: «Miss Marne, warum bedrängen Sie mich so, Mutter zu werden und all diesen

Quatsch, wenn Sie doch nicht einmal verheiratet sind?»

Sie krümmte sich auf ihrem Stuhl und wich meinem Blick aus. Ich hatte die Regeln durchbrochen und sie festgenagelt. «Wir sind hier, um über Sie zu reden, nicht über mich. Ich hatte Gelegenheiten genug. Ich kam zu dem Schluß, daß eine berufliche Laufbahn für mich wichtiger war, als ein Heimchen am Herd zu werden. Zu meiner Zeit wurden viele ehrgeizige Frauen zu dieser Wahl gezwungen.»

«Wissen Sie, was ich annehme? Sie sind genauso eine Lesbierin wie ich. Sie sind eine scheißverfluchte heimliche Lesbe, ja, genau das sind Sie. Ich weiß, daß Sie seit fünfzehn Jahren mit Miss Stiles von der englischen Fakultät zusammen leben. Sie ziehen diese ganze Nummer nur bei mir ab, damit Sie selbst in einem besseren Licht erscheinen. Zum Teufel, ich gebe wenigstens zu, was ich bin.»

Ja, ihr Gesicht war flammendrot. Sie schlug so fest mit der Faust auf den Schreibtisch, daß die Glasplatte über all den darunter geschobenen Papieren zerbrach und sie sich ihre dicke Hand zerschnitt. «Junge Dame, Sie gehen jetzt direkt zum Psychotherapeuten. Sie sind offensichtlich eine feindselige, destruktive Persönlichkeit und gehören unter Aufsicht. Wie können Sie nur so mit mir reden, wenn ich Ihnen zu helfen versuche. Ihr Fall ist schlimmer, als ich gedacht hatte.»

Der Lärm lockte ihre Sekretärinnen herbei. Miss Marne rief im Universitätskrankenhaus an. Zwei Campus-Polizisten eskortierten mich zur Abteilung für Verrückte. Die Krankenschwester nahm meine Fingerabdrücke. Vermutlich legten sie sie unter ein Mikroskop, um sie auf irgendwelche schlimmen Bakterien zu untersuchen. Dann führten sie mich in einen nackten Raum mit einer Liege darin und nahmen mir alle meine Kleider ab. Man steckte mich in ein fesches Nachthemd, in dem selbst Marylin Monroe wie ein geprügelter Hund ausgesehen hätte. Die Tür wurde geschlossen und der Schlüssel herumgedreht. Das grelle Neonlicht tat meinen Augen weh, und das Summen der Röhren trieb mich zum Wahnsinn, genau wie die Behandlung, die sie mir haben zuteil werden lassen.

Ein paar Stunden später kam ein türkischer Psychotherapeut, Dr. Demiral, zu mir herein, um mit mir zu sprechen. Er fragte mich, ob ich verwirrt sei. Ich antwortete ihm klar, jetzt sei ich verwirrt, und ich wolle raus. Er sagte, ich solle mich beruhigen, und in ein paar Tagen sei ich wieder draußen. Bis dahin würde ich zu meinem eigenen Besten beobachtet. Das sei das übliche Verfahren, nichts Persönliches. An den darauffolgenden Tagen übertraf ich Bette Davis an schauspielerischen Leistungen. Ich war ruhig und heiter. Ich tat so, als freute ich mich, das fettige, bärtige Gesicht Dr. Demirals zu sehen. Wir sprachen über meine Kindheit, über Miss Marne und über die gärenden Haßgefühle, die ich unterdrückt hatte. Es war sehr einfach. Was immer sie sagen, man mache ein ernstes, aufmerksames Gesicht und sage stets «Ja» oder: «Daran habe ich noch gar nicht gedacht.» Ich erfand horrende Geschichten, um meiner Wut einen Grund in der Vergangenheit zu verleihen. Es ist auch sehr wichtig, sich Träume auszudenken. Sie lieben die Träume. Nächtelang lag ich wach und dachte mir Träume aus. Es war erschöpfend. Innerhalb einer Woche entließ man mich, und ich kehrte in die relative Ruhe von Broward Hall zurück.

Ich blieb vor meinem Briefkasten stehen, es steckten zwei Briefe darin. Der eine trug Fayes Handschrift. Der andere hatte einen Rand aus Silber, Grau und Gold, was besagte, daß er von meinen geliebten Tri Delta-Schwestern kam. Ich öffnete ihn zuerst. Es war ein offizieller Brief, mit dem Halbmondsiegel darauf. Darin wurde mir eröffnet, ich sei aus der Studentinnenverbindung ausgeschlossen worden, wofür ich sicherlich Verständnis hätte. Alle wünschten mir baldige Besserung. Ich rannte die Treppe hinauf, öffnete die Tür und sah, daß alle Sachen von Faye verschwunden waren. Ich setzte mich auf das einsame Bett und las Fayes Brief.

«Liebe, süße, geliebte Molly,

Die Wohnheimleiterin teilte mir mit, daß mein Vater im Anmarsch ist, um mich abzuholen, und ich bin gerade beim Einpacken. Daddy steht offenbar kurz vorm Herzinfarkt wegen der ganzen Geschichte. Sobald ich nämlich aus der widerwärtigen Diskussion mit der Leiterin herauskam, rief ich zu Hause an, und Mum war am Telefon. Sie hörte sich an, als hätte sie eine Rasierklinge verschluckt. Sie sagte, ich hätte hoffentlich eine Erklärung für alles bereit, denn Dad sei entschlossen, mich in eine Irrenanstalt zu bringen, um mich wieder «hinzubiegen». Mein Gott, Molly, die sind alle *verrückt.* Meine eigenen Eltern wollen mich hinter Schloß und Riegel bringen! Mutter weinte und sagte, sie werde die besten Ärzte für ihr kleines Mädchen ausfindig machen, und was sie nur falsch gemacht hätte. Zum Kotzen! Ich nehme an, wir werden einander nicht sehen. Sie werden mich fernhalten, und Du bist im Hospital eingeschlossen. Ich habe das Gefühl, ich bin unter Wasser. Ich würde am liebsten abhauen, aber irgendwie kann ich mich nicht von der Stelle rühren, und Geräusche brausen wie Wellen durch meinen Kopf. Ich glaube, ich tauche nicht wieder auf, bis ich Dich sehe. Es sieht so aus, als ob ich Dich nicht so bald sehen werde. Wenn sie mich irgendwohin stecken, werde ich Dich vielleicht *nie* wiedersehen. Molly, hau hier ab. Hau von hier ab und versuche nicht, mich zu finden. Es ist jetzt keine Zeit für uns. Alles ist gegen uns gerichtet. Hör auf mich. Zwar bin ich vielleicht unter Wasser, aber ich kann einiges sehen. Hau von hier ab. Lauf. Du bist die stärkere von uns beiden. Geh in eine große Stadt. Dort dürfte es etwas besser sein. Sei frei. Ich liebe Dich. Faye

PS. 20 Dollar ist alles, was ich noch habe. Sie liegen in der obersten Schublade von Dir, unter all den Slips. Ich hab dort auch eine alte Flasche Jack Daniels hingelegt. Trink einen Schluck auf mich, und dann mach, daß Du fortkommst.

Zwischen einem weißen und einem roten Höschen steckten die 20 Dollar. Unter dem ganzen Stapel lag die Flasche. Jack Daniels. Ich trank einen Schluck auf Faye. Dann ging ich den Gang hinunter mit all den Türen, die sich wie auf Kommando schlossen, und schüttete den Rest der Flasche in den Ausguß.

Am nächsten Tag steckte in meinem Briefkasten ein Brief von dem für mein Stipendium zuständigen Ausschuß. Darin wurde mir mitgeteilt, daß mein Stipendium aus moralischen Gründen nicht erneuert werden könne, obwohl meine akademischen Leistungen «glänzend» seien.

Ganz hinten in meinem Wandschrank hatte sich mit den Palmen-Käfern auch mein Girls' State-Koffer eingenistet. Ich zog ihn heraus, packte ihn und setzte mich darauf, um ihn zu schließen. Bis auf mein Englisch-Buch ließ ich alle Bücher in meinem Zimmer zurück, ebenso meine Semesterarbeiten, die Football-Programme und mein letztes Fitzelchen Unschuld. Meinen Glauben an den Idealismus und an das Gute im Menschen hatte ich für immer verloren. Auf demselben Weg, den ich bei meiner Ankunft gekommen war, ging ich zur Greyhound-Busstation.

Dritter Teil

11

Mutter saß in ihrem grün gepolsterten Schaukelstuhl, als ich zur Tür hereinkam. «Du kannst kehrtmachen und dich gleich wieder rausscheren. Ich weiß alles, was passiert ist, die Dekanin hat mich angerufen. Krieg deinen Hintern rum und raus mit dir.»

«Mom, du weißt nur, was die anderen dir erzählt haben.»

«Ich weiß, daß du deinen Hintern mit deinem Kopf davonrennen läßt, das ist's, was ich weiß. Eine Schwule, ich hab eine Schwule großgezogen, das ist's, was ich weiß. Du taugst weniger als die schmutzigen Beerenpflückerinnen im Gehölz. Weißt du das?»

«Mom, du verstehst überhaupt nichts. Warum läßt du es mich nicht so erzählen, wie ich es sehe?»

«Ich will gar nichts von dem hören, was du sagen kannst. Du warst immer schlecht. Du hast dich nie an die Regeln gehalten – nicht an meine und auch an die der Schule nicht. Und jetzt forderst du Gottes Regeln heraus! Los, raus mit dir. Ich will dich nicht. Warum zum Teufel bist du überhaupt zurückgekommen?»

«Weil ich sonst keine Familie habe. Wo soll ich sonst hingehen?»

«Das ist dein Problem, Klugscheißerin. Du wirst keine Freunde haben, und du hast keine Familie. Wollen wir doch mal sehen, wie weit du kommst, du kleine Rotznase. Du dachtest, du gehst aufs College und wirst was Besseres als ich. Du dachtest, du würdest dich unter die Reichen mischen. Und du hältst dich immer noch für große Klasse, nicht wahr? Selbst daß du eine stinkende Schwule bist, stört dich nicht. Auf deinem ganzen Gesicht steht Arroganz geschrieben. Na, ich hoffe nur, daß ich den Tag erlebe, an dem du deinen Schwanz einziehst. Ich werde dir ins Gesicht lachen.»

«Dann mußt du warten, bis ich tot bin.» Ich ergriff meinen Koffer, der an der Tür stand, und ging in die kalte Nachtluft hinaus. Ich hatte 14,26 Dollar in meinen Jeans, das war alles, was von Fayes Geld und dem meinen nach der Busfahrkarte übriggeblieben war. Damit kam ich nicht einmal bis nach New York. Und dort wollte ich hin. Es gab so viele Schwule in New York, daß eine mehr das Boot nicht zum Schaukeln bringen würde.

Ich ging die 14th Street in nordöstlicher Richtung zur Route 1, und dort setzte ich meinen Koffer ab und streckte den Daumen hoch. Niemand schien mich zu bemerken. Ich dachte schon, ich müßte zu Fuß nach New York, als ein Kombiwagen mit einer Zulassungsnummer des Bundesstaats Georgia hielt.

Ein Mann, eine Frau und ein Kind saßen in dem Wagen und musterten mich. Die Frau winkte mir, ich solle einsteigen. Sie begann sofort: «Mein Mann meinte, Sie müßten eine gestrandete College-Studentin sein. Sie sind kurz hierher gefahren, und jetzt haben Sie kein Geld mehr für die Rückfahrt, stimmt's?»

«Ja, Ma'am, genau das ist mir passiert, und wissen Sie, ich konnte es meinen Eltern nicht erzählen, daß ich hier war. Sie würden Zustände kriegen.»

Der Mann kicherte. «Kinder. Auf welches College gehen Sie?»

«Oh, aufs Barnard in New York City.»

«Da haben Sie ja einen langen Weg vor sich», sagte die Frau.

«Ja, Ma'am. Und ich wette, so weit fahren Sie gar nicht?»

«Nein, aber wir fahren immerhin nördlich bis Statesboro in Georgia.» Sie lachte.

«Ganz schön mutig, so zu trampen», sagte ihr Mann.

«Ich habe sonst nie Mädchen trampen sehen.»

«Vielleicht haben Sie noch nie ein Mädchen gesehen, das pleite war.»

Die beiden brüllten vor Lachen und waren sich einig, daß die Zeit der flotten Jugend wieder in Mode sei. Es waren nette Leute, hausbacken und spießig, aber trotzdem nett. Sie rieten mir, in kein Auto mit mehr als einem Mann einzusteigen und möglichst nach einem Auto mit einer weiblichen Begleitperson Ausschau zu halten. Als sie mich bei der Tankstelle in Statesboro absetzten, gab mir der Mann einen Zehn-Dollar-Schein und wünschte mir Glück. Sie winkten mir zum Abschied, während sie in den Sonnenuntergang der Kleinfamilie fuhren.

Ich stellte mich unter einen alten Baum, der ganz mit spanischem Moos bewachsen war. Nach drei Stunden oder mehr hielt schließlich ein Wagen. Der Fahrer war ungefähr in meinem Alter, ordentlich und allein. Und wenn er irgend etwas versuchte – ich konnte kämpfen und hatte meine Chance.

«He, wie weit wollen Sie?»

«Ganz rauf bis nach New York City.»

«Steigen Sie ein, Sie haben das große Los gezogen. Ich fahre nach Boston.»

Ich schwang mich in den niedrigen Corvette und betete, daß er nicht einer war, den man gerade erst aus der Irrenanstalt entlassen hatte. Aber vielleicht sollte besser er beten: ich war diejenige, die gerade aus der Schutzhaft kam.

«Ich heiße Ralph. Und Sie?»

«Molly Bolt.»

«Hi, Molly.»

«Hi, Ralph.»

«Wie kommt es, daß Sie trampen? Das ist gefährlich, das wissen Sie doch?»

«Ja, ich weiß es, aber ich hatte keine andere Wahl.» Ich spielte meine Geschichte, daß ich pleite sei, ab.

Ralph war klein und muskulös und hatte blondes, lockiges Haar. Er studierte am Massachusetts Institute of Technology Atomphysik. Er war ein netter Junge, interessiert an mir, aber zu höflich, um über mich herzufallen. Ich hatte mächtig Glück gehabt mit ihm. Ich brauchte nur zu reden, um ihn zu unterhalten, und ihn am Steuer abzulösen. Er hatte es sehr eilig, zurückzukommen, und so blieb uns eine möglicherweise gräßliche Motelszene erspart. Das Handschuhfach war mit Aufputschtabletten vollgestopft, so daß auch die Gefahr des Einschlafens nicht bestand. Wir redeten ununterbrochen, den ganzen Weg an der Ostküste hinauf. Schließlich kapierte ich sogar die Quantentheorie, und Ralph kapierte den Aufstieg Stalins. Als wir zu guter Letzt durch den Holland-Tunnel kamen, wurde mir klar, daß es nirgendwo eine andere Stadt wie New York gab. Ich kam in ein fremdes Land, ohne einen Freund und mit sehr wenig Geld.

«Molly, ich fahre Sie nach Hause, es macht mir wirklich nichts aus.»

«Danke, aber ich würde gern noch etwas gehen. Klingt verrückt, aber ich habe ehrlich Lust dazu. Könnten Sie mich am Washington Square absetzen?» Irgendwo in einem Schundbuch hatte ich gelesen, daß der Square das Zentrum des Village und das Village das Zentrum der Homosexualität ist. Ralph ließ mich direkt vor dem Rundbogen raus. Er gab mir seine Adresse, einen Kuß, und mit einem fröhlichen «Auf Wiedersehen» fuhr er in einer Abgaswolke davon. Ich mußte den Drang niederkämpfen, ihn zurückzurufen und ihm zu erzählen, daß ich in dieser monströsen Stadt nichts kannte, und ob er nicht das College wechseln und nach New York ziehen und mein Freund werden wolle.

Es waren etwa 2 Grad unter Null, und ich hatte nur eine dünne Jacke mit einem leichten Pullover darunter an, plus 24,61 Dollar in meiner Tasche. Und auf dem Square wimmelte es keineswegs von exzentrischen Homosexuellen, wie ich gehofft hatte. Ich begann die Fifth Avenue hinaufzugehen und versuchte, nicht zu weinen. Aus allen Richtungen kamen Gesichter auf mich zu, und ich kannte keines. Die Menschen drängten und hetzten vorbei, und niemand lächelte, nicht einmal ein kleines Grinsen. Nein, New York war keine Stadt, es war eine Filiale der Hölle mit den hängenden Gärten von Neon, die mir ins Gehirn brannten. Aber ob Hölle oder nicht, ich hatte keine Bleibe mehr, und so würde dies meine Bleibe werden.

Ich kam zur 14th Street. Die Kaufwütigen, die bei Mays and Kleins hineinstürzten, trampelten mich fast zu Tode. Ich machte kehrt, um zum Square zurückzugehen, wo es wenigstens ruhiger war. Es wurde allmählich spät, und ein eisiger Nieselregen setzte ein. Ich merkte, wie Staub und Schmutz meine Nasenlöcher verklebten, und meine Augen schmerzten von der verpesteten Luft. Seit die Wirkung der Aufputschtabletten nachließ, hatte ich einen bohrenden Hunger, aber ich hatte Angst, Geld für Essen auszugeben. Ich wußte, ich konnte auch keines für ein Zimmer ausgeben. Es sah aus, als müßte ich mich in dem Springbrunnen im Park zusammenrollen und erfrieren. Meine Hände waren aufgesprungen und bluteten vom Koffertragen in der Kälte. Meine Füße waren Eisbrocken. Ich besaß keine Strümpfe. Wer trägt schon Strümpfe in Florida? Der Square war verlassen, bis auf ein paar Pärchen, die die Nacht durchbummelten, und einen Betrunkenen, der bei den Schachtischen auf der Erde lag. Was in aller Welt sollte ich bloß tun?

Ich ging in Richtung der Universität, sah mir die Gebäude an und erkannte, daß es irgendwelche Institute waren. Vielleicht konnte ich mich da einschleichen und schlafen. Ich ging zum Haupteingang, aber er war verschlossen. Darauf ging ich herum zum Seiteneingang am Universitätsplatz. Auch diese Tür war verschlossen. Notfalls konnte ich ja die ganze Nacht um den Block herumlaufen, um mich warm zu halten. Als ich mich umdrehte, entdeckte ich das Wrack eines Hudson-Autos. In verblichenem Rot und Schwarz, vorn ganz zerbeult und alle Reifen von den Rädern geklaut, hockte es vor *Chock Full O'Nuts*. Für mich sah es wunderschön aus, und es war zu Hause.

Ich ging hinüber und wollte auf den Rücksitz krabbeln, aber er war schon besetzt. Doch der Vordersitz war leer, und das Steuerrad war zertrümmert, so daß es nicht im Wege war. Ich öffnete also die Tür und schlüpfte hinein. Der junge Mann auf dem Rücksitz hob schwungvoll den Hut: «Guten Abend, Madam, beabsichtigen Sie, diese Unterkunft mit mir zu teilen?»

«Wenn Sie nichts dagegen haben, ja.»

«Ich habe nichts dagegen.» Er kippte seinen Hut wieder über die Augen, zog seinen schweren Mantel über die Schultern und schlief ein.

Am nächsten Morgen schreckte ich auf: er hatte sich über den Vordersitz gebeugt und stieß mich an. «He, Baby, wach auf. Wir müssen hier raus. Zeit, sich zu rühren.» Ich setzte mich auf und betrachtete ihn im Morgenlicht. Er hatte die längsten Augenwimpern, die ich je an jemandem gesehen hatte. Seine Haut hatte die Farbe von Kaffee, wenn man Sahne darunter gemischt hat, und seine Augen waren von einem klaren, tiefen Braun. Er hatte einen borstigen, lustigen Schnurrbart über einem vollen roten Mund. Kurz, der Kerl sah hinreißend aus. Ich versuchte mich zu erinnern, wo ich war, und versuchte herauszufinden, ob meine Glieder vom Frost schon abgefallen waren.

«Los, komm. Nimm deinen Koffer und laß uns zu *Chock Full* gehen. Da ist eine Schwester, die uns umsonst was zum Essen gibt. Auf.»

Knäuel schläfriger Studenten stürmten vorbei, um rechtzeitig zu ihrer Neun-Uhr-Vorlesung zu kommen. Die Drehtür des Lokals drehte sich wie ein Kreisel, und ich war noch so müde, daß ich zweimal herumging, bis ich es schaffte, herauszukommen. Wir setzten uns hinten an eine Theke, und eine blauuniformierte Kellnerin servierte uns Kaffee und Spritzgebackenes. Sie tat so, als schriebe sie uns eine Rechnung, und winkte meinem Übernachtungsgefährten zu. «Hast dir 'ne neue Freundin angelacht, Calvin?»

«Nicht ich, ich hab's nicht mit Freundinnen.» Er winkte zurück.

Ich betrachtete ihn mit dankbaren Augen. «Bist du schwul?»

«Oh, ich würde nicht sagen, daß ich schwul bin. Ich würde eher sagen, ich bin verzaubert.»

«Ich auch.»

Ein Seufzer der Erleichterung entfuhr ihm, und er lächelte. «Nur zu. Ich hatte schon Angst, du wärst auch so ein Küken, das zu einer Abtreibung hergekommen ist, oder etwas in dem Stil. Dann hätte ich mich auch noch um dich kümmern müssen.»

«Wieso, kümmerst du dich sonst immer um die Resultate unkontrollierter Heterosexualität?»

«Hin und wieder.»

«Für dich selbst sorgst du nicht so sehr gut, wenn du in dem Wagen da schläfst.»

«Spart die Miete. Allerdings hattest du Glück, daß du mich gestern abend zu Hause vorgefunden hast. Meist schlafe ich bei dem, mit dem ich gerade nach Hause gehe. Auf diese Weise kommt man sogar zu einem Frühstück. Aber das solltest du lieber nicht mit einplanen. Lesbierinnen greifen einander nicht auf der Straße auf. Ich kenne einige Bars, wo wir es heute abend versuchen können, und vielleicht hast du Glück. Allzuschwer wirst du es nicht haben, du siehst gut aus und bist jung, zwei unschätzbare Attribute.»

«Wenn es dich nicht stört würde ich das lieber auslassen.»

«Oh, ich verstehe. Du machst es nur aus Liebe.»

«Uh – na ja.»

«Willst du weiter in diesem Auto schlafen und dir den Hintern abfrieren?»

«Nein.»

«Dann mußt du dich schon etwas rühren, Süße.» Er zwickte mich in den Ellbogen.

Im weiteren Verlauf des Tages zeigte mir Calvin die Systeme der Untergrundbahn, erklärte mir den Plan der Stadt und brachte mir bei, wie man Lebensmittel in Supermärkten, Delikateßläden und sogar an Würstchenständen auf der Straße stahl. Wir wanderten durch das ganze Village, und er stellte mich den Leuten von der Straße vor – gut angezogenen Buchmachern, Prostituierten und ein paar Rauschgifthändlern hier und dort. Ich mochte sie. Sie waren die einzigen, die mich anlächelten.

«Molly, hast du irgendwelches Geld?»

«24,61 Dollar.»

«Wenn du nicht auf den Strich willst – für dieses Häuflein Staub kriegst du keine Wohnung. Ich weiß aber zufällig, wie du schlichte 100 Dollar in einer halben Stunde verdienen kannst, und du mußt nicht mal ficken oder auch nur die Kleider ausziehen. Kapierst du?»

«Sag mir erst, worum es geht.»

«Da ist so ein Kerl, Ronnie Rapaport, der Pampelmusen-Spinner. Dieser Bock kommt auf Touren, wenn man ihn mit Pampelmusen beschmeißt.»

«Ach, komm, Calvin.»

«Nein, im Ernst, auf die Art kriegt er sein Ding hoch. Du brauchst nichts anderes zu tun, als zu ihm raufzugehen und ihn mit Pampelmusen zu beschmeißen, und er bezahlt dir 100 Dollar in bar. Weißt du, ein Teil der Sache ist, daß es jedesmal eine andere Person sein muß, die es macht. Zu dumm, sonst wäre ich nämlich jeden Abend oben und würde ihn mit den gelben Dingern bewerfen.»

«Wie kann er sich das leisten?»

«Es heißt, daß sein alter Herr irgendwo draußen in Queens ein großes Warenhaus besitzt. Wer weiß. Bist du bereit?»

«Bee-reit.»

«Haben eure Cheerleaders das auch immer gemacht?»

«Ich glaube, das macht jeder.»

«Warst du eine?»

«Nee. Ich bin nur mit einer gegangen.»

«O wau, ich bin eine Zeitlang mit einem Footballspieler gegangen.»

«Siehst du, wir sind eben all-amerikanische Schwule.»

Calvin lachte und tänzelte hinüber zu einer roten Telefonzelle, die mit einer Tagesration von Papier, Zigarettenstummeln und frischem Urin angefüllt war. Er rief Ronnie an, und die Sache war geritzt. Heute abend paßte ihm gut.

«Old Ronnie wäre fast durchs Telefon gekrochen, als ich ihm erzählte, du seist achtzehn Jahre alt, süß, und all den andern Schmus.»

«Klasse, vielleicht gibt er mir einen Bonus für mein Alter.»

«Zu dumm, daß er ein Mann ist, zu dumm meine ich, für dich. Wenn es eine Frau wäre, gäb's vielleicht auch einen kleinen Kitzel für dich, du weißt schon, was ich meine.»

«Ich glaube, nicht einmal Greta Garbo würde mir

einen Kitzel verschaffen, wenn ich sie mit Zitrusfrüchten zu bearbeiten hätte.»

Ronnie hatte ein riesiges Zwei-Etagen-Apartment auf den Hudson hinaus. Die Decke bestand aus Glas, und die Möbel waren teure Stahl- und Chromgebilde. Wenn man ihn sich so ansah, wäre man nie auf den Gedanken gekommen, daß er auf Pampelmusen stand. Er trug keinerlei Frucht-Symbole um seinen Hals und auch keine aufgestickten Samenkerne am Hemd. Er schüttelte mir die Hand und führte mich ins Nebenzimmer. Calvin wartete in dem großen Wohnzimmer und aß Birnen. Ich betrat einen anderen riesigen Raum, der wie das Studio eines Fotografen aussah, aber vollständig kahl war, bis auf einen gewaltigen Haufen Pampelmusen, die wie Kanonenkugeln aufgetürmt waren. Ronnie zog sich aus. Er hatte kräftige Muskeln und einen Flecken sich kringelnder Haare auf der Brust. Er ging ans Ende des Zimmers und stand bebend da. Ich wartete darauf, daß Carmen Miranda in einem riesigen Bananenhut durch die Tür gestürmt kam. Als er mein Zögern bemerkte, sagte er mit sanfter Stimme: «Okay, Honey, ich bin bereit.» Also hob ich eine Pampelmuse auf und warf sie nach ihm. Scheiße, daneben! Sie klatschte gegen die Wand. Das würde schwieriger werden, als ich gedacht hatte. Ich ergriff wieder eine und zielte sorgfältig. Klatsch. Ich traf ihn direkt in der Mitte. Er quietschte vor Vergnügen und bekam einen Steifen. Gar nicht so übel. Ich mag es, mit Gegenständen zu werfen. Inzwischen hatte ich es raus. Ich zielte auf seinen Pimmel. Ins Schwarze getroffen. Er genoß es. Ich zielte auf seine linke Schulter. Nur ein Streifschuß. Ich begann, Pampelmusen zu feuern wie Stonewall Jacksons Artillerie auf Manassas. Klatsch, platsch, wumm! Ronnie heulte auf wie ein verwundeter Hund, und ich warf die Pampelmusen noch härter, wobei ich mich auf seine Schenkel konzentrierte und seinen von Fruchtfleisch bedeckten Schwanz. Ich war bei der letzten Runde Pampelmusen angelangt und begann mir Sorgen zu machen, daß ich vielleicht noch mehr brauchte, damit er ans Ziel gelangte. Doch Ronnie kannte sich sehr gut, denn als ich eine von den vier verbleibenden Pampelmusen aufhob, kam er in einem Bogen von klebriger Flüssigkeit und sackte auf dem Boden zusammen, ein Klumpen erschlaffter Lust. Ich hatte das Gefühl, als hätte ich einhändig die Ardennen-Schlacht gewonnen. Ich ging hinüber, um ihn aufzuheben. «Molly, du hast einen wundervollen Arm.» Von einem rosaweißen Brei bedeckt, flüsterte er mir von den Wonnen meiner Treffsicherheit zu. Zu dumm, aber ich mag keine Pampelmusen, sonst hätte ich sie von ihm abgeschleckt, so hungrig war ich.

«Alles in Ordnung, Ronnie?»

«Phantastisch. Mir geht's einfach phantastisch.»

«Oh, das freut mich zu hören. Wenn du mich nicht weiter brauchst, werde ich mich dann jetzt wohl trollen.»

«Oh, natürlich. Laß mich dir das Geld geben. Es war jeden Penny wert. Die letzte Person, die ich mit einem solchen Arm hatte, wirft für die Mets.» Er stand auf und ging ins Nebenzimmer, wo Calvin die ganze Schüssel Birnen geleert hatte. Ronnie händigte mir fünf neue Zwanzig-Dollar-Scheine aus. «Calvin, vielen Dank, daß Sie mir dieses liebliche Geschöpf gebracht haben. Sie war zu, zu vollkommen. Laß dich gelegentlich wieder blikken, Molly. Ich kann es mit derselben Person nicht zweimal machen, aber komm wieder und rede mit mir. Du siehst so aus, als wärst du ein nettes Mädchen.»

Als wir auf die Straße hinaustraten, kam mir die Kälte doppelt so schlimm vor, wahrscheinlich weil ich so hungrig war. «Du hast das ganze Obst aufgegessen, du Schwein. Und ich komme um vor Hunger. Wo können wir was essen, wo sie mir nicht all mein mühsam verdientes Geld wieder abnehmen?»

«Ich weiß sogar, wo wir umsonst was kriegen. Komm mit.»

Wir gingen zum *Finale*. Es stellte sich heraus, daß Calvin einmal etwas mit dem Kellner gehabt hatte, der uns deshalb Steaks zuschummelte. Mein Magen war so geschrumpft, daß ich nur die Hälfte davon essen konnte. Wir steckten den Rest in eine Hundetüte und kehrten in die Kälte zurück.

«Ich bin nicht bereit, wieder zu dem Auto zu gehen und zu erfrieren. Laß uns in die Bar gehen, von der du mir erzählt hast.»

Wir gingen hinüber zur Eighth Avenue und betraten ein ruhig aussehendes Lokal mit einer schwarz-weiß gestreiften Markise. Drinnen wimmelte es von Frauen und einem normalen Jonny hier und dort. Wir bahnten uns einen Weg zur Bar.

«Zwei Harvey Wallbangers!» brüllte Calvin. «Einverstanden, wenn wir was von deiner Beute verbrauchen?»

«Klar. Du hast mir ja zu dem Job verholfen, da solltest du auch einen Anteil davon abkriegen.»

«Nein, danke. Ich möchte nur ein oder zwei Drinks, dann muß ich raus und nach jemandem Ausschau halten, bei dem ich heute nacht bleiben kann. Zu verdammt kalt in dem Auto. Aber erst wollen wir mal sehen, ob wir dich nicht irgendwo unterbringen. Wer weiß, vielleicht ist eine Dame so nett und nimmt dich auf, ohne daß du dich übernehmen mußt. Oh, da kommt ein Bulle, und sie kommt direkt auf dich zu, Himmel, wenn du mit der ins Bett gehst, zerquetscht sie dich.»

Wirklich kommt diese Diesellok von einem kessen Vater auf mich zugewalzt, zieht die Bremsen und bellt: «Hallo, ich heiße Mächtige Mo. Du mußt neu hier sein. Ich habe dein Gesicht noch nie vorher gesehen.»

«Ja, Ma'am. Ich bin neu.» Gott, das Mo muß eine Abkürzung für Mondkalb sein.

«Ma'am? Na, Schatz, du mußt ja von ganz unten aus dem Süden kommen. Ha, ha.»

Wenn sie nicht so verflucht riesig wäre, würde ich ihr jetzt eine schmieren. Irgendeine mysteriöse Kraft zwingt die Yankees dazu, die Akzente der Südstaatler zu imitieren, und sie sind so saublöd, daß sie den Unterschied zwischen der gedehnten Sprechweise der Leute von Tennessee und einem Charleston-Tempo nicht erkennen. «Ja, ich bin aus Florida.»

«Du mußt verrückt sein. Warum hast du je diesen Sonnenschein verlassen, um hier herauf zu dieser kalten Hexentitte zu kommen?» Mehr Gelächter.

«Und wenn ich was für kalte Hexentitten übrig hätte?»

Sie hielt das für eine schlagfertige Antwort und haute mich mit ihrem Bauchgelächter fast vom Stuhl. «Das war gut. Da wir gerade von Titten sprechen, Liebling, bist du mehr kesser Vater oder *femme*?»

Ich sah zu Calvin hin, aber da war keine Zeit für ihn, mir hier auf die Sprünge zu helfen. «Wie bitte?»

«Na, jetzt genier dich mal nicht bei der Mächtigen Mo, du Schöne aus dem Süden. Jenseits der Mason-Dixon-Linie unterscheiden sie doch wohl auch zwischen Männchen und Weibchen, oder nicht? Du bist unheimlich schnuckelig, und ich würde dich gern kennenlernen, aber wenn du das Männchen bist, dann wäre es so, als wenn ich jetzt mit meinem Bruder Händchen hielte, nicht wahr?»

«Pech für Sie, Mo. Tut mir leid.» Tut mir leid, du Stinktier. Gott sei Dank spuckte sie das Geheimnis aus.

«Du hast mich hinters Licht geführt! Ich hatte gedacht, du wärst *femme*. Wohin kommen wir denn, wenn man unter den Weibern nicht mehr die Männer von den

Frauen unterscheiden kann. Ha, ha.» Sie klopfte mir brüderlich auf den Rücken und sprang von dannen.

«Was, zum Teufel, soll das bedeuten?»

«Eine Menge von diesen Zicken unterscheidet genau, wer den männlichen und wer den weiblichen Teil übernimmt. Einige tun's nicht, aber diese Bar macht in strenger Rolleneinteilung, und es ist die einzige Bar für Frauen, die ich kenne. Ich dachte, du wüßtest über dieses ganze Zeug Bescheid, sonst hätte ich dich damit verschont.»

«Das ist ja wohl das verrückteste, dümmste Zeug, das ich je gehört habe. Was ist der Sinn, wenn man Lesbierin ist und wie ein imitierter Mann aussieht und handelt? Himmel, wenn ich einen Mann will, hol ich mir das richtige Ding und nicht eine von diesen Nutten. Ich meine, Calvin, der Witz am Schwulen ist doch, daß man Frauen liebt. Du magst doch keine Männer, die wie Frauen aussehen, oder?»

«Oh, ich, ich bin nicht wählerisch, solange er einen langen Schwanz hat. Ich hab 'n bißchen die Größen-Macke.»

«Gott verflucht. Nichts davon trifft auf mich zu. Was, zum Teufel, soll ich tun?»

«Da du einmal hier bist, entscheidest du dich besser für eine Seite, wegen eines warmen Bettes.»

«Scheiße.»

«Ach, komm, für *eine* Nacht ist das doch nicht so schlimm.»

«Ich hab den Eindruck, wenn ich mich zum Weibchen bekenne, steigen alle die Mächtigen Mos auf mich herab, und wenn ich das Gegenteil sage, muß ich für die Getränke zahlen. Ganz gleich wie, ich sitz in der Klemme.»

«So ist das Leben.»

«O nein, hier kommt noch eine. Die sieht wenigstens wie eine Frau aus, das spricht zu ihren Gunsten. Sie sieht auch wie eine gute Vierzigerin aus und völlig verbraucht. Verfluchter Saukerl! Scheiße, ich halte das nicht aus. Komm, Calvin, laß uns abhauen.»

Als wir wieder auf der Straße waren, hatte ich das Gefühl, ich gewöhnte mich an die Stadt. «Hör zu, ich gehe wieder zu dem Auto. Du gehst weiter und krallst dir was. Mach dir meinetwegen keine Sorgen. Für 'ne Vergewaltigung ist es zu kalt auf der Straße. Jedenfalls würden die mich wenigstens nicht fragen, ob ich kesser Vater oder *femme* bin.»

«Nee, ich hab sowieso keine große Lust, was aufreißen zu gehen. Ich glaub, ich hab mir den Tripper geholt. Laß uns zum Auto gehen.»

«Morgen suche ich uns eine Wohnung, dann können wir da beide leben. Keine Autos mehr. Okay?»

In dieser Nacht war es so kalt, daß ich die wenigen Kleider aus meinem Koffer herausholte und Calvin und mich mit ihnen zudeckte, aber auch das half nicht viel. Schließlich gaben wir's auf, schlafen zu wollen, und kuschelten uns auf dem Rücksitz aneinander und warteten auf den Sonnenaufgang und darauf, daß das *Chock Full* aufmachte, damit wir unsere Eingeweide mit heißem Kaffee wärmen konnten.

«Calvin, wie kommt es, daß du hier draußen auf der Straße bist?»

«Wie kommt es, daß du hier draußen auf der Straße bist?»

«Erst du.»

«Da gibt es nicht viel zu erzählen. Ich lebte früher in Philly. Unsere Familie war nicht gerade klein, mit mir, meinem Bruder und einer Schwester. Ich bin der mittlere. Mein älterer Bruder war ein As, und ich folgte nicht seinen Spuren. In der Schule machte ich bei allen Klassenaufführungen mit und dachte, das wär es, was ich einmal tun wollte. Das paßte aber nicht recht zu den

Vorstellungen meiner Familie. Dann begannen die Kinder in der Schule davon zu reden, daß ich schwul sei. Afrikanische Queen nannten sie mich. Scheiße, in jeder Schule wurde irgendwann mal an jedem gelutscht, aber ich war dabei erwischt worden. Es war ein gewaltiges, gottverdammtes Durcheinander. Meine Mutter begann Jesus Christus anzurufen, und mein alter Herr drohte mir an, er werde mir den Schädel einschlagen. Ich weinte und beteuerte, ich würde mich ändern und normal werden und all diesen Scheiß. Zum Teufel, und dann hab ich da so 'n Mädchen geschwängert. Aber das war's ja, was sie wollten, oder nicht! Bei mir änderte es nichts. Ich wollte immer noch Männer. Sie ist ein nettes Mädchen und all das. Ich hätte mit ihr leben und Kinder kriegen können, wenn ich dabei weiter Männer hätte sehen dürfen. Aber du weißt ja, wie das ist. Die Leute sind so blöd. Man fickt mit einem Angehörigen des entgegengesetzten Geschlechts und kriegt seine normalen Beglaubigungsschreiben in Ordnung. Mein Gott! Nun ja, Mom und Dad waren dahinterher, daß ich dieses Mädchen heirate-te. Ich wollte aber kein Mädchen heiraten, und so bin ich abgehauen, und hier bin ich nun. Ich bin hier schon einen knappen Monat. An das Mädchen denken tue ich schon, sie heißt Pat, aber zurückgehen und sie heiraten – nein.» Er machte eine kurze Pause und fragte mich dann: «Hältst du mich für einen Scheißkerl, weil ich sie verlassen habe?»

«Irgendwie läßt man sie so in einem Teich voller Scheiße und ohne Paddel zurück, Calvin. Sie sitzt mit dem Kind fest, du flatterst ungehindert davon.»

«Ja, ich weiß. Aber wenn ich zurückgehe und sie heirate, dann muß ich einen Job finden und mir mein Gehirn kaputtmachen lassen wie alle anderen auch. Mein alter Herr ist Lehrer. Er bildet sich ein, er ist wirklich jemand, weil er besser dran ist als irgendein

Pförtner, verstehst du? Aber so weit her ist das mit ihm gar nicht. Er geht wie jeder andere zur Arbeit, und wenn er die Straße langgeht, ist er ein Nigger wie jeder andere. Er ist auf einem Auge blind, und auf dem andern sieht er auch nicht gut. Nein, diese Nummer mach ich nicht.»

«Als all das geschah, hast du da mit Pat über eine Abtreibung gesprochen?»

«Sicher. Sie schrie und ritt darauf rum, daß das Mord sei, und hier wäre doch die Frucht unserer Liebe. Dabei hätte ich mich fast übergeben. Das Mädchen hat keinen Grips. Sie meint, die Mutterschaft mache aus ihr eine natürliche Frau oder so was. Warte, bis das kleine Biest mitten in der Nacht anfängt zu plärren. Sie wird sich wünschen, daß sie auf mich gehört hätte. Für sie war alles klar, ich sollte sie heiraten und eine Wohnung nehmen, und wir würden eine Bilderbuchfamilie abgeben und eines Tages für *Ebony* fotografiert werden. Scheiße.»

«Dann wird sie's wohl auf die harte Art lernen. Ich bin froh, daß du versucht hast, sie umzustimmen, aber vielleicht hat sie ja nichts anderes. Du weißt, wie manche Mädchen sind. Sie meinen, sie sind nichts, solange sie nicht verheiratet sind und ein Kind haben. Dann kriegt sie jetzt also ihr Kind, nur daß sie nicht verheiratet ist.»

«Und warum bist du hier? Du hast mir deine Geschichte noch nicht erzählt.»

Ich erzählte ihm meine Horrorgeschichten.

«Verdammt, die schieben einen ganz schön herum, was? Sieht so aus, als wollte niemand diese komischen Schwulen, weder die Weißen noch die Schwarzen. Ich wette, selbst die Chinesen wollen ihre Schwulen nicht.»

«Mir ist es egal, was die alle wollen, Calvin. Mir geht es nur um das, was ich will, und zum Teufel mit all den andern.»

«Ja, so denke ich auch.»

«Ha, die Sonne kommt. Ich hoffe, das *Chock Full*

macht heute zeitig auf. Vergiß nicht, ich halte heute nach einer Wohnung Ausschau. Kommst du mit?»

«Weißt du, was ich heute vorhab? Ich fahr zur Autobahn raus und trampe nach Kalifornien. Ich meine es ernst. Wenn du von Florida hier herauftrampen konntest, kann ich auch bis nach San Francisco trampen. Kommst du mit?»

«Ich möchte gern mitkommen. Es klingt vielleicht seltsam, Calvin, aber irgend etwas sagt mir, daß ich in dieser häßlichen Stadt eine Weile ausharren muß. Ich weiß nicht, wie lange, aber ich muß hier bleiben. Es ist so, als machte ich hier mein Glück oder so was. Erinnerst du dich noch an die alten Kindermärchen, in denen der jüngste Sohn auszieht, um Abenteuer und sein Glück zu suchen, nachdem seine bösen Brüder ihn um sein Erbe betrogen haben?»

«Ja, ich erinnere mich vage. *Der gestiefelte Kater* und so, nicht?»

«Ja, in dieser Art.»

«Na, ich such mir meines in San Francisco.»

Endlich machte das *Chock Full* auf, und unsere Kellnerin brachte uns allerlei gute Sachen. Wir nahmen uns viel Zeit, als wir unser Schmalzgebackenes eintauchten, weil keiner von uns an diesem Tag Lust hatte, aufzubrechen. Aber wir mußten uns von den dünngepolsterten Stühlen losreißen. Auf der Straße sahen wir einander an und streckten dann langsam die rechte Hand aus. Es war ein sehr förmliches Händeschütteln, fast wie ein Ritual. Dann wünschten wir einander Glück und gingen in entgegengesetzten Richtungen davon, um unser Glück zu suchen.

12

Im Westen der Stadt, in der Nähe des Flusses, fand ich in der 17th Street ein schäbiges Apartment. Die Badewanne stand in der Küche, die Elektrizität war Gleichstrom, und an den Wänden blätterten kunterbunte Schichten von Farben und Tapeten nach und nach ab. Die Miete betrug 62,50 Dollar im Monat. Mein erstes Möbelstück war eine gebrauchte Einzelbettmatratze, die jemand gnädigerweise auf die Straße geworfen hatte. Ich zog sie fünf Treppen hinauf und klopfte sie, bis ich sie für sauber genug zum Anfassen hielt.

Am nächsten Tag bekam ich einen Yob bei Flick, wo ich in einem bunnyartigen Kostüm Eis und Hamburger servierte. Ich verdiente genug, um damit die Miete bezahlen zu können, und ließ außerdem so viel Essen wie möglich aus den Abfalltöpfen mitgehen. Die U-Bahn und andere Nebenkosten abgerechnet blieben mir ungefähr noch 5 Dollar für mich. Dieses Geld hortete ich bis zum Wochenende, wenn ich in die Bars ging, wo Sekretärinnen aus New Jersey Sekretärinnen aus der Bronx trafen und danach glücklich bis an ihr Ende lebten. Wenn ich in der Nähe des schmiedeeisernen Geländers in der *Sugar Bar* mit ihrer roten, an ein Bordell in New Orleans erinnernden Plüschausstattung stand, dann schwor ich mir jedesmal, daß ich am nächsten Wochenende nicht wieder hierherkommen würde. Ich kam mit den Spielregeln nicht zurecht. Ich fühlte mich wie eine komplette Idiotin, wenn ich zu einer Frau hinüberging und sie fragte, ob sie mit mir tanzen wolle. Und diejenigen, die zu mir herüberkamen, um mich zum Tanzen aufzufordern, hatten ihre Mack-Lastwagen draußen geparkt. Langeweile kroch mir in die Knochen, aber ich wußte nicht, wohin sonst. So brach ich jedes Wochenende den

Schwur, den ich das Wochenende zuvor getan hatte, und ich kam wieder, um mich an das schmiedeeiserne Geländer zu lehnen und die Damen zu betrachten.

Eines Freitagabends blieb mir die rote Plüschhöhle der *Sugar Bar* erspart. Eine junge Frau erschien bei Flick und bestellte sich ein Eiscreme mit Schokoladenstreuseln und einen Espresso. Sie sah mir direkt in die Augen und sagte: «Mit einem solchen Körper sollten Sie anderes tun als Kellnerin spielen.»

«Wer, ich?» Fast ließ ich ihr das Eis in den Ausschnitt fallen.

«Sie. Wann sind Sie mit der Arbeit fertig?»

«Um zwölf.»

«Ich komme um zwölf vorbei und nehme Sie mit.»

Jesus Christus auf einem Floß! Mich hat eine spektakuläre, 1,80 Meter große Frau angehauen. Verflucht, vielleicht erwies sich New York doch noch als etwas Gutes!

Punkt zwölf war sie wieder da. Sie trug ein langes schwarzes Cape mit Napoleon-Kragen. Dadurch wirkte sie noch größer, und der Stehkragen lenkte die Aufmerksamkeit auf eine perfekte Nase unter geschwungenen Brauen. Ihr Name war Holly. Sie war 25 Jahre alt, in Illinois geboren und offenbar von keinem anderen Ehrgeiz besessen, als Aufmerksamkeit auf sich zu ziehen. Sie fragte mich, ob es bei Flick noch freie Stellen gebe. Es gab freie Stellen, und am nächsten Tag wurde Holly von Larry dem Blutegel eingestellt, dem beim Anblick ihrer 75-B-Büste in einem hautengen Dress schon der Geifer herunterlief. Holly und ich arbeiteten zur gleichen Zeit und im gleichen Bereich. Sie muß ihren halben Lohn für mich ausgegeben haben, aber Geld schien für sie nicht wichtig zu sein. Für mich war es nicht schlecht, wenn sie ihr Geld für mich ausgab, solange es ihr nichts ausmachte. An unseren freien Abenden sahen wir uns jede Show in der Stadt an, und wenn es nichts gab, was wir sehen wollten, brachte sie mich bis an meine Tür, gab mir einen Gute-Nacht-Kuß und entschwebte in ihrem schwarzen Cape. Es machte mir große Mühe, aus ihr schlau zu werden.

Vielleicht war es nötig, daß ich mich selbst ein bißchen überholte. In dieser Absicht ging ich in meiner zweireihigen Matrosenjacke und mit weniger als einem Dollar in der Tasche in den frühen Morgendunst hinaus. Zwei Stunden später kehrte ich heim mit einer Flasche «Madame Rochas», einer Tube Rasiercreme, der *New York Review of Books Variety*, drei Bechern Reese's Erdnußbutter, einem Steak, einem Paket gefrorenem Spinat, der mein Hemd grün gefärbt und meine Leber geeist hat, Rasierklingen, Lidschatten, Maskara und mit einem Filzstift. Als ich an diesem Abend zur Arbeit ging, hatte ich Lidschatten, Maskara und «Madame Rochas» an mir, aber Holly bemerkte überhaupt nichts, oder vielleicht fand sie, daß ich ohne Kriegsbemalung schöner war.

Gegen Mitternacht kamen wir los, und sie nahm mich mit zu einer neuen Bar in der 72nd Street, die *Penthouse* hieß. Man brauchte eine teure Mitgliedskarte, um hineinzukommen, aber Holly zauberte eine hervor.

«Holly, wie bist du zu dem Geld dafür gekommen?»

«Ich gar nicht. Eine Schauspielerin hat es mir gegeben.»

«Aus reiner Herzensgüte?

«Zum Teil. Sie ist meine Liebhaberin.»

«Oh.»

«Ich bin eine ausgehaltene Frau, falls es das ist, was du denkst.»

«Ich hab überhaupt nichts gedacht, aber wahrscheinlich wäre ich irgendwann darauf gekommen.»

«Jetzt, da du mein schreckliches Geheimnis kennst»,

ihre Stimme bebte in gespieltem Entsetzen, «wirst du jetzt für immer aus meinem Leben verschwinden?»

«Nein, aber wenn du Geld hast und alles, was du willst, warum, zum Teufel, arbeitest du dann in den Salzminen?»

«Das hält mich am Boden der Realität.»

«Wer will schon diese Art Realität? Ich hab mein ganzes Leben darin gesteckt. Eine andere Sorte wäre mir lieber.»

«Mir gefällt es jedenfalls. Es ist ein Trip, verstehst du.»

«Ja. Sag mal, wer ist diese Schauspielerin?»

«Würdest du mir glauben, wenn ich dir sagte, es ist Marie Dressler?»

«Sie ist tot, du Klugscheißerin, aber zufällig ist sie für alle Zeiten meine Lieblingsschauspielerin. Komm, sag schon.»

«Kim Wilson.»

«Willst du mich verarschen?»

«Ich verarsche dich nicht.»

«Wie hast du sie kennengelernt?»

«Das ist eine lange Geschichte. Ich hab keine Lust, da jetzt einzusteigen. Jedenfalls ist sie in Ordnung, auch wenn sie schon über vierzig ist. Falls du sie kennenlernen möchtest, bei Chryssa Hart – weißt du, der Archäologin – gibt's eine große Party. Ich werde mit Kim hingehen, aber wir können auch alle drei zusammen gehen, sofern ich sie hinterher nach Hause begleite. Warte nur, bis Chrys ihre blauen Augen auf dich wirft. Das dürfte 'ne irre Sache werden.»

«Erspar mir die Einzelheiten. Sie ist siebzig Jahre alt, hat schon fünfmal ihr Gesicht liften lassen und läßt, wo sie geht und steht, Diamanten heruntertröpfeln.»

«Sie läßt Diamanten heruntertröpfeln, aber sie ist so um die Vierzig und ziemlich gut erhalten.»

«Toll. Wie macht sie das? Schläft sie in einem Alkoholbad? Ich werde von menschlichem Pökelfleisch verfolgt. Du bist mir eine Freundin! Bringst mich in der gerontologischen Station unter.»

«Ich versuche dir aus deiner erdrückenden Armut herauszuhelfen, Liebes. Ich habe keine Lust, über mittelalterliche Frauen zu reden. Laß uns tanzen.»

Wir gingen durch eine lange Bar, dann durch einen von Menschen wimmelnden Raum mit einem großen Kamin, durch einen weiteren Raum und erreichten schließlich die riesige Tanzfläche mit der allgegenwärtigen Spiegelkugel, die von der Decke herabglitzerte. Trotz all dem Flimmer und der Broadway-Klientel war es ein angenehmes Lokal. Andere Frauen und Männer sprachen mit uns, luden uns zu Drinks und zu Parties ein. Keiner von uns achtete auf die Zeit, bis wir ein helles Stück Himmel durch das Fenster erblickten.

«Schau, manchmal ist diese Stadt sogar schön. Es muß ungefähr vier sein, und ich bin nicht einmal müde», sagte ich.

«Ich auch nicht. Ich wohne nur ein paar Häuserblocks von hier. Warum gehen wir nicht zu mir?»

Aha. Endlich.

Holly wohnte in der West End Avenue in einer riesigen Mietwohnung mit Massen an Stuck an den Dekken und alten Parkettfußböden. Eine monströse silbrige Persianerkatze, Gertrude Stein, begrüßte uns an der Tür, und sie war sauer, daß Holly so lange weggeblieben war. Auf dem Weg durch die Wohnung fanden wir eine ganze Fährte katzenhaften Mißmuts: einen angekauten Hausschuh, eine zerfetzte Teppichecke, und als wir durchs Badezimmer gingen, sahen wir, daß Gertrude Stein das ganze Toilettenpapier abgerollt hatte.

«Ist sie immer so rachsüchtig?»

«Ja, aber ich freue mich dann immer auf ihre kleinen Überraschungen. Du weißt natürlich, daß wir aufs

Schlafzimmer zueilen und daß wir uns dort lieben werden?»

«Ich weiß.»

«Warum gehst du dann so langsam? Komm, lauf!»

Holly betrat ein Schlafzimmer, das von einem riesigen Messingbett mit einer flauschigen bordeauxroten Tagesdecke beherrscht wurde. Auf halbem Weg zum Bett hatte sie schon ihre Bluse ausgezogen. «Beeil dich.»

«Ich gehe langsam, um nicht Gertrudes Mißtrauen zu erregen, falls sie zu der eifersüchtigen Sorte gehört.» Eindeutig tappte Gertrude mir nach, die schrägen Augen voller Feindseligkeit.

«Dir passiert nichts. Gerty wird nur versuchen, sich zwischen uns zu schieben.»

«Wunderbar, ich hab es noch nie mit einer Katze getrieben.»

Holly hatte schon alle ihre Kleider ausgezogen und rollte jetzt die Bettdecke herunter. Ohne Kleider war sie noch viel schöner. Ich tänzelte herum, um aus meiner Hose herauszukommen. «Molly, du solltest wirklich tanzen. Du bist ganz Sehnen und Muskeln, und du siehst phantastisch aus. Komm her.»

Sie zog mich zu sich aufs Bett, und das Gefühl, neben 1 Meter 80 weichem Fleisch zu liegen, ließ mich fast in Ohnmacht fallen. Sie strich mit den Fingern durch mein Haar, knabberte an meinem Hals, und ich begann auf heißer Energie zu schweben. Sie hatte eine weiche, dicke Afrofrisur, die sie über meinen ganzen Körper gleiten ließ. Und sie biß mich unaufhörlich. Mit ihrer Zunge ging sie hinter mein Ohr, in mein Ohr, meinen Hals hinunter, meinen Schulterknochen entlang und hinunter zu meinen Brüsten, und dann wieder hinauf zu meinem Mund. Die genaue Reihenfolge dessen, was danach geschah, habe ich vergessen, aber ich weiß, daß sie sich mit ihrem ganzen Gewicht auf mich legte, und ich meinte schreien zu müssen, so herrlich fühlte sie sich an. Ich glitt mit meinen Händen ihren Rücken hinunter und gelangte kaum bis zu ihrem Po, so lang war sie. Jedesmal, wenn sie sich bewegte, fühlte ich, wie sich unter ihrer Haut die Muskeln geschmeidig veränderten. Die Frau war eine Dämonin. Sie begann langsam und wurde immer wilder, bis sie mich so fest hielt, daß ich nicht atmen konnte und mir das auch egal war. Ich fühlte sie in mir, auf mir, überall an mir; ich wußte nicht, wo ihr Körper begann und meiner aufhörte. Eine von uns brüllte, aber ich weiß nicht, wer und was sie brüllte. Stunden später lösten wir uns voneinander und bemerkten, daß draußen inzwischen heller Tag war, daß es über dem Hudson schneite und daß Gertrude, die Katze, meinen rechten Schuh verschlungen hatte – es war mein einziges Paar Schuh!

«Molly, machst du es je mit Männern?»

«Warum fragst du?»

«Ich weiß nicht, wohl weil ich es hasse, nach einem solchen Liebesakt mir vorzustellen, daß du all dies an einen Mann verschwendest.»

«Also, ich tue es manchmal, aber nicht sehr oft. Wenn man erst einmal weiß, wie Frauen sind, werden Männer irgendwie langweilig. Ich will sie nicht etwa schlecht machen, ich meine, als Menschen mag ich sie manchmal, aber sexuell sind sie fad. Ich nehme an, wenn eine Frau es nicht besser weiß, denkt sie eben einfach, ein Mann wär 'ne dolle Sache.»

«Ja, ich werde nie vergessen, wie ich den Unterschied herausfand.»

«Wie alt warst du?»

«Zweiundzwanzig. Seit ich achtzehn war, hab ich mit Kerlen geschlafen, aber ich brauchte weitere vier Jahre, um auf Frauen zu kommen. Ich glaube, ich habe diese 22 Jahre damit verbracht, Frauen zu ignorieren. Ich verdrängte alles Sexuelle, bis eines Abends meine Zimmergenossin mir auf die Sprünge half. Wir spielten unser Sommerstück *Anything Goes* für die Pensionäre, und meine Zimmergenossin war einer der Engel. Sie warf mich aufs Bett, buchstäblich. Ich trat um mich und biß ihr in den Arm, aber das dauerte nicht lange. Sie ließ nicht locker, und insgeheim wollte ich es auch nicht. Die nächsten drei Wochen verbrachte ich damit, vor ihr davonzurennen und ihr zu sagen, daß ich das ewige Kämpfen leid gewesen sei. Mein Gott, hab ich sie schlecht behandelt! Wenn ich wüßte, wo sie ist, würde ich ihr dafür danken, daß sie mich damals auf das Bett geworfen hat. Sie wußte Bescheid, ich nicht.»

«Und was ist dann passiert?»

«Die Show war zu Ende, und ich kam hierher zurück zum Vorsprechen. Sie ging Richtung Westen, und ich Rindvieh habe an unserem letzten Abend nicht mit ihr geschlafen! Ich war immer noch bemüht, eine professionelle Heterosexuelle zu werden. Jedesmal, wenn ich darüber nachdenke, dreht sich mir der Magen um.»

«Ich bin dieser Dame wahrhaftig dankbar, wo immer sie stecken mag. Hier ernte ich die Früchte ihres Muts.»

«Opportunistin.» Und sie schlang die Arme um mich zu einem unmittelbaren Wiederholungsspiel.

Am Samstag besuchte ich Holly in ihrer Wohnung. Kim war auch da. Sie trug ein dunkelrotes Gewand mit einem schwarz-weißen Schal. Bis auf die falschen Wimpern sah sie fast so hübsch aus wie im Kino, nur daß sie sich zuviel Make-up ins Gesicht schmierte, um die Falten zu verdecken, und ihren Lippenstift mit einem Spachtel auftrug, wahrscheinlich um die schrumpfende Lippenlinie zu verbergen. Abgesehen von diesen Bemühungen um jugendliche Frische sah sie sehr gut aus. Ich hatte fest damit gerechnet, daß sie mit einem Glas dasitzen und mich mit Geschichten über einen Film, den sie mit Rock

Hudson gedreht hatte, langweilen würde, und wie komisch das gewesen sei, als Jack Lemmon aus dem Boot fiel, ehe die Kameras überhaupt zu laufen begannen, ha, ha ... eine Million Lachsalven aus einem heruntergekommenen Hollywood, das meine Generation einen Scheißdreck interessiert. Statt dessen sprach sie über Lévi-Strauss und den Strukturalismus und wie sie sich in Susan Sontags Arbeiten hineinvertiefte. Aber sie gab nicht damit an. Sie schien sehr an Holly zu hängen – ihre Augen folgten Holly, wo immer sie hinging. Getrude, die unersättliche, hielt in ihrem Schoß ein Nickerchen, starrte mich dabei aber aus ihrem einen grünen Auge an, das sie offen hielt, damit ihr bloß nichts entging.

«Magst du Katzen?» fragte sie.

«Ich liebe Katzen, aber bei Gerty Stein bin ich mir nicht so sicher. Unter dieser Silberbrust schlägt das Herz einer unheilbaren Sadistin.»

«Sie ist rachsüchtig. Sie erinnert mich an eine Katze, die wir hatten, als ich ein Kind war.»

Du warst ein Kind? Richtig, wir waren es vermutlich alle irgendwann einmal. «Wo bist du aufgewachsen?»

«In den Slums von Chicago.»

«Quatsch! Ich meine, stimmt das wirklich?»

Kim lachte und bestätigte es.

«Nun, und ich bin auf einer armseligen Farm aufgewachsen und habe Kartoffelkäfer gesucht.»

«Und jetzt sind wir hier.»

Holly drehte sich um. «Oh, super, zwei Busen-Mitglieder des Proletariats. Erspar mir die Geschichten, wie gut Armut für den Charakter ist.»

Mir schoß das Blut ins Gesicht, aber Kim bewahrte mich vor dem Zurückschießen. «Na, wenn wir Busen-Mitglieder des Proletariats sind, will ich das ausnutzen.» Sie beugte sich zu mir herüber und küßte mich auf die Backe. Holly lachte, und die Spannung löste sich.

Ich mochte Kim sehr. Ich wünschte mir, sie hätte das ganze Gekleckse aus ihrem Gesicht entfernt. Warum machen die Frauen so etwas nur? Sie hatte feine Züge, und das allein zählt.

«Wir sollten uns bald zu Chryssa aufmachen. Seid ihr fertig?»

Kim und ich ergriffen unsere Jacken, und ich schämte mich meiner Matrosenjacke. Kim nahm sie entweder nicht zur Kenntnis oder sie war darüber erhaben, dergleichen zur Kenntnis zu nehmen.

Das Stadthaus befand sich in einer der sechziger Straßen im Osten, und als wir dort ankamen, nahm uns tatsächlich ein Butler die Mäntel ab. Das war gut so, denn auf diese Weise wurde meine schäbige blaue Jacke aus dem Weg geschafft, und die Gastgeberin bekam sie nicht zu Gesicht.

Holly rauschte hoheitsvoll in den Salon, und Kim und ich folgten ihr wie Dienerinnen. Eine schlanke, gebräunte Frau mit einem Pagenkopf kam herüber und gab erst Holly, dann Kim einen Kuß. «Kim, Liebling, ich freue mich ja so, daß du kommen konntest.»

«Für nichts in der Welt würde ich eine deiner Parties versäumen, Chrys. Darf ich dir Molly Bolt vorstellen, eine Freundin von Holly und eine neue Freundin von mir.»

Chrys betrachtete mich mit so viel Zartgefühl wie ein Geier. Sie nahm meine Hand zwischen ihre beiden Hände und säuselte: «Ich bin entzückt, Sie hier zu haben. Kommen Sie doch gleich mit rüber und sagen Sie mir, was Sie trinken möchten, dann können wir wie zivilisierte Menschen plaudern.» Es waren über fünfzig Frauen in dem Salon, und als Chrys jetzt mit mir quer hindurch marschierte, huschte ein leicht hämisches Schmunzeln über ihre Gesichter. «Was trinken Sie?»

«Einen Harvey Wallbanger.»

«Fein. Louis, machen Sie für dieses göttliche Geschöpf einen Harvey Wallbanger, mit Betonung auf ‹bang›. So, und nun erzählen Sie mir mal, was Sie machen, und all das, womit man eine Unterhaltung so eröffnet. Danach erzähle ich Ihnen, was ich tue, und dann können wir weiterziehen.» Leichtes Lachen.

«Im Augenblick bin ich zufällig Kellnerin.»

«Wie farbig. Aber das ist natürlich nicht das, was Sie wirklich tun möchten.»

«Nein, ich möchte eine Filmhochschule besuchen.»

«Wie interessant. Wollen Sie Schauspielerin oder so was werden?»

«Nein, ich möchte Regie führen, aber wahrscheinlich muß ich mein Geschlecht ändern, um einen Job zu kriegen.»

«Bloß nicht.» Sie legte ihren Arm um meine Schulter und flüsterte mir ins Ohr: «Mal sehen, was wir tun können, um die Geschlechtsschranke beim Film zu durchbrechen.»

Pause. Dann fragte ich: «Sie sind Archäologin?»

«Ja, aber ich wette, Sie haben keine Lust, von meiner Graberei und Wühlerei in den schmutzigen Gräben zu hören, oder?»

«Bestimmt nicht. Ich habe nur neulich etwas über die Ausgrabungen der Universität von New York in Aphrodisios gelesen.»

Ihre Augenbrauen gingen hoch, und ein sarkastischer Ton schlich sich in ihre Stimme ein. «Ja, aber die pfuschen da nur herum. Bei meiner Graberei entdecken wir phantastische Dinge, einfach phantastisch. Im letzten Sommer fand ich die Brust einer Artemis, die bestimmt einer von den Schülern der Phidias geschaffen hat. Da bin ich mir ganz sicher.»

«Ich habe darüber in der *Post* gelesen.»

Sie strahlte. «Oh, die wollen natürlich einen Streit

darüber in Gang bringen. Für eine schicke Geschichte tun diese Parasiten alles.»

Eine etwas kantige Frau in einem Tweedanzug kam herübergestiefelt und bellte: «Chrys, langweilst du dieses junge Ding mit deinen Geschichten von zerbrochenen Pötten und zersplitterten Fingernägeln? Wirklich, Liebes, ich werde nie verstehen, wie du dich so begeistern kannst für diesen Schmutz und die kaputten Haushaltsgegenstände.»

«Du bist eine kulturelle Ketzerin, Fritza. Das ist Molly Bolt, künftige Filmregisseurin, eine amerikanische Mai Zetterling.»

Fritza lächelte. «Wir brauchen eine. Mir hängt John Ford zum Hals heraus.»

Chrys blitzte die Frau mit einem Rapier-Grinsen an. «Fritza ist eine wahre Philisterin. Sie ist Börsenmaklerin – Inbegriff der Langeweile, aber sie ist dadurch ekelhaft reich geworden.»

«Ja, und Chrys erleichtert mich um einen beträchtlichen Anteil, damit sie ihre Graberei finanzieren kann.»

«Das bist du der Kultur schuldig, Liebling.»

«Ich selbst neige eher dazu, es als Unterhaltszahlung anzusehen.»

«Fritza, was bist du für eine rüde Person.» Chrys hakte mich unter. «So, ich befreie diese herrliche Frau aus den Fängen deines plumpen Humors.» Wir bahnten uns einen Weg durch die Menge und überließen Fritza ihrem Drink. «Achten Sie nicht auf Fritza. Sie war meine erste Liebhaberin im Bryn Mawr College, und wir fühlen uns wohl bei unserer Feindseligkeit.»

«Chryssa, Iris ist hier», rief eine Stimme aus der Menge.

«Entschuldigen Sie, Molly, ich bin so bald wie möglich wieder zurück.»

Holly und Kim kamen zu mir herüber, und Holly

kicherte: «Siehst du, ich hab dir ja gesagt, sie wird sich auf dich stürzen. Sie mag dunkelhaarige Frauen mit markanten Gesichtern. Ich wette, ihre Eierstöcke trafen auf den Fußboden, als du durch die Tür hereinkamst.»

«Mein unwiderstehlicher Charme, meine Damen.» Ich erhob mein Glas zu einem Toast: «Auf die Eierstöcke.»

«Auf die Eierstöcke», wiederholten sie. Dann sprang Holly davon in Richtung eines winkenden Arms mit zu vielen Goldreifen daran.

«Was hältst du von der Party?» fragte Kim.

«Ich weiß nicht. Ich hatte noch keine Zeit, mit jemandem zu reden außer mit Chrys und ihrer Freundin Fritza.»

«Die infamen Zweisamen. Das geht so jetzt schon seit 1948, als sie am Bryn Mawr ihr Examen machten.»

«Sie hat das Bryn Mawr erwähnt, aber nicht das Jahr.»

«Natürlich.»

«Wollen wir rübergehen und uns etwas auf die Bank dort setzen?»

«Klar.»

«Ich verspreche dir auch, dich nicht nach deiner Karriere zu fragen.»

«Gut. Ich laufe nämlich davor weg. Ich kann sowieso nicht spielen. Darf ich dir eine persönliche Frage stellen?»

«Klar, ich glaube sowieso nicht an diese Art, die Dinge auseinanderzuhalten.»

«Das werde ich mir merken. Schläfst du mit Holly?»

«Ja.»

«Dachte ich mir's doch. Du weißt, sie hat den Job bei Flick nur angenommen, um dich kennenzulernen. Sie hat mir davon erzählt. Sie ist sehr ehrlich.»

«Stört es dich?»

«Nein, nicht wirklich. Als ich erst einmal über fünfunddreißig hinaus war, hab ich aufgehört, mich wegen solcher Dinge zu grämen, und ich hab die Monogamie endgültig aufgegeben. Vielleicht kann ich es, aber niemand sonst scheint dazu fähig zu sein.»

«Prüf dich da nur nicht weiter. Nicht-Monogamie macht das Leben sehr viel interessanter.»

Kim lachte und sah mich an. Ihre Augen waren ein sehr helles Blaugrau. Sie hatte etwas Gutes an sich, das aus ihren Augen strahlte. «Jetzt hast du wieder etwas gesagt, was ich mir merken werde. Noch eine Frage, hast du deines Fängers Handschuh an?»

«Überzeug dich selbst!»

«Liebst du Holly?»

«Nein. Ich mag sie sehr. Manchmal denke ich, ich könnte sie lieben. Aber ich glaube nicht, daß ich mich je in sie verlieben werde. Wir sind zu verschieden.»

«Wieso?»

«Oh, Holly läßt sich leicht von Namen und Geld beeindrucken. Sie hat keinen großen Ehrgeiz, glaube ich. Aber ich. Mir ist egal, wer was hat. Mir liegt daran, etwas zu lernen und weiterzukommen. Das versteht sie nicht, aber solange wir zusammen ausgehen und unseren Spaß haben, gibt's keine Reibereien.»

«Sieh mal einer an, die Schöne und das Biest. Aha!» Chryssa reckte den Kopf hinter einer lethargischen Zimmerpflanze hervor. «Wirklich, Kim, die Jungen behältst du immer für dich allein! Wärst du ein Mann, würde man dich eine Minderjährigen-Tunte nennen.»

Aus der erheblich angewachsenen Menge ertönte eine Stimme: «Chryssa!»

«Es ist einfach unmöglich, bei meiner eigenen Party ein Gespräch zu führen. Molly, essen Sie am nächsten Donnerstag mit mir zu Mittag? Um ein Uhr – in den *Four Sessions*?»

«Nächsten Donnerstag um eins», antwortete ich.

Sie drückte mir die Hand und verschwand wieder in der Menge.

«Da legst du besser deinen Keuschheitsgürtel an.»

«Hab keinen. Hältst du O. B. für eine Lösung?»

Das Mittagessen mit Chryssa war eine Übung im Erfinden von Ausreden. Da alle die Kleider, die ich am Leib trug, geborgt waren, hatte ich Angst, auch nur die Gabel zum Mund zu führen. Man stelle sich vor, ein Happen wäre auf meine rechte Brust gefallen und die verdammte Bluse wäre hin gewesen? Und die Fragen von Chryssa – hinterhältig und charmant, aber alle ließen nur einen Schluß zu. Ich bemühte mich, nett zu sein und den letzten Anflug eines südlichen Akzents zu unterdrücken. Aber ich verlor fast die Beherrschung, als sie mir zu verstehen gab, sie würde mir die Ausbildung an der Filmakademie bezahlen, wenn ich ... Irgendwie hielt ich es durch, ohne mich mit Schlagsahne zu bekleckern und ohne mich zu verpflichten.

Als ich mit der Untergrundbahn nach Hause fuhr, beobachtete ich die Leute, wie sie mich beobachteten. Ich hatte hübsche Kleider an, und so warf man mir Blicke eitler Neugierde und sogar der Anerkennung zu und starrte mich nicht auf die übliche bittere, forschende Art an. Hatte Florence nicht immer gesagt, daß Kleider Leute machen? O ja, Florence. Was, zum Teufel, machten sie wohl? Jetzt, in dieser Minute? Wenn sie mich jetzt sähen, würden sie denken, ich sei reich. Zum Teufel mit ihnen allen. Warum denke ich überhaupt an sie? Warum versuchte diese Frau mit der wohlklingenden Stimme, mich zu kaufen? Ich weiß, warum, ich weiß, ganz genau, warum. Scheiße, was soll ich jetzt tun. Ich kann nicht die Aushalte-Nummer spielen. Ich weiß, es ist idiotisch, es nicht zu tun. Verdammt, ich sollte ihr Geld nehmen und die Akademie besuchen. Ihr alter Herr ist sowieso auf dem Rücken der Armen reich geworden. Ein Teil des Geldes ist mein Erbe. Vergeltung. Ich sollte das gottverdammte Geld nehmen. Wie soll ich sonst die Akademie bezahlen? Ein Semester kostet 1000 Dollar. Ganz schön beschissen, arm zu sein. Ich mußte meinen Hintern benutzen, um meinen Kopf zu retten! Nein, zum Teufel mit dir, Chryssa Hart, ich werde dein verlockendes Geld nicht nehmen, und zum Teufel mit mir, weil ich in dem Rattenloch sitzen und stolz, aber arm bleiben werde. Reinheit. Es muß doch irgendeinen Weg aus diesem Schlamassel heraus geben. Vielleicht klebe ich an falschem Stolz. Carrie verdient nicht einmal 1500 Dollar im Jahr und nimmt trotzdem kein Almosen oder sonst irgend etwas an, nicht einmal von der Kirche. Vielleicht ist es eine Familieneigenschaft. Familie, da kann man doch nur lachen! Wieso Familie? Alles, was ich gekriegt habe, war ein Zimmer und Verpflegung. Na ja, manches hat sich wohl abgenutzt. Aber es war mehr als nackter Stolz. Wenn diese Frau mich liebte wäre es etwas anderes, oder wenn ich sie liebte. Dann würde ich alles annehmen, was sie mir geben würde, aber ich interessiere sie einen Scheißdreck. Sie kauft mich so, wie sie losgeht und sich einen Wintermantel oder eine Gucci-Handtasche kauft. Ich bin ein Stück Fleisch. Verdammt, gehe ich die Straße hinunter, sehen die Männer mich an wie einen wandelnden Samenbehälter. Gehe ich auf eine Party, sieht dieser Bussard Fleisch. Sie ist nicht anders als irgendein Bauarbeiter, nur daß sie Klasse und Brot hat, das ist alles.

Ach, Scheiß, ich sitze doch nicht hier in dieser gottverdammten Untergrundbahn und bemitleide mich selbst. Scheiß der Hund drauf. Eine alte Lesbierin will meinen Hintern kaufen. Tolles Geschäft. Also fresse ich die Tapete von den Wänden und zerkrümle das alte Brot. Verfluchter Scheiß. Morgen will ich meinen Hintern zur

Uni rüberbewegen und diesen akademischen Robotern sagen, sie sollen mir ein Stipendium verschaffen. Ich bin das tollste Genie seit Eisenstein. Sie sollen sich glücklich schätzen, mir bei meiner Ausbildung helfen zu dürfen. Zum Teufel, es gibt mehr als nur eine Möglichkeit, ein Huhn zu rupfen. Das hatte Carrie immer gesagt. Scheiße, ich wünschte, ich würde endlich aufhören, über Carrie nachzudenken!

13

Nach Monaten bürokratischen Hin und Hers und einer Salve Aufnahmeprüfungen erhielt ich ein Stipendium. Tagsüber besuchte ich die Vorlesungen, und nachts arbeitete ich im Flick. Holly bekam mich nur am Wochenende zu sehen. Sie war nicht sehr begeistert über meine Tageseinteilung, und sie nahm auch die Filmakademie nicht sehr ernst.

Eines Abends, an einem Wochenende, wurden wir bei der Arbeit angepöbelt. Die Kneipe war voll von weißen Theaterbesuchern mittleren Alters und von Schülern, die nicht in den *Playboy Club* hineinkamen und sich darum mit Ersatzbunnies zufrieden geben mußten. Wir hatten beide vier Tische zu bedienen. Es war kurz vor Ende unserer Schicht, und wir waren alle müde.

Einer von Hollys Tischen leerte sich, worauf ein bläßlicher, etwa fünfundvierzigjähriger Mann und seine plumpe Frau, die ein grünes, an den Hüften fast platzendes Satinkleid trug, dort Platz nahmen. An meinen Tischen aß man und war zufriedengestellt, so hatte ich eine kleine Verschnaufpause. Holly sauste mit einem Tablett vorbei und flitzte in die Küche, um das, was ihre neuen Gäste bestellt hatten, zu holen. Sie kam zurück mit einem geeisten Orangensaft und einem riesigen Bananasplit – sechs Kugeln Eis, Berge von Schlagsahne, drei verschiedene Sirups und eine dicke, pralle Kirsche, die ans Obszöne grenzte.

Der kleine Mann beobachtete Holly, ja, er nahm nicht einen Moment die Augen von ihren vollkommenen Brüsten. Holly bediente zuerst die Frau, und während die in ihrem grünen Satin gefangene Dame mit dem metallischen Haar die Hülle ihres Strohhalms betrachtete, streckte der Ehemann die Hand nach oben und befummelte Hollys linke Brust. Der ist voll, dachte ich, der Kerl muß voll sein. Holly trat einen Schritt zurück, um ihn sich genauer anzusehen, dann nahm sie sorgfältig das Bananasplit in die rechte Hand und klatschte es ihm auf den Kopf. Die ganze erste Etage des Flick brach in jubelndes Gelächter aus. Der Mann brüllte, sprang von seinem Metallstuhl auf, stieß ihn um und fiel auf den Hintern. Seine Frau, die ihn am Boden liegen sah, mit einer riesigen Kirsche, die langsam an seinem Ohr herunterglitt, stieß ein gellendes Wehgeschrei aus: «Harold, auf deinem Ohr ist eine Kirsche!»

Harold hätte eine Banane im Ohr stecken gehabt, wenn Holly ihn richtig zu fassen gekriegt hätte. Sie trat ihm in die Eier, packte ihn an seinen dicken Nackenfalten und zerrte ihn an den Rand der Treppe. Dort setzte sie fest ihren Fuß auf seinen Hintern und stieß ihn ohne Countdown hinunter. Er fiel in den Manager hinein, der gerade seine 250 Pfund die Treppen heraufhievte und wie auf einem Spendenaufruf für die Herzgefährdeten aussah.

«Was soll das heißen?» kreischte Larry der Blutegel. Aber seine affektierte männliche Stimme ging unter in der Hysterie des Augenblicks.

«Diese miese Sau hat seine Hand auf meine Brust gelegt, das soll es heißen.»

Inzwischen hatten die Leute ihre Stühle verlassen und drängten sich um die Treppe, um besser sehen zu können. Ich stand direkt hinter Holly. Larrys Gesicht war rot gefleckt, und er griff nach unten, um dem Tittenfummler auf die Füße zu helfen. Schlagsahne und die Überreste der von Sirup triefenden Bananen bedeckten den Teppich.

«Sie sind entlassen, machen Sie, daß Sie hier rauskommen. Es tut mir leid, Sir. Mir ist das außerordentlich unangenehm.» Larrys Blick fiel auf mich, er erinnerte sich, daß Holly und ich Freundinnen waren, und fügte als Postscriptum hinzu: «Sie können bleiben, auf Sie bin ich nicht wütend.»

Holly wirbelte herum und stieß ihren Fuß mit voller Wucht in Larrys riesigen Bauch. Er segelte die Treppe hinunter, schwebend, lautlos, bis er unten auf der untersten Stufe aufschlug. Mit eisernem Griff umklammerte sie mein Handgelenk und verkündete in voller Lautstärke: «Wenn ich rausgeschmissen werde, nehme ich auch meine Frau mit!»

Das Gebrüll war noch lauter als bei den Baseballmeisterschaftsspielen. Holly zog mich die Treppe hinunter und auf die Straße hinaus. Sie ließ mich erst los, als wir bei der Untergrundbahnstation an der Lexington Avenue angelangt waren. Ich staunte halb, halb mußte ich lachen.

«Du hast sie alle zu Salzsäulen erstarren lassen, aber Holly, du hast gelogen, wir sind nicht verheiratet. Jetzt werden alle diese netten Leute denken, ich bin vergeben. Das ist das Ende meines Junggesellenlebens.»

Sie war immer noch zu aufgeregt, um sich zu amüsieren. «Halt den Mund und komm mit zu mir.»

«Ich kann nicht. Ich muß morgen sehr früh auf und

zur Bücherei, um einiges über D. W. Griffith nachzusehen. Komm du mit in meine Bude.»

«In das stinkige Loch?»

«Immerhin bin ich ja drin, also verschließ die Augen vor dem Rest.»

«In Ordnung, aber weck mich ja nicht auf, wenn du zur Bücherei gehst.»

Wir fuhren schweigend zu mir. Das Umsteigen am Union Square dauerte ewig, deshalb liefen wir die 14th Street bis zum Fluß hinunter und dann hinauf zu meiner Wohnung. Aber der Gang hatte Holly nicht abgekühlt, sondern nur noch gereizter gemacht. Als ich die Tür öffnete und Licht machte, stöhnte Holly auf: «Wie kannst du in einem solchen Rattenloch leben. Du bist blöd, daß du dich nicht von Chryssa aushalten läßt.»

«Laß uns nicht davon anfangen. Ich hab schon genug im Kopf. So sehr ich mich gefreut hab, daß diese kleine, verschrumpelte Kröte und auch Larry eines abgekriegt haben – ich muß mich jetzt nach einem neuen Job umsehen.»

«Hör mal zu, du stures Miststück, wenn du nur ein bißchen nachgeben würdest, brauchtest du dich nicht halb umzubringen wie jetzt – du hättest etwas zum Anziehen, eine anständige Wohnung, ein paar hübsche Annehmlichkeiten, die das Leben leichter machen.»

«Holly, hör auf!»

«Womit? Bildest du dir ein, du bist zu gut, um dich aushalten zu lassen? Ich werde ausgehalten – bin ich deshalb gleich eine Hure oder so was? Oder ist es vielleicht symptomatisch für die Weigerung meiner Rasse, Verantwortung zu übernehmen? Ist es das, was du denkst?»

«Nein. Wir sind einfach nur verschieden, und es hat nichts mit Hurerei oder Hautfarbe oder diesem ganzen Scheiß zu tun. Ich kann es nun mal nicht, das ist alles.»

«Erzähl mir doch nicht so 'n Scheiß. Du kannst es nicht, weil du so verflucht prüde bist und meinst, es wär unmoralisch. Ich meine, du bist ein gottverdammter Esel, *das* meine ich. Du hast dein ganzes Leben in Armut verbracht, jetzt hast du eine Chance, etwas für dich zu haben. Ergreif sie.»

«Du verstehst nicht, Holly, ich will hier nicht leben. Ich will keine zerschlissenen Kleider. Ich will nicht die nächsten zehn Jahre auf dem Zahnfleisch gehen. Aber ich muß es auf meine Art schaffen. Auf meine Art, verstehst du. Das hat nichts mit Moral zu tun, es hat etwas mit *mir* zu tun.»

«Oh, hör doch auf, den hehren Helden zu spielen!»

«Ich habe keine Lust zu streiten. Können wir es für heute nacht nicht vergessen?»

«Nein, ich werde es nicht vergessen, weil ich weiß, daß du ein Werturteil über mich fällst.»

«Das tue ich *nicht.* Jetzt hör auf, mir dauernd was zu unterstellen.»

«Du meinst, daß ich schwach bin und faul, nicht wahr? Du findest, daß ich eine verwöhnte reiche Göre bin, die Geld von ihrer Liebhaberin nimmt statt von ihrem Doktor-Daddy. Warum sagst du es nicht. Du liebst mich nicht.»

«Das habe ich auch nie behauptet.»

Holly blinzelte, und dann verengten sich ihre Augen. «Warum kannst du dich nicht in einen dekadenten schwarzen Mittelklassebalg verlieben?»

«Jetzt hör auf, ja? Das ist ja lächerlich!»

«Lächerlich, ich sage dir, was lächerlich ist. Du hockst hier, arbeitest dich zu Tode und wofür – um Filmregisseurin zu werden. Hör mir zu, Baby: lauter Träume, lauter Träume. Du kannst das beste Examen machen. Wahrscheinlich wirst du es sogar machen. Aber du wirst keine Arbeit kriegen. Du bist nichts weiter als auch nur so ein Weiberarsch, der mit seinem Phi Beta Kappa-

Schlüssel um den Hals auf einem Sekretärinnenstuhl sitzen darf. Du machst das alles für nichts und wieder nichts. Weißt du was, du ähnelst sehr meinem Vater. Ich hab das bisher nie gemerkt. Mein Vater hat sich auch halb zu Tode geschuftet, und er ist reich geworden, aber er wollte ganz nach oben, und das schafft er nicht aus offensichtlichen Gründen. Ihr beide würdet ein feines Paar abgeben, dickköpfig, unfähig zu sehen, was auf euch zukommt. Wollt gegen die ganze Welt ankämpfen und bekommt nichts als Tritte in den Hintern dafür. Wenigstens hat mein alter Herr Geld dabei gemacht. Du schaffst nicht einmal das. Greif lieber bei Chryssa Hart zu, sie ist das Beste, was du kriegen kannst, mein Schatz.»

«Herrgott! Was auch immer aus mir wird, ich habe dann doch wenigstens das Wissen im Kopf, und niemand kann mir das nehmen. Und eines Tages, auch wenn du es nicht kommen siehst, werde ich dieses Wissen nutzen und meine Filme machen. *Meine* Filme, hörst du, Holly – keine Schnulzen über unglückliche Heterosexuelle, keine Familiendramen über das strahlende weiße Amerika, keine vom ersten bis zum letzten Bild bluttriefenden Western und auch keine Science-fiction-Thriller, in denen abtrünnige weiße Blutkörperchen die Leinwand bevölkern, sondern meine Filme, wirkliche Filme über wirkliche Menschen und die Art und Weise, wie die ganze Scheiße über sie hereinbricht. Wenn ich das Geld dafür erst mit fünfzig kriege, dann ist das eben so. Ich werde es machen, so wahr mir Gott helfe, und es ist nicht für nichts und wieder nichts.»

«Also wirklich, du bist unglaublich. Ich weiß nicht, ob du verrückt oder ob du aus dem Stoff bist, der aus den Massen der Mittelmäßigen herausragt, aber ich will nicht herumhängen, um das herauszufinden. Ich bin nicht gewillt, mir mitanzusehen, wie du dich durchschlägst durch das Häßliche, das du jetzt durchmachen wirst, und ich glaube auch nicht, daß ich mitansehen könnte, was danach passiert – wenn man dir die Türen vor der Nase zuschlägt und dir die Lügen ins Gesicht sagt, die sie heutzutage den Schwarzen und den Puertorikanern und den Frauen erzählen. Du bist stark genug, um damit fertig zu werden, aber ich bin nicht stark genug, um es mitanzusehen. Nachdem ich meinen Vater beobachtet habe, habe ich nicht den Mut, mir das alles noch einmal mitanzusehen.» Sie hielt inne, holte Atem und senkte den Blick auf den Linoleumfußboden. «Ich komme mir mies vor. Ich komme mir einfach mies vor. Ein bißchen vielleicht auch deswegen, weil ich keine richtige eigene Arbeit habe. Ich renne rum, bin schön und amüsiere mich, ja, aber ich habe nichts für mich, nichts, was wirklich meins wäre, und du hast das, und das macht mich so verdammt fertig.»

«Aber was, zum Teufel, soll ich denn machen? Es aufgeben, um dich glücklich zu machen? Eine Versagerin werden, damit du dich wohler in deiner Haut fühlst?»

«Nein, nein. O Molly, tief in meinem Innern will ich ja, daß du hier ausbrichst, daß du die ganze Szene weit aufreißt. Ich weiß, was es dir bedeutet, und vielleicht begreife ich sogar genug, um zu wissen, was es für eine Menge anderer Leute bedeutet, wenn du es tust. Es ist das tägliche Zerren und Ziehen, das mir die Galle überlaufen läßt. Ich beginne dich zu hassen, dich zu hassen, und ich liebe dich, das ist alles ein Scheißdurcheinander – aber ich fange an, dir all das zu verübeln, was dich stark macht, was dich befähigt, dich der täglichen Aushöhlung zu stellen. Ich fange an, mich selbst zu hassen, weil ich nicht so wie du bin. Ich weiß nicht, vielleicht liegt es daran, daß meine Eltern mir alles geschenkt, daß sie mich verwöhnt haben, vielleicht hab ich deswegen keinen inneren Antrieb.»

«Es gab eine Menge Leute, die vieles geschenkt gekriegt haben, Leute aus der Mittelklasse, und die doch den Antrieb hatten.»

«Ja, und? Es ist mir egal, was sie gemacht haben. Mir geht es darum, was ich machen soll. Was, zum Teufel, soll ich denn mit meinem Leben anfangen? Sag mir, was ich tun soll.»

«Das kann ich nicht. Es würde nichts bedeuten, wenn ich es dir sagte, du mußt es dir selbst sagen.»

«Es ist so schwer.»

«Um Himmels willen, es ist immer schwer, egal, wer du bist, wo du herkommst, welche Hautfarbe du zufällig abgekriegt hast oder welches Geschlecht dir beschert worden ist. Es ist die schwerste Entscheidung wahrscheinlich, die jeder einzelne in seinem Leben treffen muß.»

«Ja, ich weiß. Ich weiß, es ist schwer für dich, da, wo du jetzt stehst, und ich tue dir nichts Gutes damit, wenn ich dauernd das Lustprinzip betone.»

«Und ich weiß, daß es auch für dich schwer ist, da, wo du jetzt stehst. Es tut mir leid.»

«Mir auch, es tut mir leid, daß ich dich angebrüllt habe, und es tut mir leid, daß du meinetwegen deinen Job verloren hast. Ich bin eine richtige Scheißziege. Ich muß hier fort und sehen, daß ich wieder einen klaren Kopf kriege. Vielleicht bitte ich Kim um Geld, daß ich ein paar Monate nach Paris fahren kann, oder vielleicht fahre ich nach Äthiopien – ich habe da eine Freundin vom College her. Es wird mir leichter fallen, einen Entschluß zu fassen, wenn ich aus dieser geisteskranken Stadt raus bin.»

«Du kannst überall einen Entschluß fassen, sogar im Gefängnis. Nach Paris zu fahren klingt nach schicker Flucht.»

«Geh zum Teufel. Du mußt mir unbedingt unter die Nase reiben, daß du nicht diese Möglichkeit hast, nicht wahr? Leute wie du, die ihre Armut wie ein Abzeichen der Reinheit tragen, machen mich krank!»

«So habe ich es nicht gemeint. Aber vielleicht hat es wirklich selbstgerecht geklungen. Zum Teufel, ja, natürlich würde ich selbst gern nach Paris fahren oder irgendwohin. Ich versuche doch nur, dir zu sagen, du sollst kein Ritual daraus machen, wenn du dich bemühst, einen klaren Kopf zu kriegen – das ist alles.»

«Ja, ja, okay. Ich kann jetzt nicht mehr beurteilen, ob du mich runtermachst oder mir nur die Meinung sagst. Ich hab in diesen Tagen einen ganz schönen Zorn auf dich. Ich nehme an, es ist aus mit uns, verstehst du? Vielleicht ist einer der Wege, zu mir selbst zu kommen, wenn ich dich eine Weile lang nicht mehr sehe.»

«Wenn du das Gefühl hast, daß es so ist, dann muß es so sein.»

«Es scheint dich ja nicht weiter aufzuregen.»

«Herrgott, Frau, ich tue alles, was ich kann, um dir zu helfen, das zu tun, was du tun mußt. Nein, ich bin nicht niedergeschmettert. Willst du, daß ich vernichtet am Boden liege und wie eine brennende Hexe in einer Pfütze zu deinen Füßen verlösche? Und ja, ich werde dich vermissen. Es wird mir fehlen, wenn ich nicht mehr mit dir schlafen und zum *Thalia* gehen kann, und du bist wahrscheinlich die einzige Frau, die ich je kennen werde, die, als sie in Fahrt war, ein fettes Schwein die Treppe hinuntergestürzt hat. Okay?»

«Ach, Scheiße, ich liebe dich doch. Wirklich.» Sie hob ihr Cape auf, schob die Sicherheitskette zurück und schloß die Tür hinter sich. Ich lauschte ihren Schritten, bis sie die Haustür öffnete und wieder schloß. Sie ging zur Ecke und winkte ein Taxi herbei. Ich beobachtete sie, bis sie die Füße in den Wagen zog und die Tür schloß.

Vierter Teil

14

Zwischen Untergrundbahnen, den rot-weißen Coke-Automaten und Plakaten für Dr. Scholls Fußpuder machte ich mich auf die Suche nach einem neuen Job. Bei Nachtarbeit gab es zwei Kategorien: Telefonvermittlung oder verschiedene Formen der Unterhaltung. Da Hal Prince, der Musical-König, nicht auf der Straße auf mich zusprang, um mich zu engagieren, tanzte ich jede Nacht in einer kleinen Bar im Westen der Stadt. Das dauerte zwei Wochen – bis ich einem Zahnarzt einen Patienten verschaffte, der ein paar neue Kronen brauchte. Mir blieb nichts anderes übrig, als meinen Zeitplan zu ändern, weniger Vorlesungen zu besuchen und am Tag zu arbeiten.

Ich bekam einen Job als Sekretärin in der Silver Publishing Company. Jeden Morgen um neun stürmte ich in kompletter weiblicher Ausstattung – Rock, Strümpfe, Slip – ins Büro. Ich konnte meine Beine nicht übereinanderschlagen, da sonst prompt der eine oder andere Spermaproduzent versuchte, mir unter den Rock zu sehen. Und ich konnte meine Füße nicht auf den Schreibtisch legen, weil sich das für eine Dame nicht schickte. Wenn ich mal kein Make-up trug, fragte mich jeder, auch der Boss, ob ich nicht auf dem Posten sei. Meine unmittelbare Vorgesetzte war Stella von Starlight. Stella hatte den Präsidenten der Firma, David Cohen, geheiratet, und so arbeitete sie aus «reinem Spaß». Stella sah genau wie Ruby Keeler aus, und irgend jemand mußte ihr das schon 1933 gesteckt haben, denn seither hatte sie immer versucht, wie eine Kopie des Originals auszusehen. Bei der leisesten Anspielung auf Ruby verfiel sie in den Stepptanz aus *Footlight Parade*. Ihr Mann, hochgeschreckt durch das Geräusch klappernder Füße, kam dann aus seinem Büro heraus und erinnerte sie daran, daß Fahnen zu lesen seien und ob sie die Tanzerei nicht bis nach fünf aufschieben könne.

Wir von der unteren Garde waren im «Kuhstall» zusammengepfercht und tippten lustlos alles vor uns hin, von Rechnungen bis zu neuen Manuskripten, von Klappentexten bis zu Bildlegenden. Innerhalb kurzer Zeit brachte Stella es fertig, herauszufinden, daß ich sowohl lesen als auch buchstabieren konnte, zwei Punkte zu meinen Gunsten, zu denen sich noch ein bemerkenswerter dritter gesellte: Ich konnte auf Kommando einen Text hinhauen. Stella rettete mich aus dem «Kuhstall» und steckte mich zu einem der geschätzten Lektoren, James Adler.

Rhea Rhadin, auch eine aus dem «Kuhstall», die sich hochgekämpft hatte und jetzt die oberste Empfangsdame war, hatte sich unglücklicherweise unheimlich heterosexuell in James verknallt. Sie glitt sozusagen auf dem Schleim ihrer Geilheit ins Büro und umsäuselte ihn: «James, kann ich Ihnen eine Tasse Kaffee holen – oder sonst irgend etwas heute morgen?» James verabscheute sie und knurrte ihr bei diesen unentwegten Versuchen jedesmal ein «Nein» zu. Seltsame Hirnverrenkungen, wie man sie so oft bei systematisch vorgehenden Frauen findet, brachten sie jedoch zu der Überzeugung, daß James sie nur deshalb so grob behandelte, weil er und ich es heftig miteinander trieben. Sie beschloß, mir das Leben schwer zu machen. Jede Arbeit, die sie aus meinen Händen empfing, führte sie absichtlich schlecht aus und schob dann mir die Schuld zu. Einmal in der Woche pflegte sie in Mr. Cohens Büro zu schlüpfen, um wieder einmal auf einen entsetzlichen Fehler hinzuweisen, vor dem sie den Drucker bewahrt habe – alles nur wegen meiner Nachlässigkeit und meiner schlechten Arbeitsgewohnheiten. In dem heroischen Bemühen, mich zu retten, stellte James die Situation Mr. Cohen so dar, wie er sie sah, doch Mr. Cohen vermochte nicht zu glauben, daß irgend jemand ein solcher Esel sein konnte.

Rheas unglaubliche Geilheit war nur einer von ihren Fehlern. Sie war bekanntermaßen faul und ließ gern andere für sich arbeiten, Mädchen, die weniger Glück gehabt hatten als sie. Auf diese Weise fand sie die Zeit, sich täglich die Fingernägel zu feilen und in einer neuen Farbe zu lackieren. Mr. Cohen drückte ein Auge zu bei ihrer ewigen Manikürerei und meinte, wir sollten nett zu ihr sein, immerhin habe ihre Mutter Selbstmord begangen, als Rhea elf Jahre alt war. Die Situation wurde von Tag zu Tag unerträglicher. Und so entstand aus meiner Einsamkeit seit Hollys Weggang und meinem Ärger bei der Arbeit ein Plan, von dem ich sicher war, daß er die alte Ratte Rhea fertigmachen würde. An einem Sonntagabend zog ich mit einem Abfallbeutel aus Plastik los und sammelte jeden annehmbaren Brocken Hundescheiße, den ich finden konnte, ein. Ich bekam den Beutel halbvoll, verschnürte ihn sorgfältig und stellte ihn für die Nacht an meinem Briefkasten ab.

Am nächsten Morgen um sieben schleppte ich den verdammten Beutel durch die Untergrundbahnstation, die Treppe hinauf und in das Bürogebäude, das von Ruß, Taubendreck und Abgasen gestreift war. Bis acht hatte ich fieberhaft die Geschenke in Rheas Schreibtischschublade gestopft. Dann verduftete ich über die Hintertreppe und erschien erst zehn nach neun wieder im Büro.

Rhea saß an ihrem Schreibtisch, mit «Mocha Mist» von Revlon in der rechten und dem Telefonhörer in der linken Hand und quasselte wie üblich. Mr. Cohen kam um 9 Uhr 20 mit Stella im Gefolge. Rhea hing immer noch am Telefon. James und ich arbeiteten bereits an einem Buch über mittelalterliche Kunst, als Rhea durch die offene Tür stolziert kam: «Wirklich, James, ich begreife nicht, warum Sie und Miss Bolt bei der Arbeit so dicht zusammen sitzen müssen. Fotografien flämischer Kirchen können doch nicht so interessant sein.»

«Rhea, haben Sie nichts zu tun?» murmelte James.

«Doch, ich habe nur eine kurze Pause gemacht. Möchten Sie gern eine Tasse Kaffee?»

«Nein, danke.»

Sie glitt hinaus, durch und durch glücklich, daß sie ihre große Liebe wieder einmal geneckt hatte. Durch die offene Tür konnte ich sie hinter der Glaswand an ihrem Schreibtisch hocken und wieder telefonieren sehen. Sie hatte noch keine der Schubladen angerührt. Der ganze Morgen schleppte sich dahin, ohne daß sie auch nur eine einzige Schublade aufzog.

James und ich aßen unser Mittagessen im Büro, da wir einen riesigen Manuskriptberg zu bewältigen hatten, ehe gegen drei die Autorin hereinschauen wollte. Als spürte sie, daß wir in Hetze waren, kam Stella ins Büro getänzelt. James aß gerade Mandelhörnchen. Sie bemerkte es.

«Ich dachte, Sie hielten zur Zeit Diät. Was ist los, sind Sie die Eier und den Thunfisch leid? Sie wissen doch, Eier verursachen besondere Säuren und stopfen.»

«Nein, das wußte ich nicht, aber ...»

Stella fiel ihm ins Wort: «Dave hat eine kleine gelbe Pille, die alle Beschwerden sofort beseitigt. Er kennt keine Verstopfungsprobleme. Ich habe ihn dazu gebracht, einen Arzt aufzusuchen, Dr. Bronstein. Er ist derjenige, der behauptet, ich sähe aus wie Ruby Keeler aus dem Gesicht geschnitten. Bronstein sagt, Dave fehle überhaupt nichts, aber er solle die Pille zur Entschlakkung nehmen. Sie sollten auch mal wegen einer Diät den Arzt aufsuchen. Ich hatte eine Freundin, die ihres Gewichts wegen in eine Spezialklinik ging. Sie aß dort nur Trauben und Wassermelonen. Nach drei Tagen fühlte sie sich wesentlich leichter. Trauben und Wassermelonen.»

James brachte ein Lächeln zustande. Schließlich kann man der Frau des Chefs nicht sagen, sie solle sich zum Teufel scheren. «Ich hasse Wassermelonen, wenn ich sie auch als Kompott ganz gern mag.»

«Ja, das mag ich auch. Haben Sie jemals Honigmelonen gegessen? Die mag ich sehr. Ich habe eine gekauft, ehe Dave nach Chicago fuhr. Wann war das doch? Im September? Also, ich kaufte eine Honigmelone im September, aber sie war noch nicht reif; deshalb tat ich sie in den Kühlschrank, und sobald sie reif war, aß ich sie. Ich habe jeden Tag ein Stück gegessen. Es war herrlich, nicht für Dave kochen zu müssen und sich einfach ein Stück Honigmelone zu nehmen. Er stellt sich so mit dem Essen an, daß es jedesmal eine Erleichterung ist, wenn er seine kleinen Reisen macht. Unser Kühlschrank ist voller Orangen. Dave trinkt nichts anderes als frisch gepreßten Orangensaft. Heute war ich unartig und hab die Presse nicht abgewaschen.» James blickte müde von einer Farbfotografie des himmlischen Mantels Heinrichs II. hoch und startete einen erneuten Versuch, Stella zu bedeuten, sie möchte doch gehen, aber sie legte den zweiten Gang ein und überfuhr ihn.

«Mr. Cohen muß seinen Orangensaft frisch haben und alles andere auch. Er setzt sich nicht zu Tisch, wenn ich ihm beim Frühstück die Serviette vom Lunch neben den Teller lege. Ich muß ihm zuliebe drei verschiedene Größen Servietten im Haus haben. Wir haben uns neue Schüsseln für Cornflakes gekauft, und er hat sich beklagt, daß ich ihm zu viel Cornflakes gegeben hätte. Also mußte ich sie in die alte Schüssel schütten und sie dann vor ihm in die neue Schüssel schütten. Erst da war er zufrieden. Aber beim Kaffee zeigt er seine schlimmsten Seiten. Wenn es um seinen Kaffee geht, ist er pingeliger als bei Manuskripten.»

«Das ist unmöglich», behauptete James.

«Ha, wenn Sie meinen, er ist hart als Chef, dann sollten Sie mal mit ihm leben.» Als ihr aufging, was sie da gerade gesagt hatte, trat sie einen Schritt zurück und spähte in alle Richtungen, um sich zu vergewissern, daß niemand diese Lästerung gehört hatte. «James, ich muß den Kaffee selbst für ihn mahlen. Erst muß ich mit dem Orangensaft hinter ihm her jagen. Dann sitzt er am Tisch und inspiziert die Servietten und verlangt, daß die Cornflakes vor seinen Augen abgemessen werden. Dann verlangt er seinen Kaffee, und jeden Morgen stimmt irgend etwas damit nicht. Nach all diesem Hin und Her ist es schließlich zehn nach neun, und dann sagt er zu mir: ‹Beeil dich, wir kommen zu spät.› Und ich selbst hab noch keine Tasse Kaffee und kein Glas Orangensaft getrunken!» Als sie gerade Atem holte, um aufzutanken, rettete uns ein ohrenbetäubender Schrei aus der Ecke hinter der Glaswand.

«Scheiße! Scheiße! Mein Schreibtisch ist voll Scheiße. In jeder Schublade Würste und Scheißhaufen!»

Vom entferntesten Ende des längsten Korridors her hörte man Getrappel. Leute schwärmten aus ihren Bürozellen, in denen Bilder von Chiquita-Bananen an der Wand hingen. In dem allgemeinen Gedränge rings um Rheas Schreibtisch wurde ihr Foto von Rhett Butler von der Wand heruntergerissen.

Stella drängte sich durch die Menge: «Rhea, was für eine schreckliche Sprache, was ist denn ...» Bevor sie den Satz beenden konnte, hatte sie der Anblick all der sorgfältig arrangierten Hundescheiße zum erstenmal in ihrem langen Leben sprachlos gemacht. Der Tumult veranlaßte Mr. Cohen, aus einer Konferenz herauszukommen, und um Eindruck zu schinden, knallte er die Tür hinter sich zu. Die Menge teilte sich für den Patriarchen wie einst das Rote Meer.

«Was, zum Teufel, geht hier vor? Rhea, was ist los mit Ihnen?»

Rhea, deren Gesicht vor Wut verquollen war, zischte: «Mein Schreibtisch ist voll Hundescheiße.»

David Cohen antwortete mit unfehlbarer Logik in einem ruhigen, väterlichen Ton: «Aber das ist doch unmöglich. Wir haben ja gar keine Hunde in unserem Büro.»

Stella tippte ihrem Mann auf die Schulter: «Sieh in ihren Schreibtisch, Dave.»

Er warf einen kurzen Blick auf die Schubladen, wandte den Kopf ab und beugte sich noch einmal darüber. Dann sagte er zu seiner Frau mit tonloser Stimme: «Aber das ist doch unmöglich!»

Stella ließ sich nicht beirren: «Unmöglich oder nicht, ihr Schreibtisch ist voller Hunde ... Hundedreck.»

«Irgend jemand muß das für einen Scherz gehalten haben», schloß Dave. «Wer es auch war, er sollte sich auf der Stelle bei Rhea entschuldigen und diese Schweinerei beseitigen.» Schweigen. Äußerstes Schweigen. «Vielleicht war es einer von den Puertorikanern im Packraum. Unvorstellbar, daß irgend jemand hier aus dem Büro so etwas getan haben könnte.» Mit dieser neuen Schlußfolgerung gewappnet und mit dem Wissen gestärkt, daß Männer, die keine Mäntel und keine Krawatten tragen, jeglichen Verbrechens fähig sind, drehte er sich auf dem Absatz um und marschierte in Richtung Packraum. Von dort hörten wir erregte Stimmen auf spanisch. Dann kam David Cohen verwirrt und ärgerlich zurück.

«Gut, gut. An die Arbeit, Leute. Das ist hier ein Verlag und kein Zirkus. Der Hausmeister wird die Schweinerei beseitigen.»

In der Zwischenzeit hatte sich Rhea in eine schöne Heulerei hineingesteigert. Gerührt von dem Anblick der in Tränen aufgelösten Unglücksperson gab Mr. Cohen ihr für den Rest des Tages frei. James und ich hatten uns wieder an unser Manuskript gesetzt, als Rhea hereinkam.

«Das warst du, Molly. Ich weiß, daß du es warst. Nur eine Lesbierin gibt sich für so etwas her. Haben Sie das gewußt, James? Ihre Freundin ist eine Lesbe. Sie hat es mir selbst gesagt. Aber du bist noch niedriger als eine Lesbierin, Molly Bolt. Du bist eine Lesbierin, die Männer stiehlt!» Während sie mit beiden Armen wie rasend herumfuchtelte, öffnete sich ihre schon halb offene Handtasche, und ihr ganzer Kram fiel zu Boden. Für ein träges Mädchen bewegte sie sich erstaunlich schnell, aber nicht schnell genug. James hatte ihre Anti-Baby-Pillen aufgehoben.

«Geben Sie mir die!»

«Mit tausend Freuden, liebe Rhea, aber nehmen Sie sie nicht um meinetwillen.»

Die Hölle kennt keine solche Wut wie die einer Frau, der von dem Mann, den sie liebt, gesagt wird, sie brauche ihre tägliche Dosis Eierstockkrebs nicht. Rhea schwang ihre voll geladene und in weiser Voraussicht geschlossene Tasche nach James. Er duckte sich, und mit einem markerschütternden Schrei gab sie auf und rannte zur Tür hinaus, um frontal mit Polina Bellantoni zusammenzuprallen, der Autorin des Buches *Der schöpferische Geist des Mittelalters*, die pünktlich zu ihrer Nachmittagsverabredung kam. James und ich stürzten beide zur Tür, ergriffen jeder einen Arm der Dame und halfen ihr wieder auf die Beine. Polina Bellantoni fühlte sich fest an, zumindest ihr Arm war in guter Form. Sie war 41 Jahre alt, seit zwanzig Jahren verheiratet, hatte ein Kind großgezogen, das jetzt sechzehn war, und all das, und hatte nebenher noch für die Columbia University ihre Doktorarbeit über babylonische Beinkleider fertiggestellt. Zur Zeit lehrte sie an der Columbia University, nachdem sie die antiken Moden zugunsten mittelalterlicher Studien aufgegeben hatte. Polinas Haar war blauschwarz mit Strähnen von vollkommenem, faszinierendem Grau, und ihre Augen waren von einem weichen Braun. Falten spielten um diese Augen und verliehen ihr einen wissenden und zugleich schönen Ausdruck. Plötzlich ging mir auf, daß Männer absolute Dummköpfe waren, wenn sie um eines weichen und langweiligen Himbeergesichts willen Frauen mittleren Alters aufs Weideland schickten. Ich weiß nichts über die Liebe auf den ersten Blick, aber in diesem Augenblick beschloß ich, die Generationskluft zu überbrücken. Irgendwie, irgendwann, irgendwo würde ich diese verheiratete Dame mit der sechzehnjährigen Tochter und den Kamelballen voller Reste archaischer Unterwäsche lieben.

Alle zwei Wochen kreuzte Polina im Büro auf. Sie gehörte zum nervösen Typ und prüfte alles doppelt, was James und ich machten. Das brachte James auf die Palme, und so bot ich mich an, mich der Dinge anzunehmen. Jeden zweiten Donnerstag gingen Polina und ich die Manuskriptänderungen, Fotografien und Bildlegenden durch. Sie war beeindruckt, daß ich ihrer Arbeit so große Sorgfalt angedeihen ließ, und staunte, daß ich trotz Ganztagsarbeit auch noch studierte. Bei ihrem vierten Besuch fragte sie mich, ob ich nicht Lust hätte, einmal zum Abendessen mit ihrer Familie zu kommen.

An dem vereinbarten Abend erschien ich in den besten Kleidern, die ich zusammenstückeln konnte. Sie lebte in einer geräumigen Wohnung, von der aus man auf die Morningside Heights blickte. Nachdem sie mich an der Tür begrüßt hatte, deponierte sie mich bei ihrem Mann im Wohnzimmer, während sie wieder in die Küche ging. Mr. Bellantoni behandelte mich wie eine Studentin, indem er mich, während er zu mir sprach, wiederholt mit einem väterlichen Lächeln und wohlberechneten Pausen bedachte. Es wird erwartet, daß man selbst in solchen Pausen auch lächelt. Er hatte sich seinen Doktor in Kunstgeschichte erworben. In seiner ursprünglichen

Doktorarbeit hatte er die Kühe auf Gemälden des 19. Jahrhunderts katalogisiert. Und dieses ursprüngliche Interesse hatte er zu einer gründlichen Kenntnis der Kühe in der westlichen Kunst erweitert. In diesem Sommer gerade hatte man ihn eingeladen, einen definitiven Vortrag über dieses Thema zu halten, und zwar vor einer Gruppe seiner hochverehrten Kollegen in Cambridge, England. Demnächst, vertraute er mir an, wobei er sich vornüber beugte, um mich ganz in den Bannkreis seiner Worte zu ziehen, werde er sein größtes Projekt in Angriff nehmen: Kühe in der indischen Kunst – eine seit langem schwelende Leidenschaft.

Er war neunundvierzig, dickbäuchig, mit roten Hängebacken, auf denen sich schon Altersflecken zeigten. Seinen Vornamen habe ich vergessen. Aber Alice, die Tochter des Kuh-Manns und der Unterhosen-Frau, war unvergeßlich. Ihr Gesicht war von einer strahlenden Lieblichkeit und ihre Mandelaugen von einem reinen, durchdringenden Grün. Ihre Haare hingen ihr bis zum Hintern hinunter und wechselten von Braun zu Honigfarben und schließlich zu aschblonden Spitzen. Ihre großen Brüste standen ohne die Hilfe eines Büstenhalters gerade hervor. Alice war eine Renaissance-Prinzessin, die wieder zum Leben erwacht war.

Polina war entzückt, daß ihre Tochter und ich miteinander redeten. Meist sprachen wir über Janis Joplin, die Moody Blues und Aretha Franklin – Musik, die Polina nur daher kannte, daß sie Alice immer wieder angebrüllt hatte, sie solle ihre Stereo-Anlage leiser stellen. Polina verließ Babylon selten, von einem Ausflug ins 10. Jahrhundert abgesehen. Aber in den spärlichen Augenblikken, wenn sie in die Gegenwart spähte, schien sie ihre Freude an mir zu haben.

Während des ganzen Abendessens stellte Polina ihrem Mann Fragen, um ihn aufzumuntern, aber auch eine

Mund-zu-Mund-Beatmung hätte ihn nicht beleben können. Nach dem Essen wanderte er in seine Bude zurück, die obligatorische Pfeife im Mundwinkel.

Wir drei setzten uns um einen kleinen Kupfertisch. Polina erzählte mir von Roswitha, einer deutschen Nonne aus dem 10. Jahrhundert, die Stücke in kristallklarem Latein geschrieben hatte. Sie spielte mit Alices Haar und fuhr mit ihrer Geschichte von der Nonne fort. Ihr Latein war so gut wie das von Terenz, dem römischen Schriftsteller. Und dieses war so rein, daß keiner glauben wollte, eine Frau könnte so vollendete Verse schreiben. Es war ein wilder Streit in der mittelalterlichen Gelehrtenwelt, ähnlich dem Streit über die schwarze Intelligenz in der Welt der Psychologie. Da war etwas Rührendes an dieser Intelligenz, die sie auf die düstere Vergangenheit verschwendete und die durch die staubigen Prioritäten akademischen Lebens bestimmt wurde. Aber sie war intelligent, und ich lebte lange genug, um zu wissen, daß dies ein Grund zum Preisen war. Mein Triumph an diesem Abend bestand darin, daß ich ein Exemplar von Roswithas *Dulcitus* in die Hand nahm und den Text direkt von der Seite herunterskandierte.

«Das ist herrlich, Ihr Latein ist herrlich.»

«Danke. Ich habe die ganze Oberschule hindurch Latein gehabt und betreibe es auch am College noch weiter. Ich lese augenblicklich Livius und Tacitus, mit etwas attischem Griechisch zwischendurch als Zugabe.»

Polina klatschte in die Hände und drückte mich kräftig an sich. «Kein Wunder, daß Sie mir eine so große Hilfe sind. Sie sind humanistisch gebildet. Wir sind eine seltene Brut heutzutage, müssen Sie wissen. Seit Latein an den Oberschulen nicht mehr Pflichtfach ist, geht es mit uns bergab. Aber ich stelle fest, daß nur die intelligentesten Kinder mit Latein weitermachen. Das ist gut, nehme ich an.»

«Nun, ich bin nicht wirklich humanistisch gebildet. Ich studiere an der Filmhochschule. Ich nehme Latein und Griechisch der guten Noten wegen, aber ich liebe beides sehr.»

«Das hoffe ich. Griechisch ist zu schwierig, als daß man es nur zum Amüsement betreiben könnte. Wenn Sie an der Filmhochschule sind, warum dann Latein und Griechisch?»

«Uh – das klingt vielleicht komisch für Sie, aber Latein vor allem hat mehr zu meiner Fähigkeit, mich selbst zu disziplinieren, beigetragen als irgend etwas anderes, das ich je gelernt habe. Es käme gar nicht darauf an, was ich machen würde, Latein würde mir immer helfen, weil es mich denken gelehrt hat. Und das Griechische fügt etwas Beflügelndes hinzu, etwas, das meinen Geist schnell vorantreibt. Ich – aber nein, das muß für Sie albern klingen.»

«Nein, nein, überhaupt nicht. Ich glaube, das ist genau richtig: Latein lehrt einen den Prozeß der Logik, lehrt denken, meine ich. Zu dumm, daß nicht ein paar mehr von unseren Politikern Latein gelernt haben.»

Mit weit geöffneten Augen saß Alice dabei. «Molly, stimmt das alles mit dem Latein, oder schmieren Sie meiner alten Dame Honig um den Bart?» Sie knuffte ihre Mutter in die Rippen, und Polina schnappte ihre Hand und hielt sie fest.

«Nein. Ich weiß, es klingt komisch, aber es ist das Beste, was ich je gelernt habe. Nein, das nehme ich zurück. Nicht das Beste, aber das Nützlichste.»

Alice rutschte auf ihrem Stuhl nach vorn: «Mom hat mir schon lange zugesetzt, ich sollte doch Latein nehmen, und so habe ich es dieses Jahr gemacht. Ich hasse es. Aber vielleicht liegt das daran, daß mein Lehrer ein Fossil ist.»

«Lateinlehrer neigen zum Verknöchern.»

«Meiner ist eingepökelt. Haben Sie schon irgendwelche Filme gedreht?»

«Einen Zwei-Minuten-Spot letztes Semester. Es war sehr schwer für mich, an die Ausrüstung heranzukommen, weil ich die einzige Frau in der Klasse bin und – na ja, das mögen die Männer nicht so sehr. Da andere Männer über die Vergabe der Ausrüstung bestimmen, werde ich immer dabei beschissen.»

Polinas Augenbrauen zogen sich zusammen. Das falsche Wort, nehme ich an. «Das ist schändlich. Kann man nicht irgendwas dagegen tun?»

«Ich richte mit regelmäßiger Pünktlichkeit meine Beschwerden an den Leiter der Abteilung. Aber er haßt Frauen. Er geht mit mir in sein Büro und liest sich die Beschwerde durch. Dann sagt er, er werde die Angelegenheit prüfen, und nichts geschieht. Natürlich fühle ich mich danach nicht besser, sondern nur noch schlimmer. Die ganzen Vorlesungen hindurch macht er blöde Witze über Frauen. Wissen Sie, was die übliche Begründung dieser Hengste dafür ist, daß es keine großen Filmregisseurinnen gibt? Daß wir angeblich ein Gehirn von der Größe einer Erbse haben. Und wenn er das sagt, sieht er direkt zu mir herüber. Da möchte ich jedesmal ihm eine Rolle *Triumph des Willens* ins Maul stopfen.»

Polina seufzte und zog mit dem Finger einen Kreis am Rand ihrer Kaffeetasse nach. «Es wird sicher nicht viel leichter, wenn Sie draußen sind. In diesem Jahr hätte ich außerordentlicher Professor werden sollen, aber sie halten mich immer noch als Assistentin.»

«O Mom, du wirst es schaffen. Du bist die Beste, die es gibt. Diese Viktorianer des 20. Jahrhunderts müssen irgendwann einpacken.»

Polina strich ihr übers Haar und lächelte sie an. «Wir werden sehen.»

Nach diesem Essen begannen Polina und ich uns einmal in der Woche zu treffen. Wir besuchten Galerien, Museen, Vorträge, und hin und wieder ging sie mit mir ins Theater. Polina verabscheute Musicals, deshalb ging sie mit mir immer nur in ernste Schauspiele. Meistens war es schrecklich, bis auf das APA-Repertoire. Polina nahm mich in die *Lästerschule* mit. Das Stück war so schnell und leicht und so gut inszeniert, daß wir das Theater ganz beschwingt verließen.

«Das war wunderbar, einfach wunderbar. Da kriege ich direkt Lust zu tanzen», rief Polina kichernd.

«Ich kenne ein Lokal, wo wir tanzen können, wenn Sie wollen . . .»

«Und herumstehen und darauf warten, daß irgendein Schafskopf ankommt und uns zum Tanzen auffordert? Nie.»

«Sie können mit mir tanzen, es sei denn, natürlich, ich gehöre zur Kategorie der Schafsköpfe.»

«Was?» Ihr Haar flog um ihren Kopf, als sie sich umdrehte, um mich anzusehen.

«Oh, Sie denken also wirklich, ich sei ein Tolpatsch. Aha, die Wahrheit kommt heraus.»

«Überhaupt nicht. Wo können wir zusammen tanzen?»

«In einer Lesbierinnen-Bar, wo sonst?»

«Was wissen Sie von einer Lesbierinnen-Bar?»

«Ich bin Lesbierin.»

«Sie – aber Sie sehen wie jede andere aus. Molly, reden Sie keinen Unsinn, Sie sind bestimmt keine Lesbierin. Sie nehmen mich auf den Arm. Ich würde es wissen, wenn Sie es wären.»

«Madam, ich bin eine vollblütige, *bona fide*-Lesbierin. Und was mein Aussehen angeht – die meisten Lesbierinnen, die ich kenne, sehen wie jede andere Frau aus. Wenn Sie jedoch auf einen Lastwagenfahrer scharf sind, kenne ich auch das richtige Lokal.» Ich konnte dem Drang nicht widerstehen, ihr diesen kleinen Stich zu versetzen.

Schweigend wanderten wir zwei Straßen weiter. Polinas überschwengliche Freude war verpufft. «Wenn Sie nichts dagegen haben, Molly, würde ich jetzt, glaube ich, lieber nach Hause gehen. Ich bin doch erschöpfter, als ich dachte.»

«Natürlich hab ich was dagegen. Warum sagen Sie nicht die Wahrheit? Sie sind verstimmt, weil ich Ihnen gesagt habe, daß ich andersrum bin.»

Sie wich meinem Blick aus. «Ja.»

«Was macht es schon? Sagen Sie's mir. Ich bin genau dieselbe Person wie vorher. Jesus Christus, ich werde die normalen Leute nie verstehen!»

«Bitte, lassen Sie mich nach Hause gehen und darüber nachdenken.»

Sie eilte zur Untergrundbahnstation in der 42nd Street, und ich ging den ganzen Weg nach Hause zu Fuß. Das Gehen hilft mir gewöhnlich, mich zu beruhigen, aber als ich den Schlüssel ins Schloß steckte, war ich noch genauso erregt wie zu Beginn. Warum nimmt es mich so mit? Warum kann ich solche Leute nicht einfach abschreiben, so wie sie es mit mir machen? Warum geht es mir immer so an die Nieren und tut so weh?

15

Drei volle Wochen wahrte Polina Distanz. Keine Donnerstagsbesuche im Büro, keine Telefonanrufe, nichts. Nur blankes Schweigen. Ich war entschlossen, sie nicht anzurufen. Sie hatte mir erzählt, daß sie einen Liebhaber hatte. Paul Digita, der an der New Yorker Universität

Englisch lehrte. Aus Neugier wollte ich ihn mir ansehen. Ich wußte schon vorher, daß er verkrüppelt war: er zog das linke Bein nach und mußte einen Gehstock benutzen. Er hatte 1949 beim Stabhochsprung in Exeter einen Unfall gehabt, und sein Bein hatte für immer einen Knacks abbekommen. Trotzdem war ich nicht vorbereitet auf das, was ich erblicken sollte. Das Bein war noch das geringste seiner Probleme. Er war kurzsichtig, hatte schlimme Kopfschuppen, und dann sah es so aus, als ob er eine Algenkolonie auf seinen Zähnen beherbergte. Paul war eine lebende Studie menschlichen Verfalls. Wie war sie nur an ihn geraten? Was konnten sie miteinander gemein haben? Nach seiner Vorlesung über Yeats' Gebrauch des Semikolons zwang ich mich, zu ihm hinaufzugehen und ihm zu sagen, wie sehr es mir gefallen habe. Meine Schmeicheleien ließen ihn fast aus den Pantinen kippen; er hielt sich an der Seite des Podiums fest, oder sein Bein machte vielleicht gerade nicht mehr mit. Jedenfalls lud er mich irgendwo zum Tee ein, und ich nahm an, obwohl man Nerven aus Stahl brauchte, um ihm ins Gesicht zu sehen, mit den Algen und allem.

Bei einer viel zu teuren Tasse Tee erzählte mir Paul, er sei ein unverstandenes Genie. Er ersparte mir keine Einzelheit seines Lebens. Nach mir erkundigte er sich nicht mit einer einzigen Frage. Zwei Stunden später fragte er mich, erschöpft von seinem endlosen persönlichen Gequatsche, ob er mich wiedersehen dürfe.

Und ich sagte zu diesem Klumpen Protoplasma doch tatsächlich ja. O Gott. Wir verabredeten uns für die darauffolgende Woche. Polina hatte keine Ahnung, wie weit ich gehen wollte, und ich auch nicht.

Vor meiner Verabredung mit Paul rief Polina mich an. Es tat ihr leid. Natürlich sollte es keine Rolle spielen, daß ich lesbisch war, und nach vielen Besuchen bei ihrem Psychiater, der immerhin schon 1963 ihr Gefühlsleben gerettet hatte, war sie zu der welterschütternden Schlußfolgerung gekommen, daß es okay für mich war, zu sein, was ich sein wollte, solange ich mich wie ein reifes, gesundes menschliches Wesen verhielt. Sie machte mir das Kompliment, ein reifes und gesundes menschliches Wesen zu sein, und fragte, ob ich Lust hätte, am Freitag mit ihr ins Kino zu gehen? Wir sahen *Warte, bis es dunkel wird*, und der Film jagte uns beiden eine panische Angst ein. Meine Wohnung war ganz in der Nähe des Kinos, und so fragte ich sie, ob sie Lust auf einen Drink habe, ehe sie nach Hause fahre. Polina zögerte einen Moment, dann aber siegte ihr Mut, und sie sagte, ja, das wäre sehr schön. Sie war entsetzt, aber zu höflich, um es auszusprechen, als sie die wacklige, unbeleuchtete Treppe hinaufächzte. Und als sie meine Wohnung sah, in der nur eine Matratze auf Milchkartons lag und sonst überall bloß weitere bunt bemalte Milchkartons herumstanden, war sie wie vom Donner gerührt.

«Wie einfallsreich Sie sind! Sie haben da ja bezaubernde kleine Bücherregale und Stühle aus Milchkartons gemacht.»

«Danke. Ich habe eine ungeöffnete Flasche Lancer-Wein, die ich für eine besondere Gelegenheit aufbewahrt habe – wollen wir sie nicht öffnen?»

«Fein.»

Der Wein ging sofort in Polinas Zunge, und sie erzählte mir, wie verstört sie sei und daß sie insgeheim glaube, daß die lesbische Liebe jede Frau gleichzeitig anziehe und abschrecke, weil jede Frau eine Lesbierin sein könne, es sei nur alles überdeckt und unbekannt. Ob mich der Reiz des Verbotenen dazu gebracht habe? Dann erzählte sie mir, was für eine wunderbare Beziehung sie zu ihrem Mann gehabt habe. Wegen Paul hätten sie sich verständigt, und ob die Heterosexualität nicht einfach großartig sei?

«Mich langweilt sie, Polina.»

«Sie langweilt Sie – was meinen Sie damit?»

«Ich meine, Männer langweilen mich. Wenn einer von ihnen sich mal wie ein Erwachsener benimmt, ist das ein Grund zum Feiern, und selbst wenn sie menschlich handeln, sind sie immer noch nicht so gut im Bett wie Frauen.»

«Vielleicht haben Sie nicht den richtigen Mann getroffen?»

«Vielleicht haben Sie nicht die richtige Frau getroffen. Und ich wette, daß ich mit mehr Männern geschlafen habe als Sie, und sie ziehen alle dieselbe Show ab. Manche sind besser darin als andere, aber es ist langweilig, wenn man erst einmal weiß, wie Frauen sind.»

«Sie können doch nicht einfach da sitzen und so etwas über Männer sagen!»

«Okay, dann sage ich nichts. Lieber halte ich den Mund, als daß ich drum herumlüge.»

Sie schwieg verwirrt. Dann: «Was ist so anders, wenn man mit Frauen schläft? Ich meine, worin liegt der Unterschied?»

«Zunächst einmal ist es intensiver.»

«Sie glauben nicht, daß es zwischen Männern und Frauen intensiv sein kann?»

«Sicher, aber es ist nicht dasselbe, das ist alles!»

«Wieso?»

«O Lady, dafür gibt es keine Worte. Ich weiß nicht, es ist wie der Unterschied zwischen Rollschuhen und einem Ferrari – ah, es gibt keine Worte.»

«Ich habe das Gefühl, die Dame demonstriert zu sehr. Sie würden nicht so lautstark lesbische Reklame machen, wenn Sie sich Ihrer selbst und Ihrer sexuellen Identität wirklich sicher wären.»

«Reklame? Ich habe mir ein paar Minuten Zeit genommen und versucht, eine Frage, die Sie mir gestellt haben, zu beantworten. Wenn Sie lautstarke Reklame sehen wollen, dann schauen Sie sich die Werbung in der Untergrundbahn, in den Zeitschriften, im Fernsehen an. Die dicken Schweine benutzen die Heterosexualität und den weiblichen Körper, um alles in diesem Land zu verkaufen – sogar Gewalt. Verdammt, ihr seid so schlimm dran heutzutage, daß ihr einen Computer braucht, um einen Partner zu finden.»

Polina wurde wütend, doch dann dachte sie in Ruhe darüber nach, was ich ihr da an den Kopf geworfen hatte. «Das ist mir nie so aufgegangen, ich meine, das mit der Werbung und dem allen.»

«Mir schon. Sie sehen nie Anzeigen mit sich küssenden Frauen, die Sie dazu bringen sollen, daß Sie Salem-Zigaretten kaufen, oder?»

Sie lachte: «Das ist komisch, das ist wirklich komisch. Die ganze Welt muß für Sie ja anders aussehen!»

«Sieht sie auch. Sie sieht zerstörerisch, krank und zersetzt aus. Die Leute haben kein Ich mehr (vielleicht haben sie ja nie eines gehabt), und so ist ihre Basis ihr Sex – ihre Genitalien, mit denen sie ficken. Da lachen doch die Hühner!»

«Ich – sind alle Homosexuellen so klarsichtig wie Sie?»

«Das weiß ich nicht. Ich habe nicht mit allen Homosexuellen geredet.»

Polina hatte Verstand genug, um wegen dieser letzten Frage verlegen zu sein. Schweigend leerte sie ihr Glas, dann lud sie wieder nach. Sie wurde allmählich betrunken. «Vielleicht sollten Sie zu Sodawasser übergehen. Ich möchte nicht, daß Sie sich volltanken.»

«Nein, nein, mir geht's gut. Ich trinke jetzt nur noch kleine Schlucke.» Und sie kippte das halbe Glas hinunter. Sie begann mich offen anzustarren. Ich mochte Polina, vielleicht liebte ich sie sogar etwas, aber dies war schwer zu ertragen. Ich hatte nicht erwartet, daß eine so intelligente Frau auf eine so klassische Weise heterosexuell bigott sein konnte. Ich kam mir vor wie ein Käfer unter dem Vergrößerungsglas. Wer weiß, vielleicht liegt die einzige Schönheit, die es in den großen Städten noch gibt, in den Öllachen auf der Straße, und vielleicht ist in den Menschen, die in solchen Städten leben, kein Fünkchen Schönheit mehr.

Polina unterbrach mich bei diesen grimmigen Gedanken. «Molly, haben Sie mit vielen Frauen geschlafen?»

«Hunderten. Ich bin unwiderstehlich.»

«Seien Sie ernst.»

«Ich bin ernst. Ich bin unwiderstehlich.» Ich streckte die Hände aus, legte sie auf ihre Schultern und gab ihr einen Kuß, der uns beide in die Glieder fuhr. Sie wollte sich schon losreißen, entschied sich aber, auszuharren. Edel und mutig von ihr. Wie zu erwarten mußte sie nach dem Kuß protestieren.

«Das hättest du nicht tun sollen. Du bist in meinen Augen nicht anders als ein Mann, wie du da herüberkommst und mich einfach, ohne zu fragen, küßt.»

«Wenn ich dich gefragt hätte, hättest du mich nicht geküßt. Hier, laß mich dir noch einen Kuß geben, damit dir der Unterschied bewußt wird. Es wäre mir unerträglich, wenn du mich weiterhin mit dem entgegengesetzten Geschlecht verwechseln würdest.»

Ihre Augen weiteten sich, und sie begann sich zu sträuben, aber ich war in keiner mitfühlenden Stimmung. Ich hielt sie fest und verabreichte ihr einen langen französischen Kuß. Sie fand es herrlich. Sie fand es herrlich und haßte mich, weil ich sie dazu brachte, es herrlich zu finden. Wutentbrannt riß sie sich los. «Wie kannst du es wagen! Wie kannst du es wagen – ich bin alt genug, um deine Mutter zu sein.»

«Ich bin alt genug, um zu wissen, daß das nichts ändert. Warum kletterst du nicht von deinem geheiligten

Schwanz herunter? Du magst es doch. Jede Frau, die noch eine halbe Vagina hat, würde das mögen. Sich unter Frauen zu küssen ist schön. Und unter Frauen miteinander zu schlafen ist Dynamit. Warum läßt du dich nicht einfach los und probierst es aus?»

«Das ist ungeheuerlich. Du bist verrückt geworden!»

«Das ist unzweifelhaft eine Möglichkeit, aber zumindest weiß ich, wovon ich spreche, aus praktischer Erfahrung. Du kennst nur die eine Seite der Geschichte . . .»

Das kränkte sie. Es traf zu sehr den Nagel auf den Kopf. Ich war gute fünfzehn Zentimeter kleiner als Polina, aber das hielt mich nicht davon ab, zu ihr hinüber zu gehen und sie auf meine Matratze zu legen. Bevor sie ihre weichen Hände ballen konnte, um auf mich loszuprügeln, gab ich ihr wieder einen Kuß. Und ich berührte ihre Brust, preßte ihre Schenkel, und Polina kam zu dem Schluß, daß sie tatsächlich die andere Seite der Geschichte nicht kannte, und 41 Jahre sind eine lange Zeit im Dunkeln. Da lag sie nun, und wie angenehm, daß ich sie halb gezwungen hatte! Auf diese Weise konnte sie die Verantwortung dafür, daß sie sich mit einer anderen Frau liebte, von sich weisen; auch der Wein trug sein Teil dazu bei. Doch aus welchen Gründen auch immer, sie küßte mich zurück. Sie streckte sich auf der Matratze aus und drängte sich an mich. Da war nicht viel zu sagen. Sobald wir unsere Kleider aus hatten und unter der Decke waren, sah sie mich mit schlauen Augen an und sagte: «Wo sind wir?»

«Was?»

«Wo sind wir?»

«Wir sind im Bett, in meiner Wohnung. Wo sollten wir sonst sein?»

«Nein, nein, wir sind in einem Männerpissoir.»

«So, sind wir das?»

«Ja, wir sind beide im Männerabort am Times Square.»

«Polina, man würde uns gar nicht reinlassen ins Männerpissoir.»

«Bei mir mußt du diese Geschichte erzählen. Du mußt diese Phantasie ausspinnen, sonst kann ich nicht kommen. So, bitte, jetzt sind wir am Pißbecken, und du suchst herum und bemerkst meinen Schwanz und sagst: ‹Das ist ein feiner Schwanz, groß und saftig.› Los, sag's!»

«Das ist ein – feiner Schwanz.» Husten. «Groß und saftig.»

Sie wand sich erregt auf der Matratze. «Los, weiter, erzähl weiter.»

«Was sage ich dann?»

«Erzähl mir irgend etwas, erfinde was.»

«Oh – das ist der saftigste Schwanz, den ich je gesehen habe. Ein Riesending.»

Grob: «Frag mich, ob du ihn anfassen darfst.»

«Darf ich, bitte, deinen Schwanz anfassen?»

Polina gab ein leises Stöhnen von sich. «O ja, faß ihn an und küß ihn und lutsch ihn.» Und in dem Augenblick, als ich sagte, ich wollte ihn festhalten und ihn küssen und ihn lutschen, kam sie.

Nach einer zehnminütigen Denkpause rollte sie sich herum und sagte: «Willst du, daß ich dich liebe? Ich habe es noch nie gemacht, aber ich kann es bestimmt.»

«Ja, ich möchte gern, daß du mich jetzt liebst.»

«Was für Phantasien hast du?»

«Ich glaube, ich habe keine.»

«Aber wie kannst du ohne Phantasien lieben? Jeder hat sexuelle Phantasien. Ich wette, du denkst, es ist zu schlimm, als daß man es erzählen darf. Aber du kannst es mir ruhig sagen. Es wird mich noch einmal erregen.»

«Tut mir leid, aber ich möchte einfach nur lieben. Was mich anmacht, das ist das Berühren, das Küssen und all das. Du brauchst kein Wort zu sagen.»

«Ich glaube nicht, daß heutzutage und in diesem Zeitalter jemand ohne Phantasien leben kann.»

«Nun, ich hab da etwas, aber ich weiß nicht, ob es eine Phantasie ist.»

«Sag es, sag es!» Sie legte ihren Arm um meine Hüfte.

«Wenn ich Frauen liebe, stelle ich mir ihre Genitalien als . . . als einen rubinroten Dschungel vor.»

«Als einen rubinroten Dschungel?»

«Ja, Frauen sind dick und üppig und voller verborgener Schätze und außerdem schmecken sie gut.»

«Das ist kaum eine Phantasie. Du hast ein äußerst unreifes Sexualleben, Molly. Kein Wunder, daß du eine Lesbierin bist.»

«Wenn es dir nichts ausmacht – ich glaube, ich könnte auch auskommen, ohne geliebt zu werden.»

«Oh, du bist verlegen, weil du keine Phantasien hast. Bitte nicht. Ich werde schon eine für dich erfinden. Ich *möchte* dich gern lieben. Dein Körper ist sehr sexy – er ist schmal und weich und fest. Du bist Platons perfektes Androgen. Nein, das ist nicht richtig – du bist eine Frau ohne Fehl. Aber du bist so stark. Du bist nirgendwo schwabbelig. Ich . . . ich möchte in dich eindringen. Es muß aufregend sein, in eine andere Frau einzudringen, wo sie naß und offen ist.»

«Okay, okay, du denkst dir die Geschichte aus, und ich höre zu, während du mich liebst.»

Polina erfand eine Geschichte: wir waren Schüler in einem Jungeninternat. Und dort trieben wir es im Umkleideraum. Es brachte sie so in Fahrt, daß sie mich mit stürmischer Wildheit liebte. Aber ich spürte, daß Polina und ich keine starke Beziehung haben würden. Ich konnte die Geschichten nicht ertragen, und ich verstand nicht, warum sie von Männern handelten.

Sie blieb nicht über Nacht, obwohl ich es gern wollte.

Es ist schön, sich neben einem warmen Körper zusammenzurollen und dann am nächsten Morgen zu erwachen und sich mit einer Umarmung zu begrüßen. Aber sie sagte, sie müsse in ihrem alten blauen Pullover schlafen und mit einem großen Kissen unter den Knien. Außerdem sei es ihr unmöglich, mit einem anderen Menschen im selben Bett zu schlafen. So fuhr sie nach Hause, und ich konnte die ganze Nacht nicht schlafen. Ich versuchte herauszufinden, ob ich geträumt hatte, oder ob es Wirklichkeit war. Es war Wirklichkeit. Als am nächsten Morgen ein winziger Sonnenstrahl sich seinen Weg durch die rußige Luft zu meiner Matratze bahnte, fand ich ein paar lange schwarze Haarsträhnen und ein paar graue.

Meine Verabredung mit Paul rückte heran, und aus einem Gefühl brennender Neugierde heraus ging ich hin. Was konnten die zwei miteinander machen? Erzählte er ihr diese absurden Geschichten? Es gab nur einen Weg, dies herauszufinden.

Paul ging mit mir in ein italienisches Restaurant. Dann knackte er am nächsten Schritt herum. Offensichtlich war er weibliche Aufmerksamkeit nicht gewohnt und wußte nicht weiter. Ich schlug vor, noch etwas im Riverside Park spazierenzugehen. Ich sagte, ich würde ihn nach Hause begleiten, er wohne ja gleich am Park. Wir brauchten eine halbe Stunde, um die vier Häuserblocks bis zu seinem Haus zu gehen. Dort angelangt, wollte er schon hineinhoppeln, drehte sich dann aber plötzlich um, als hätte ihn ein Blitzstrahl getroffen. «Hätten Sie Lust, mit hinaufzukommen und sich meine Doktorarbeit anzusehen? Sie wurde in Harvard sehr gerühmt.»

«Ich würde mir sehr gern Ihre Doktorarbeit ansehen.»

Paul verbrachte die nächsten anderthalb Stunden damit, mir die hohe Bedeutung der Interpunktion in der

Dichtkunst des frühen 20. Jahrhunderts zu erklären. Als er auf die schreckliche Vorstellung zu sprechen kam, daß die Dichtkunst die Interpunktion aus dem Gleis bringe, bekam er fast Schaum vor dem Mund. Nach dieser Schmährede trank er einen kräftigen Schluck Wodka mit Limonade und begann eine Tirade gegen Edmund Wilson. Ohne Vorwarnung hielt er plötzlich inne, rutschte von seiner Sofaseite runter und küßte mich – mit diesen Zähnen! Jesus! Bevor ich Zeit hatte, selber auch nur in Gang zu kommen, tauchte er wie ein Stuka in meine Möse und sabberte überall an mir herum. Vom Anwärmen hielt Paul offensichtlich nichts.

«Paul, wollen wir nicht in dein Schlafzimmer gehen?»

«Ach ja, richtig.»

In seinem Schlafzimmer begrüßten mich neue Scheußlichkeiten. Jeder Zoll an ihm war mit Haaren bedeckt. Als plumpste er direkt aus den Bäumen in meine Möse. Ich mußte in Polina verliebt sein, wenn ich diesen Orang-Utan ertrug. O Gott! Paul plapperte vor sich hin und rollte die Augen. Ich dachte, entweder bekommt er einen Anfall oder er setzt wieder zum Sturzflug an, als er plötzlich vornüber kippte, seinen annehmbar großen Schwanz in der Hand hielt und seine andere Hand auf meinen Nacken legte und mich an sich zog.

«Wo sind wir?»

Das war mein Stichwort. «Wir sind im Männerpissoir am Times Square.»

«Nein, nein!» schrie er. «Wir sind in der Damentoilette im *Four Seasons,* und du bewunderst meine wollüstigen Brüste.»

«Leb wohl, Paul.»

16

Ich brach nicht direkt mit Polina. Ich nehme an, ich brauchte sie zu sehr – die Gespräche, die Theaterbesuche und ihre Erzählungen über Europa, wo sie aufgewachsen war. Ich versuchte den Sex zu ignorieren, aber Polina fand immer mehr Gefallen daran. Ich dachte, mich trifft der Schlag, als ich ihr erzählen sollte, sie sei die Königin des goldenen Regens: sie hatte ihren Urin in leeren Nußcremegläsern gesammelt, damit ich ihn bewunderte, während ich ihr die Geschichte von ihren gewaltigen Pißfähigkeiten in einem anderen Phantasie-Männerpissoir erzählte. Das hielt ich nicht mehr aus. Ich fragte sie, ob wir nicht vielleicht Freunde werden könnten. Sie bekam fast einen Herzanfall.

«Freunde, wie meinst du das, Freunde? Ich bin auf der Schwelle mächtiger sexueller Entdeckungen, und du willst, daß wir Freunde werden?»

Ich versuchte ihr klarzumachen, daß es auch noch andere Frauen gebe, aber sie wollte mich. Sie wollte mich, doch sie schämte sich meiner. Sie machte mich nicht mit ihren Freunden bekannt, und ich durfte nicht zu ihr in die Uni kommen. Aus Furcht, ich würde ein lavendelfarbenes Neon-«L» zwischen meinen Titten aufblitzen lassen, nehme ich an. Mehr aus Einsamkeit denn aus Liebe blieb ich bei ihr. In den Vorlesungen an der Hochschule waren nur Männer, und die hatten was gegen mich, seit ich besser war als sie. Von allen Berufen, hatte ich gedacht, seien die Filmleute noch am aufgeschlossensten, aber ihre pathetischen Egos hatten sich hinter einer kleinen Arriflex zu unverschämten Egos aufgebläht, und sie ärgerten sich über eine Frau, die auf «ihrem» Feld mit ihnen konkurrierte und, schlimmer noch, sie besiegen konnte. Und die Bars waren nicht gerade ein geistiger Nährboden, wenn ich auch einige ganz nette in den feineren Gegenden der Stadt aufgetan hatte, wo man bei der leisesten Rollenandeutung auf Eis gestoßen wäre. Nach diesen Frauen waren Rollen etwas für Lastwagenfahrer. Aber bei vielen Gesprächen, in denen große Namen fallengelassen wurden wie Napalm, damit man in Bewunderung entflammte, konnte ich nicht mithalten. Ich gebe einen Scheißdreck darauf, wer wen kennt; mir ist wichtig, wer was tut. Und diese reichen Puppen taten nicht viel. Aber ich konnte auch nicht wieder in das halbseidene *Colony* oder in die *Sugar Bar* gehen, wo die Mannweiber sich immer noch Butch-Pomade auf ihre Bürstenhaare schmierten. Da war Polina trotz aller ihrer Phantasien eindeutig eine bessere Wahl.

Schließlich löste Alice das Problem. Wir drei gingen von Zeit zu Zeit zusammen aus. Für ihre Freunde war ich zu gefährlich, aber für ihre Tochter war ich gut genug. Polinas doppelbödiges Denken war erstaunlich. Sie förderte meine Freundschaft mit Alice. Vom Alter her waren wir uns sogar näher als Polina und ich, was nichts ausgemacht hätte, wenn Polina nicht dauernd auf ihrem Alter herumgeritten wäre. Alice war nur sechs Jahre jünger als ich. Allmählich fühlte ich mich schuldig, daß ich erst 1944 geboren war. Die «alte Dame», wie sie sich selbst bezeichnete, rümpfte die Nase über unsere Musik, die Filme, die wir uns zusammen ansahen, die Zeitschriften, die wir lasen. Immer mußte sie entweder Alice oder mich wegen unseres Alters und wegen unseres Geschmacks von oben herab behandeln, was Alice und mich nur noch mehr zusammenbrachte, wie das bei Feindseligkeiten zwischen Generationen immer der Fall ist. Alice wußte, daß ihre Mutter und ich ein Liebespaar waren, und sie fand es toll. Sie wußte auch von Paul und hielt ihn für einen echten Widerling. An einem miesen Nieselregentag gestand sie mir: «Weißt du, daß Mom mit mir schlafen will?»

«Oh, wirklich?»

«Sie würde es nicht zugeben, aber ich weiß, daß sie es will. Ich glaube, ich würde ganz gern mit ihr schlafen. Sie sieht sehr gut aus, verstehst du? Ein Jammer, aber es würde sie um ihren Verstand bringen. *Mir* erscheint Inzest nicht als ein solches Trauma.»

«Mir auch nicht, aber ich kann darüber nicht viel sagen, weil ich nicht bei meinen richtigen Eltern aufgewachsen bin. Trotzdem, es wollte mir nie in den Kopf, daß Eltern und Kinder sich gegenseitig in diese geschlechtslosen Kategorien einordnen. Das ist gegen die menschliche Natur, glaube ich.»

«Ja, Eltern drehen wegen allem durch. Bei Mom muß ein schlimmer Fall von Repression im Gange sein, weil sie sich nie mit der Tatsache auseinandersetzen wird, daß sie meinen Körper mag.»

«Bei deiner Mutter ist noch mehr im Gang als das.»

«So, im Ernst? Was brütet sie denn gerade aus?»

«Nichts. Nur: schlaf nicht mit deiner Mutter. Ich habe nichts gegen Inzest, wenn beide sich einig sind und über fünfzehn sind, aber deine Mutter ist auf ihrem eigenen verrückten Trip.»

«Erzähl mir von ihrem Trip!»

«Nein, ich küsse nicht erst und quatsche dann.»

«O Molly, warum mußt du so moralisch sein?»

«Weil ich kein Geld habe.»

«Wie sieht es mit deiner Moral aus, wenn es darum geht, ob du mit mir schläfst oder nicht? Ich bin minderjährig und bei mir gibt's Gefängnis, verstehst du?»

«Alice, wie zartfühlend du bist in deinen romantischen Vorstellungen! Ich bin zu Tränen gerührt.»

«Bitte, schlaf mit mir. Ich fühle, daß ich dir vertrauen kann. Du würdest keine große, schwierige Affäre daraus machen, nicht wahr?»

«Sicher nicht, aber was ist mit deiner Mutter?»

«Was sie nicht weiß, macht sie nicht heiß», sagte Alice kichernd und warf mir einen verschlagenen Blick zu. «Ich gebe dir eine vollkommene gelbe Rose für dein Sonnenscheinseelchen, wirst du dann mit mir schlafen?»

«Für eine vollkommene gelbe Rose – ja.»

Alice trabte den Broadway hinunter auf der Suche nach einem Blumengeschäft, rannte in ein winziges Lädchen und kam mit einer Rose in der Hand wieder zum Vorschein. Wir zogen los, zur 17th Street, zu den Küchenschaben und der Dampfhitze, die niemals dampfte. Aber Alice dampfte und bebte und stöhnte, und sie hatte nicht eine einzige sexuelle Verschrobenheit im Sinn. Sie fand es gut, berührt zu werden, und sie fand es gut, die Berührung zu erwidern. Küssen war für sie eine Kunstform. Sie war da, ganz da, mit keinerlei Komplexen, keinen Geschichten, ganz sie selbst. Und ich war ganz ich selbst.

Alices Überlebensinstinkte waren gesund. Sie wußte, daß wir es vorsichtig anfangen mußten, wenn wir uns öfter sehen wollten. Polinas verdrehte viktorianische Mentalität würde aufweichen, wenn sie uns auf die Schliche kam. Wenn wir zu dritt ausgingen war es eine einzige Tortur. Einmal, als wir vom Balkon aus *Rosenkrantz und Gildenstern* sahen, hielt Polina meine linke Hand, während Alice an meinem rechten Schenkel herumspielte. Das Stück machte mir nicht den geringsten Eindruck, aber zum Schluß klatschte ich wie wild, um diese ganze angestaute Energie loszuwerden.

Polina steckte uns zusammen in der Hoffnung, daß es geschehen werde, und doch zugleich entsetzt bei dem Gedanken. Irgendwie war ich die sexuelle Vermittlerin für beide. Ich war eine Art Satellit für sie, der Botschaften von der einen an die andere weitergab. Manchmal war ich mit ihnen einsamer als ohne sie.

Als wir eines Samstagnachmittags auf Harlem hinausblickten und das ständige Trommeln vom Park her hörten, fingen Mutter und Tochter den klassischen Streit an. Polina beschuldigte Alice aus irgendeinem trivialen Anlaß, sie benehme sich wie ein Kind, und Alice antwortete, Polina leide an Arterienverkalkung, besonders im Kopf. Dieses muntere Gekabbel ging so weiter, bis Alice in einem Anfall von unerprobter Selbstgefälligkeit ihre älteste Konkurrentin traf: «Ich bin kein Baby mehr. Um Gottes willen, Mutter, ich bin alt genug, um es mit deiner Liebhaberin zu treiben, krieg das in deinen Kopf hinein und laß mich zufrieden.»

«Meiner was?»

«Molly und ich treiben es miteinander.»

Polina wich zurück. Sie wütete auf italienisch und ratterte so schnell los, daß ich nichts weiter mitkriegte als *«Basta, basta!»* und einen Schlag mitten ins Gesicht. Nach dieser zweisprachigen Anwandlung befahl sie mir in unmißverständlichem Englisch, für immer aus ihrem und Alices Leben zu verschwinden. Alice protestierte, aber Polina wehrte diesen Streich mit der Drohung ab, daß sie Alice nicht aufs College schicken werde, falls sie an dieser Beziehung festhalte. Alice gehörte zur schlauen Sorte, und sie hatte nicht die Absicht, sich das Geld fürs College selbst zu verdienen, vor allem nicht nachdem sie mit meinem Leben in Berührung gekommen war. Sie beugte sich der höheren materiellen Gewalt ihrer Mutter. Und ich verzog mich artig in die 17th Street, wo die Höllenhunde an meinen Knöcheln knabberten und die Käfer eine Safari durch meine Küche veranstalteten.

Ich träumte von Abwasserlagunen unter den Wolkenkratzern, wo ich ein Con-Edison-Floß steuern konnte, das mich aus dieser verrückten Stadt herauskommen ließ. Gebt mir einen spitzen Stock, damit ich die blinden Alligatoren abwehren kann, die von den Leuten, die sie bei ihren Ausflügen nach Miami Beach als Babies gekauft haben, in die Abflußrohre geworfen werden. Miami Beach, so nahe bei Carrie mit ihren exotischen Pflanzen und ihrem blinden Stolz. Miami Beach, wo die Vertreter der gerontologischen Generation mit Ziermünzen behängte Kolostomietaschen, passend zu ihren Schuhen, kaufen. Selbst wenn ich es durch die Abwässerkanäle bis zum Interkostalraum schaffte, konnte ich dort nicht landen. Kein Platz, wo ich hingehen konnte. Da sitze ich in den hängenden Gärten von Neon, verkaufe meinen Arsch für einen akademischen Grad und lebe in Scheiße. Schlimmere Scheiße als Shiloh, und verdammt, gibt es in Manhattan eine einzige Person, die nicht ein strahlenverseuchtes Katastrophengebiet ist? Vielleicht bin ich es. Vielleicht bin ich das Katastrophengebiet, oder bin ich immer noch von Dunkard-Möglichkeiten und simplen Träumen erfüllt? Vielleicht gehöre ich in die Vorberge von Pennsylvania zu den Mennoniten und den Anhängern der Amish-Sekte. Und wie, zum Teufel, soll ich da draußen Filme machen? Da kriegst du ja nicht einmal elektrische Glühbirnen. In *Logic 101* heißt das: auf den Hörnern eines Dilemmas sitzen. So oder so, du wirst durchbohrt. Aber wenn ich Geld hätte, könnte ich mich diesem Dilemma vielleicht entziehen. Ich meine, wenn ich Geld hätte, wäre ich dem Zufall, den Peanut-Gehirnen und den amputierten Emotionen nicht so ausgeliefert. Mit Geld kann man sich schützen. Aber wie man dazu kommt, das ist eine andere Geschichte. Noch ein Jahr, und ich bin mit der Hochschule fertig. Ein Instant-Vermögen. Oh, sicher, ich kann in die Risse im Asphalt rutschen, weil niemand mich anstellen will. Scheiße. Nein, ich gebe aber nicht auf. Aber hin und wieder würde ich mich gern ausruhen. Ich würde gern die Hügel von Shiloh wiedersehen und meinen Körper auf die Wiese hinter Eps Haus legen, dort, wo sie Jenna begraben haben. Vielleicht bringt mich der Kleeduft noch durch einen weiteren Winter in dieser Abteilung der Hölle. Vielleicht bringt mich ein Tag auf dem Land wieder ins Gleichgewicht. Noch immer kann man die Sonne nicht kaufen.

Ich begab mich auf die Landstraße und trampte nach Philadelphia. Dort nahm mich ein Lastwagenfahrer von der männlichen Sorte mit, der mich zu befummeln versuchte, als ich einschlief, aber ich knurrte ihn an, und er zog seine beleidigende Pfote zurück. Er setzte mich an der Bushaltestelle in Lancaster ab. Nach einer Stunde Wartezeit in der dunstigen Lethargie des Greyhound-Bahnhofs bestieg ich den Bus. Rumpelnd donnerte er davon, furzte schwarze, giftige Wolken in die Gegend und beschmutzte die niedrigen grünen Hügel im südöstlichen Pennsylvania. Beschmutzt waren die Hügel mit riesigen Tafeln, die für Tanya und Ford Reklame machten oder verkündeten: «Trinkt Milch, die vollkommene Nahrung der Natur.» Hin und wieder erhaschte ich einen Blick von der Landschaft durch das Dickicht der Werbung.

In York mußte ich dann noch zwei Busse nehmen, aber schließlich gelangte ich nach Shiloh. Der grüne Bus hielt vor Mrs. Hersheners Laden, und ich sprang hinaus. Die gleiche alte Fliegengittertür, die gleichen Dachpappenfetzen auf dem Vorplatz. Die Veranda war halb zerfallen, und das Nehi-Schild hatte einem 7-Up-Schild Platz gemacht, aber das waren auch die einzigen sichtbaren Zeichen von fünfzehn Jahren Fortschritt. Die Straße zu Eps Haus war immer noch der Sandweg mit ein paar blauen Steinen darauf, die man hingeworfen hatte, um vorzutäuschen, daß er bei Regen befahrbar war. Die Sonne stand hoch über meinem Kopf, und milchweiße Schmetterlinge jagten buttergelbe über das Junigras und die gepflügte Erde. Ich holte tief Luft und fühlte mich beschwingter, als orangefarbener Sonnenschein dies je bewirken könnte. Meine Füße hoben ab und trugen meinen Körper die Straße hinunter. Ich rannte und keuchte und warf meine Beine voran, deren Schienbeine beinahe Schienen gebraucht hätten nach all dem New Yorker Pflaster. Bald schon wedelte ich mit den Armen und brüllte, und da war kein einziges Gesicht, das mich anstarrte und dachte: «Was macht diese Schwachsinnige da?» Es war niemand in Sicht, nur die Schmetterlinge.

Um die Biegung herum, den Hügel hinunter – und da war das alte Fachwerkhaus. Wäsche hing an der Leine, und das Haus hatte einen frischen Mantel aus weißer Farbe. Ich ging keuchend zur Tür hinauf und klopfte, aber es war niemand zu Hause. Auch gut. Ich hatte keine Lust, jemanden zu fragen, ob ich mich am Teich ausruhen dürfte. In dem kleinen Betonklecks an der vorderen Veranda steckten immer noch die beiden Pennies aus der Zeit, als Leroy und ich in die erste Klasse gekommen waren. «Solange wir diese zwei Cents haben», pflegte Carrie zu sagen, «sind wir nicht pleite.» Die Kaninchenställe waren verschwunden, und die Schweinesuhle war mit Stiefmütterchen und Petunien bepflanzt worden.

Der Teich war noch derselbe alte Teich. Am Rand staute sich grüner Schleim, und langes Schilfgras voller Froscheier ragte aus dem stillen Wasser. Schaum hatte sich um das Schilfgras gesammelt. Ich warf mich hin, legte die Arme unter den Kopf und beobachtete die Wolken. Nach einer Weile hielten die Insekten und die Vögel mich für einen Felsen. Eine Raupe wälzte sich über meinen linken Ellbogen, und eine Drossel schiß mir genau auf den Fuß.

Ich öffnete die Augen, drehte langsam den Kopf herum und blickte dem größten gottverdammten Frosch, den ich je gesehen hatte, in die Augen. Der Frosch hatte keine Angst vor mir, der Frosch war unverschämt. Er starrte mich an, blinzelte, blähte dann seine rosarote Kehle und gab ein Quaken von sich, das Jericho befreit hätte. Von der anderen Seite des Teichs her ertönte als Antwort ein Rülpser. Und zwei kleine grüne Köpfe spähten aus dem Wasser heraus, um das Säugetier, das da am Ufer saß, zu mustern. Amphibien müssen denken, wir seien die niedrigeren Geschöpfe, da wir nicht so wie sie ins Wasser hinein- und wieder herausgehen können. Abgesehen von seiner biologischen Überlegenheit ist dieser olle Frosch besser beisammen als ich. Dieser Frosch will keine Filme machen. Dieser Frosch hat nicht einmal Filme gesehen, und obendrein ist das diesem Frosch scheißegal. Er schwimmt einfach, frißt, liebt und singt, wie es ihm gefällt. Wer hätte je von einem neurotischen Frosch gehört? Wie kommen die Menschen darauf, zu glauben, sie seien der Gipfel der Evolution?

Als wollte er mich wissen lassen, was er von meinen Erkenntnissen hielt, gab der Goliath ein mächtiges Gebrüll von sich und flog steil aufwärts in die Luft, wobei er eine in niedriger Höhe umherschwirrende Libelle erschreckte. Seine vier Füße berührten die Erde; er schwang sich wieder in die Luft und landete mit einem wahrhaft heroischen Platschen, das mein Hemd zur Hälfte durchnäßte, im Wasser. Ich setzte mich auf und beobachtete die kleinen Wellen, wie sie einander zum Rand hin jagten und sich dort im Schaum verloren; dann sah ich seinen großen Kopf aus den Pflanzen hochschießen. Dieser verdammte Frosch blinzelte mir zu.

Ich stand auf, klopfte mich ab, lief den Graben hinunter, durch das Abflußrohr und auf der anderen Seite wieder hinaus und begann die Straße zu Leotas altem Haus hinaufzuwandern. Ich beglückwünschte mich, daß ich klein und drahtig genug war, um durch das Abflußrohr schlüpfen zu können.

Mrs. Bisland wohnte noch immer in dem alten Haus.

Die Büsche waren gewachsen, und die Wände hatte man mit Aluminium verkleidet, aber sonst sah es unverändert aus. Auch sie sah fast unverändert aus, nur daß sie jetzt vollständig grau war. Sie war überrascht, mich zu sehen, machte viel Aufhebens von mir, fragte, wie es Carrie gehe, und sagte, wie traurig sie gewesen sei, als sie damals, 1961, von Carls Heimgang gehört habe. Ob ich schon wüßte, daß Leota mit Jackie Phantom verheiratet sei? Er habe eine Karosseriewerkstatt draußen in West York, und es gehe ihnen wirklich gut. Sie gab mir ihre Adresse in der Diamond Street, und ich schleppte mich zurück zu Mrs. Hersheners Laden, ging hinein und kaufte mir ein Himbeereis. Die Dame hinter dem Ladentisch erzählte mir, Mrs. Hershener habe sich vor drei Jahren aufgehängt, und keine Seele wisse, warum.

Mrs. Bisland hatte anscheinend Leota angerufen, denn sie hielt schon nach mir Ausschau. Noch ehe ich an die Tür klopfen konnte, öffnete sie sich, und vor mir stand Leota – dieselben Katzenaugen, derselbe träge Körper, aber, o Gott, sie sah wie fünfundvierzig aus, und zwei Bälger hingen wie die Opossums an ihr. Ich sah wie vierundzwanzig aus. Sie erblickte sich selbst in meinem Spiegelbild, und in ihren Augen war ein schmerzvolles Zucken.

«Molly, komm herein. Das hier ist Jackie junior, und das ist Margie, nach meiner Mutter genannt. Sag der Dame guten Tag.»

Jackie junior konnte mit seinen fünf Jahren einigermaßen anständig guten Tag sagen, aber Margie war scheu. Ich nehme an, sie hatte vorher noch nie eine Frau in Hosen gesehen.

«Hallo Margie, hallo Jackie.»

«So, Jackie, und jetzt nimmst du deine Schwester mit in den Garten und spielst.»

«Ich will nicht mit ihr im Garten spielen. Ich will hier drinnen bleiben, bei dir.»

«Tu, was ich dir gesagt habe.»

«Nein.» Er schmollte und ließ die Unterlippe so tief herunterhängen, daß er fast darüber gestolpert wäre.

Leota gab ihm einen Klaps auf den Hintern, packte ihn am Kragen und schob ihn zur Tür hinaus. Zwanzig Minuten dauerte das Geschrei an.

«Manchmal machen sie mich wahnsinnig, aber ich liebe sie.»

«Klar», sagte ich. Was hätte ich auch anderes sagen können? Jede Mutter sagt das gleiche.

«Was führt dich nach York?»

«Dachte, ich sollte mal kurz aus der Großstadt raus.»

«Großstadt? Du bist nicht in Florida? Ach ja, stimmt. Ich glaube, ich hörte von Mutter, daß du nach New York raufgegangen bist. Hast du keine Angst, daß du auf der Straße ermordet wirst – bei all den Puertorikanern und Niggern?»

«Nein.» Es entstand ein verlegenes Schweigen.

«Nicht, daß die Weißen nicht auch gewalttätig sein können. Aber du bist da oben, wo alle möglichen Leute zusammengepackt sind. Ich hab keine Vorurteile, verstehst du?»

«Ich verstehe.»

«Bist du verheiratet?»

«Erinnerst du dich nicht? Als wir Kinder waren, habe ich dir gesagt, daß ich nie heiraten würde. Ich habe mein Versprechen gehalten.»

«Oh, du bist nur nicht dem richtigen Mann begegnet.» Nervöses Lachen.

«Richtig. Jeder sagt das, aber das ist ein Haufen Scheiße.»

Ihr Gesicht registrierte die Obszönität, aber eine leise Spur von Bewunderung spielte um ihre Mundwinkel.

«Ich habe Jack gleich von der Schulbank weg geheiratet. Ich wollte von zu Hause fort, und das war der einzige

Weg, aber ich liebte ihn auch. Er ist ein guter Ehemann. Arbeitet hart, liebt die Kinder. Was könnte ich mehr verlangen? Du solltest Carol Morgan mal sehen. Sie hat Eddie Harper geheiratet, erinnerst du dich? Er war uns zwei Jahre voraus – er trinkt sich zu Tode. Ich hatte Glück.»

Ich betrachtete das saubere kleine Haus mit den Plastik-Schonbezügen über den Möbeln und den Keramiklampen. Die Kunststoffplatte des Küchentischs war mit lauter kleinen, in dünnen Linien angedeuteten Nieren gemustert, und in der Mitte stand ein Strauß Plastik-Chrysanthemen. Das Wohnzimmer war mit einem avocadofarbenen Teppich ausgelegt. Was für eine Oase! Beim Anblick meiner Milchkartons hätte es Leota geschaudert.

Jackie junior war entweder verstummt oder entwikkelte einen frühen Fall von Kehlkopfkrebs, denn endlich konnten wir uns wieder in normaler Lautstärke unterhalten.

«Möchtest du gern eine Tasse Kaffee oder ein Glas Sprudel oder irgend etwas?»

«Cola.»

Sie ging in die Küche und holte aus einem riesigen dekorateurbraunen Kühlschrank eine große Flasche Coke. Als sie zurückkam, um sie mir zu geben, bemerkte ich, daß ihr Körper seine federnde Geschmeidigkeit verloren hatte. Ihr Gang war schleppend geworden, ihre Brüste hingen, und ihr Haar war ohne Glanz.

«Und was machst du da oben in der Großstadt?»

«Ich bin dabei, meine Studien an der New Yorker Universität zu beenden. Ich lerne das Filmemachen.»

Sie war so beeindruckt. «Willst du ein Filmstar werden? Du siehst ein bißchen wie Natalie Wood aus, weißt du das?»

«Danke für das Kompliment, aber ich glaube nicht,

daß ich das Zeug zum Filmstar habe. Ich möchte gern Filme machen, nicht eine der Schachfiguren darin sein.»

«Oh.» Mehr konnte sie nicht sagen. Das Filmemachen war für sie eine mysteriöse Angelegenheit, und was sie am Ende sah, waren sowieso nur die Filmstars.

«Leota, hast du je noch einmal an die Nacht gedacht, die wir zusammen verbracht haben?»

Ihr Rücken versteifte sich, und ihr Blick wurde leer. «Nein, nie.»

«Ich denke noch manchmal daran. Wir waren so jung, und ich glaube, wir müssen irgendwie sehr süß gewesen sein.»

«Ich denke über solche Sachen nicht nach. Ich bin Mutter.»

«Wieso, versperrt das etwa den Teil deines Gehirns, der sich an früher erinnert?»

«Für so etwas hab ich zu viel zu tun. Wer hat schon Zeit, seinen Gedanken nachzuhängen? Außerdem war das alles pervers, krankhaft. Ich habe keine Zeit dafür.»

«Tut mir leid, das zu hören.»

«Warum hast du mich danach gefragt? Warum bist du hergekommen – um mich das zu fragen? *Du* mußt wohl so geblieben sein. Läufst du deswegen in Jeans und Pullover rum? Bist du eine von diesen kranken Spinnerinnen? Ich verstehe das nicht. Ich versteh das überhaupt nicht, ein hübsches Mädchen wie du. Du könntest einen Haufen Männer haben. Du hast mehr Auswahl, als ich sie hier je hatte.»

«Ich dachte, du hättest gesagt, du magst deinen Mann!»

«Ich liebe meinen Mann. Ich liebe meine Kinder. Dafür ist eine Frau geschaffen. Aber du, du lebst in einer großen Stadt und studierst – du könntest einen Arzt oder einen Rechtsanwalt oder irgendwen vom Fernsehen heiraten.»

«Leota, ich werde nie heiraten.»

«Du bist verrückt. Eine Frau muß heiraten. Was wird aus dir, wenn du fünfzig bist? Man braucht jemanden, mit dem man alt wird. Du wirst es noch einmal bereuen.»

«Ich werde verhaftet werden, weil ich mit neunundneunzig eine Orgie schmeißen werde, und ich werde nicht mit irgend jemandem zusammen alt werden. Was für ein schauerlicher Gedanke! Himmel, du bist vierundzwanzig und machst dir Sorgen, was mit fünfzig sein wird. Das ist doch ohne Sinn und Verstand.»

«Das hat sogar sehr viel Sinn. Ich muß an unsere Sicherheit denken. Ich muß unser Geld sparen und rechtzeitig für die Ausbildung der Kinder planen, für die Zeit, wenn wir alt sind. Ich habe keine Ausbildung bekommen, und ich will sichergehen, daß die Kinder eine kriegen.»

«Du könntest doch eine Schule besuchen, wenn du wolltest – es gibt Volkshochschulen und all das.»

«Ich bin zu alt. Hab zu viel zu tun. Ich glaube, ich könnte nicht mehr in einem Klassenzimmer hocken und lernen. Es ist schön, daß du es machst, ich bewundere dich deswegen. Du lernst auf diese Weise eine Menge Leute kennen, und eines Tages wirst du dem Richtigen begegnen und eine Familie gründen. Wart's nur ab.»

«Laß uns aufhören mit diesem Scheiß. Ich liebe Frauen. Ich werde nie einen Mann heiraten, und ich werde auch nie eine Frau heiraten. Das ist bei mir nicht drin. Ich bin Lesbierin, und nach mir die Sintflut.»

Leota holte tief Luft. «Du solltest mal deinen Kopf untersuchen lassen, Mädchen. Leute wie dich schaffen sie aus dem Wege. Du brauchst Hilfe.»

«Ja, ich kenne auch welche, die Leute wie mich aus dem Wege schaffen. Aber bevor du die Diener der heterosexuellen Inquisition herbeirufst, bin ich 'ne Wolke.»

«Gebrauch nicht so große Worte, wenn du mit mir

sprichst, Molly Bolt. Du warst schon immer eine Klugscheißerin.»

«Ja . . . und ich war auch deine erste Liebhaberin.» Ich knallte die Tür hinter mir zu und war auch unten auf der Straße, an dem Platz, wo die Gebrauchtwagen standen. Von mir aus hätte sie auf der Stelle verrecken können.

Nun den gleichen Weg zurück zum Babylon am Hudson. Zurück an den Ort, wo die Luft deine Lungen zerstört und der Schritt hinter dir zu der Hand gehören könnte, die dir die Kehle aufschlitzt. Zurück zum glitzernden Broadway, der nachts die Vororte einlädt und das Theater nennt. Zurück zu den Magazinen, die sich auf nacktes Fleisch stürzen und es monatlich den Abonnenten-Kannibalen des Landes zum Fraß vorwerfen. Zurück in die Stadt, wo Millionen von uns dicht beieinander in verrottenden Bienenwaben wohnen und nie «Hallo» zueinander sagen. Verseucht, überfüllt, faulig, und doch der einzige Ort, wo ich ein Zimmer, eine Hoffnung habe. Ich muß zurück und durchhalten. In New York kann ich zumindest mehr sein als eine Bruthenne der nächsten Generation.

17

New York City empfing mich bei meiner Rückkehr nicht mit offenen Armen, aber das machte mir nichts aus. Ich war entschlossen, es mit allen Widrigkeiten, sogar mit der Gleichgültigkeit, aufzunehmen.

Der schäbige Rest des Sommers zog sich monoton dahin. Und als der Herbst kam, war es eine Erleichterung, da es mein letztes Jahr an der Uni sein würde, und in unserem letzten Jahr sollten wir einen kurzen Film produzieren: der Höhepunkt all unserer Studienjahre an der New Yorker Universität.

Professor Walgren, Leiter der Filmhochschule und eingefleischter Weiberfeind, rief mich zu der üblichen Projekterörterung in sein Büro.

«Molly, was für ein Projekt planen Sie für Ihr letztes Jahr?»

«Ich dachte an einen zwanzigminütigen Dokumentarfilm. Über das Leben einer Frau.» Er schien unbeeindruckt. In diesem Jahr war Porno-Gewalttätigkeit die große Mode, und alle Männer waren eifrig dabei, absurde Fickszenen zu drehen, mit dazwischengeschnittenen Bildern von Schweinehunden, die die Leute beim Parteikonvent in Chicago zusammenschlugen. Mein Projekt lag nicht auf dieser Linie.

«Sie könnten Schwierigkeiten kriegen, die Kamera für die Wochenenden zu kriegen. Übrigens, wer wird zu Ihrem Team gehören?»

«Niemand. Es wird niemand dazu bereit sein.»

Professor Walgren hustete hinter seiner modischen Nickelbrille und sagte mit einem leichten Anflug von Boshaftigkeit: «Ah, ich verstehe, sie würden von einer Frau keine Weisungen entgegennehmen, wie?»

«Ich weiß nicht. Ich hatte nicht den Eindruck, daß sie zu gut waren, voneinander Weisungen entgegenzunehmen.»

«Na, dann viel Glück bei Ihrem Film. Ich bin schon gespannt, was Sie drehen werden.»

Du wirst es sehen, du Scheinhippie, du betagter Waschlappen.

Die Kameras waren für das nächste Jahrzehnt ausgebucht, aber das war immer so, wenn ich eine aus dem Studio benutzen wollte. Also ließ ich an diesem Nachmittag ganz nebenbei die Arriflex in eine dickbäuchige geflochtene Tragetasche mit einer bunten Jamaika-Stikkerei an der Seite rutschen und tänzelte hinaus. Ich hatte auch so viel Film abgestaubt, wie ich in der Tasche und in den Spezialinnentaschen, die ich mir in meine Matrosenjacke genäht hatte, tragen konnte. Ich fuhr nach Hause und bat meine Nachbarin, die nächste Woche über meine Pflanzen zu gießen, gab ihr den Extraschlüssel und fuhr hinaus nach Port Authority – der Heimstatt der Teesalon-Schwulen der Nation –, wo ich einen Bus nach Ft. Lauderdale nahm. 34 Stunden und fünf nervtötende Unterhaltungen später stand ich hinter der Howard Johnson-Gaststätte auf der Route 1. Die Sonne war so hell nach New York, daß mir alles grell erschien und mir die Augen weh taten. Da die Ausrüstung zu schwer war, um sie die vier Meilen nach Hause zu tragen, nahm ich mir ein Taxi.

Zehn Minuten später sausten wir die Flagler Drive an der Florida East Coast Railway entlang bis vors Haus. Das Rosarot war von flammendem Häßlich zu mildem Grotesk verblaßt. Die Königinpalme auf dem Rasen vor dem Haus war mindestens zwei Meter gewachsen, und alle die Büsche waren von Blüten und Chamäleons übersät. Sechs Jahre lang war ich nicht zu Hause gewesen. Ich hatte Carrie ein- oder zweimal geschrieben, um ihr mitzuteilen, daß ich noch am Leben war, aber das war auch alles. Ich hatte ihr nicht geschrieben, daß ich nach Hause kommen und sie besuchen würde.

Ich klopfte an die Tür und hörte ein langsames Schlurfen hinter den halb offenen Jalousien. Die Jalousien wurden ganz geöffnet, und eine kratzige Stimme fragte: «Wer ist da?»

«Ich bin es, Mom. Molly.»

«Molly!»

Die Tür flog auf, und ich erblickte Carrie. Sie sah aus wie eine gelbe Pflaume, und ihr Haar war ganz weiß. Ihre Hände zitterten, als sie die Arme ausstreckte, um mich an sich zu ziehen und in die Arme zu nehmen. Sie begann zu weinen, und sie konnte nicht gut reden, als wäre ihre Zunge geschwollen. Sie taumelte hin und her, als sie versuchte, wieder ins Wohnzimmer zu gehen. Ich faßte sie am Ellbogen und führte sie zu ihrem alten Schaukelstuhl mit den Schwanenköpfen an den Armlehnen. Sie setzte sich und sah mich an.

«Du bist sicher überrascht, deine alte Mutter nach all den Jahren so wiederzusehen. Die Krankheit hat mich eingeholt. Ich trockne aus wie Gras in der Dürre.»

«Das tut mir leid, Mom. Ich hab nichts davon gewußt.»

«Nein, und ich wollte auch nicht, daß du etwas davon weißt. Als du fortgingst, beschloß ich, die Dinge für mich zu behalten. Es war dir ja sowieso egal. Ich habe zu Florence gesagt, sie sollte dir nie etwas über meinen Zustand schreiben oder erzählen. Ich selber kann kaum noch schreiben, denn jetzt steckt es auch in den Fingern. Was machst du hier? Du willst doch wohl nicht unter meinem Dach wohnen und dich hinten im Schlafzimmer mit nackten Weibern hinlegen? Das geht nicht. Ich hoffe, das ist dir klar.»

«Es ist mir klar. Ich bin gekommen, um dich um deine Hilfe bei meiner letzten Semesterarbeit zu bitten.»

«Nicht, wenn es Geld kostet, ich nicht.»

«Es kostet nichts.»

«Und was machst du auf der Universität? Du hättest schon 1967 dein Examen machen müssen. Du bist zwei Jahre zurück. Was ist los? Waren die Bälger der Yankees zu schlau für dich?»

«Nein, ich mußte die letzten drei Jahre meist den ganzen Tag arbeiten, und das hat mich in meiner Ausbildung zurückgeworfen.»

«Na gut. Freut mich zu hören, daß diese hochnäsigen Juden-Gören nicht schlauer sind als du.»

«Also, hilfst du mir bei meiner Arbeit?»

«Nein, ich weiß ja noch gar nicht, was es ist. Was soll ich denn tun?»

«Du sollst nur da, da in deinem Schaukelstuhl sitzen und mit mir reden, während ich dich filme.»

«Mich filmen?»

«Klar.»

«Du meinst, ich soll in einem Film mitspielen?»

«Genau.»

«Aber ich habe keine Kleider, keine Schminke. Für so was muß man doch hergerichtet werden. Ich bin zu alt, um in einem Film mitzuspielen.»

«Setz dich nur einfach in den Schaukelstuhl und zieh dir dein Hauskleid mit den schwarzen Troddeln an. Das ist alles, was du zu tun hast.»

«Und was muß ich sagen? Hast du ein Stück für mich geschrieben, um dich darin über mich lustig zu machen? Solche Sachen hast du geschrieben, als du klein warst. Ich mache bei so einem Stück nicht mit, die Idee schlag dir nur aus dem Sinn.»

«Kein Stück, Mom. Ich möchte nur, daß du mit mir sprichst, während ich dich filme. Genau wie wir es jetzt tun.»

«Na, das könnte ich ja.»

«Gut, dann machst du also mit?»

«Nein, nicht solange ich nicht weiß, was du damit vorhast.»

«Es ist meine letzte Semesterarbeit. Ich brauche es für mein Examen. Ich führe es meinen Professoren vor.»

«O nein! Ich red nicht für Professoren, damit sie sich

lustig machen, wie ich spreche. Kommt nicht in Frage.»

«Kein Mensch wird lachen, außer du sagst etwas Lustiges. Bitte, mach mit. Es ist doch keine so große Sache, dazusitzen und zu reden.»

«Wenn du mir versprichst, mich nicht zum Narren zu halten, tu ich's. Und dein Essen mußt du dir selber kaufen, solange du hier bist. Ich hab kein Geld, um dich durchzufüttern.»

«Okay. Ich habe genug Geld für eine Woche mitgebracht.»

«Also gut. Dann schaff dein Zeug in das hintere Zimmer, aber denke daran, es kommen keine Frauen in dieses Haus, solange du hier drinnen bist – nicht einmal die Avon-Dame. Hast du mich verstanden?»

«Ich habe dich verstanden. He, wo ist denn die olle Florence?»

«Florence ist letztes Jahr im Mai gestorben. Hatte zu hohen Blutdruck. Der Doktor hatte einen großartigen Namen dafür, aber es war trotzdem zu hoher Blutdruck. Warum war sie auch immer so aufgeregt und mußte sich ewig um anderer Leute Angelegenheiten kümmern? Immer steckte sie ihre Nase in Sachen, die sie nichts angingen. So etwas muß einen ja umbringen. Aber sie war eine gute Schwester, und sie fehlt mir.»

Die «Schnauze» tot. Unvorstellbar! Bestimmt schwatzte sie auch als Tote noch in ihrem Grab. Carrie fuhr fort: «Wir haben sie an derselben Stelle begraben wie Carl. Erinnerst du dich? Da drüben bei dem Autokino in der Nähe. Oh, es war ein wunderschönes Begräbnis. Das einzige, was es mir verdorben hat, war die Reklame für den Film – irgendeinen Sexfilm, *Heißes Fleisch, heiße Nächte* oder so ähnlich. War schon gut, daß Florence tot war, denn wenn sie das gesehen hätte, dann hätte sie der Schlag getroffen. Sie muß sich in ihrem Sarg umgedreht haben. Den Sarg hättest du sehen müssen! Glänzend schwarz, fast das teuerste, was es gibt. Du weißt ja, wie sehr sie unanständige Sachen haßte. Die hätten dieses abscheuliche Schild auch herunternehmen können, als sie den glänzenden Sarg die Straße runterkommen sahen. Diesmal fuhr ich in einem schwarzen Cadillac. War nicht so schön wie der Wagen, in dem wir zu Carls Beerdigung gefahren sind. Was war das doch für ein Wagen damals?»

«Ein Continental.»

«Ich sag dir, ein Cadillac kommt mit diesem Continental nicht mit. Wenn ich je eine reiche Frau bin, schaffe ich mir einen Continental an. Wer baut sie?»

«Ford.»

«Ford. Dein Vater hat mir gesagt, ich soll nie ein Ford-Auto kaufen. Sagte, die wären aus Pappe gemacht, und er wußte, wovon er sprach. Aber ich finde trotzdem, ein Continental fährt so angenehm weich!»

«Daddy ist wahrscheinlich nie in einem gefahren, also nutze deinen eigenen Verstand, wenn du deine Millionen machst.»

Carrie kicherte und schlug leicht mit dem Handgelenk nach mir.

«Los, bring diesen Trödel in dein Zimmer, bevor ich noch darüber stolpere und mir den Hals breche.»

Ich ergriff die Ausrüstung und trug sie durch die Flure ins hintere Zimmer, das einmal meines gewesen war. Carrie hatte alle meine Bänder und Trophäen von den Wänden genommen und ein Bild dem Doppelbett gegenüber aufgehängt. Es war Christus, wie er in Gethsemane kniet. Ein Strahl himmlischen Lichts, das aus dem Dunkel kam, traf ihn voll in sein bärtiges Gesicht. Über das Kopfende des braun angemalten, eisernen Bettgestells hatte sie ein gewaltiges Leuchtfarben-Kreuz gehängt. Auf der schiefen Kommode stand ein Eichhörnchen aus Keramik, das die Erstsemestler-Mütze der Universität

Florida trug. Ich stopfte mein ganzes Zeug in den Schrank und ging in das vordere Zimmer.

Carrie stieß sich mit dem einen Fuß in ihrem Schaukelstuhl an und wurde plötzlich sehr lebhaft. «Möchtest du eine Tasse Tee, Honey? Oder wie wär's mit einer Cola? Ich hab immer Cola im Kühlschrank. Leroys Buben sind ganz wild darauf. Die mußt du unbedingt sehen. Der kleine Ep ist fünfeinhalb Jahre alt. Leroy hat das junge Mädchen geschwängert – darum ist er so alt, wenn du verstehst, was ich meine. Leroy hat sie gerade noch rechtzeitig geheiratet. Aber sie sind anscheinend glücklich miteinander. Unfälle passieren schon mal. Sieh dich an. Ha! Vielleicht kommen sie irgendwann diese Woche vorbei, dann kannst du sie alle sehen. Ich komme nicht mehr viel raus, außer wenn sie mich mitnehmen. Hab das Auto nicht mehr. Mußte es verkaufen, als die Stadt hier die Kanalisation anlegte. Ich hatte kein Geld, und so hab ich das Auto verkauft, damit ich den Preis dafür bezahlen konnte, daß sie den Hof aufgebuddelt haben, um mich anzuschließen. Verdammte Gauner. Stadt, Staat, Präsident, alles verdammte Gauner! Schrecklich, kein Auto zu haben, aber ich bin wahrscheinlich sowieso zu alt zum Fahren. Meine Krankheit, weißt du. Die Hände und Füße wollen nicht mehr so, wie ich will. Leroy hat gesagt, es war das beste, was ich tun konnte, daß ich den alten Plymouth verkauft hab. Er hat gesagt, er hätte Angst gehabt, es würde mich auf dem Highway erwischen. So geh ich jetzt raus in den Garten, aber die Fahrten zum Strand fehlen mir. Ab und zu nimmt Leroy mich mit den Kindern mit hin. Die Kinder machen zuviel Lärm. Ich kann mich nicht erinnern, daß du soviel Lärm gemacht hast. Du warst ein stilles Kind. Hast du mir schon gesagt, wie lange du hierbleiben willst?»

«Ungefähr eine Woche, wenn's dir recht ist.»

«Schon recht, solange du dir selbst dein Essen kaufst.

Die Fleischpreise sind verrückt heutzutage. Ich esse nur noch ein- oder zweimal in der Woche Fleisch. Nicht wie damals, als wir in Shiloh wohnten und frisches Fleisch hatten, so viel wir nur wollten. Fürs Schlachten. Ich versteh nicht, wie die Leute mit großen Familien zurechtkommen.»

«Wie kommst du zurecht? Du siehst nicht so aus, als ob du arbeiten könntest.»

«O doch, ich kann. Und ob ich kann! Ich nehm Wäsche zum Bügeln an, und ich setze mich dabei hin, damit es mich nicht zu sehr erschöpft. Ich lebe nicht von Almosen. Ich kriege 45 Dollar von der Sozialversicherung, und seit ich über fünfundsechzig bin, werd ich vom Doktor umsonst behandelt. Aber das sind keine Almosen. Das hab ich verdient. Ich habe jahrelang Steuern gezahlt, deshalb stehen mir diese Sachen zu. Und wenn ich zu alt oder zu krank zum Arbeiten bin, werd ich ans Meer marschieren und mich von den Fischen fressen lassen. Du brauchst keine Angst zu haben, daß du dich um mich kümmern mußt, Mädchen.»

«Ich hab keine Angst.»

«Siehst du, dir ist alles egal. Du schreibst nicht einmal, wenn du weg bist. Ich könnte hier unten sterben, und du würdest es nicht einmal wissen. Dir ist alles egal.»

«Mom, als ich fortging, hab ich es so verstanden, daß du nichts mehr mit mir zu tun haben wolltest. Außerdem hab ich hin und wieder geschrieben.»

«Zornige Worte. Zornige Worte. Du solltest wissen, eine Mutter meint es nicht so, wenn sie zu ihrem Kind zornige Worte spricht.»

«Du hast gesagt, ich wäre nicht dein Kind und du wärst froh darüber.»

«O nein, das hab ich nicht gesagt. So was habe ich nie gesagt.»

«Mom, du hast es gesagt.»

«Erzähl du mir nicht, was ich gesagt habe. Du hast mich falsch verstanden. Du bist ein kleiner Hitzkopf. Du bist hier ausgerissen, bevor ich mit dir reden konnte. So was hab ich nie gesagt. Und rede du mir nicht ein, daß ich es gesagt habe. Du bist mein Baby. Damals, 1944, als ich mir den Kopf zerbrochen hab, ob ich dich adoptieren sollte, da sagte Pastor Needle zu mir, du erinnerst dich, unser alter Pastor oben, im Norden, da sagte er zu mir, du wärst geboren, um mein Baby zu sein, und daß alle Kinder auf dem gleichen Weg in diese Welt kommen, und ich sollte mir keine Sorgen machen, daß du ein Bastard wärst. Nein, Sir, vor den Augen Gottes sind alle Kinder gleich. Ich weiß nicht, woher du solche Ideen in deinen Kopf reinkriegst. Du weißt, ich würde nie so etwas sagen. Ich hab dich doch lieb. Du bist alles, was mir in dieser Welt noch geblieben ist.»

«Ja, okay, Mom.»

Ich ging hinaus in die Küche und holte mir Sprudel und ein paar große, harte Bretzeln aus der Brottrommel. Carrie wollte auch davon essen, aber sie mußte sie in ihren Kaffee eintauchen, weil ihre Zähne immer schlechter wurden. Wir saßen im Wohnzimmer, der Fernsehapparat war auf volle Lautstärke gedreht, und redeten während der Werbespots in der Lawrence Welk-Show. Sie sagte mir, was für ein wunderbarer Mann Lawrence Welk sei, und seine Show sei so sauber. Sie würde zu all der wunderschönen Musik am liebsten tanzen, sagte sie, aber sie würde umkippen, weil ihr Ohr innendrin nicht in Ordnung sei.

Ich filmte Carrie die ganze Woche lang. Als sie erst einmal ihre anfängliche Furcht überwunden hatte, saß sie gelöst in ihrem Schaukelstuhl und redete wie ein Buch, und wenn sie über irgend etwas in Erregung geriet, stieß sie ihren Schaukelstuhl immer heftiger an, bis sie hin und her sauste und ihr Mund sich so schnell bewegte wie der

Stuhl. Wenn sie dann ihre Geschichte beendet hatte, ließ sie den Stuhl auspendeln und beantwortete Fragen mit «Ja» oder «Nein». Sie genoß voll und ganz die Aufmerksamkeit, und daß ich mit einer Kamera umgehen konnte, imponierte ihr. Es dauerte nicht lange, bis sie alles begriffen hatte, denn wenn ich filmte, wie sie ihren Schaukelstuhl auf Touren brachte, zischte sie: «Wieso machst du Bilder von meinen Füßen? Die Leute wollen mein Gesicht sehen, nicht meine Füße.»

Wenn ich nicht filmte, verrichtete ich Arbeiten im Haus für sie – ich schnitt das Gras und machte Besorgungen, da sie ja nicht aus dem Haus konnte. Und Leroy kam wirklich mit seiner Frau und seinen Kindern herüber. Er und Mom redeten über Kleinkram, während die Kinder durchs Haus rasten und Leroys Frau, Joyce, mich unbehaglich aus dem Augenwinkel beobachtete. Sie hatte ihr Haar zu einem Bienenkorb aufgetürmt, und ihr Make-up eilte ihr im Zimmer um drei Zentimeter voraus. Sie hatte Angst, Leroy könnte mich attraktiv finden. Nervös meinte sie: «Du siehst aus wie eins von diesen Mannequins in Modezeitschriften wie *Mademoiselle*, mit deinen Haaren und deiner Hose und der Halskette. Du mußt ein richtiger Hippie sein.»

«Nein, ich hab so schon ausgesehen, bevor es als schick galt. Armut gehört zur Zeit zu den Dingen, die den Trend bestimmen.»

«Ja, mein Wildfang Molly sieht jetzt richtig gut aus. Ich wußte, daß du dich machen würdest», sagte Carrie voller Stolz. Mein Aussehen war ihr noch immer wichtiger als alles andere, was ich je erreichen würde. «Du würdest wie eine richtige Dame aussehen, wenn du mal aus diesen Jeans aussteigen würdest», ereiferte sie sich.

«Oh, aber das ist jetzt die große Mode», wagte Joyce sich vor.

Leroy fügte mit seiner rauhesten Stimme hinzu: «Ja,

die Frauen wollen heutzutage die Hosen anziehen. Also sage ich zu meiner Frau, geh du nur und verdien das Geld, ich kümmere mich um die Kinder.»

Carrie lachte, und Joyce packte Leroy am Ellbogen: «Leroy, halt den Mund.»

Carrie schleppte die mit Haarspray beladene Joyce nach hinten in ihr Schlafzimmer, um ihr ein Hauskleid zu zeigen, das sie sich mit ihrer alten White Rose-Trittmaschine genäht hatte. Leroy drehte sich zu mir herum: «Wir sind mächtig erwachsen geworden, nicht wahr?»

«Das passiert auch den Besten.»

«Und du machst Filme. Ich hätte nie gedacht, daß du Filme machen würdest. Ich hätte gedacht, du würdest Rechtsanwältin, bei deinem Mundwerk. Du warst schon immer schlauer als alle andern. Ich bin wohl ein bißchen blöd. Nach dem Marine Corps bin ich hierher zurückgekommen und hab einen Job in einer Gartenpflege-Firma gekriegt. Ich bin gern draußen an der frischen Luft. War ich schon immer gern.»

«Daran erinnere ich mich.»

«Ja, ich hab vier Leute unter mir arbeiten. Farbige. Sie sind genau wie wir. Ich meine, ich würde nicht privat mit ihnen verkehren, aber bei der Arbeit sind die Kerle genau wie ich. Haben Frauen und Kinder und zahlen ihr Auto ab. Wir kommen gut miteinander aus. Das hab ich beim Militär gelernt. Mußte ich da lernen. Das war gut für mich. Ep hatte mich mit allem möglichen Scheißdreck vollgestopft, und der Dienst beim Militär hat mir das alles für immer ausgetrieben. Ich war in Vietnam. Wußtest du das?»

«Nein, ich hab nicht mal gewußt, daß du beim Militär warst.»

«Bei den Ledernacken, nicht nur einfach beim Militär. Tja, ja, ich ging rüber und hab mir die Schlitzaugen da gut angesehen. Hab als Dieselmechaniker angefangen. Was

Motoren betrifft, da hab ich mich schon immer gut ausgekannt, weißt du noch?»

«Ich weiß noch, wie du die Bonneville auseinandergenommen und dein Kupplungskabel verloren hast.»

«Das war ein schönes Motorrad. Ich hätte gern wieder eins, aber Joyce würde sich zu Tode fürchten, ich bastle immer noch gern an Motoren. Ich hab mich als Dieselmechaniker gemeldet, weil ich mich nicht abknallen lassen wollte. Hab trotzdem was abgekriegt. O Gott, war ich froh, als ich da wegkam.»

«Hast du jemanden getötet?»

«Ich weiß nicht. Ich hab auf alles geschossen, was sich bewegte, aber ich hab nie einen Schrei gehört, also hab ich vielleicht keinen getötet. Auf mich haben sie nur zweimal geschossen, anders als wenn ich da draußen in den Reisfeldern gewesen wär. Man kann sowieso nichts sehen, aber du riechst es bestimmt, wenn's ein paar Tage tot ist.»

«Na, ich bin froh, daß du heil zurückgekommen bist, Leroy.»

«Ja, ich auch. Es ist ein beschissener Krieg. He, hast du einen Freund?»

«Warum, zum Teufel, fragst du mich das? Nein, ich hab keinen Freund.»

«Aber du bist mit Männern zusammen gewesen. Ich meine, mit anderen Männern als mir?» Seine Stimme war leise.

«Natürlich. Warum?»

«Ich weiß nicht. Ich habe nur gerade überlegt. Du bist immer noch das einzige Mädchen, mit dem ich reden kann.»

«Nur daß ich jetzt eine Frau bin, Leroy, mit einem großen F.»

Er sah mich verwirrt an. «Das sehe ich. Du siehst gut aus, Molly. Wirklich gut.»

«Danke.»

«Gehst du noch mit Mädchen?»

«Zum Teufel, ist das hier ein Verhör?»

«Na ja, ich hab dich so lange nicht gesehen. Ich hab mich einfach gefragt . . . verstehst du?»

«Ich verstehe. Ich nehme jede Gelegenheit wahr, mit Mädchen auszugehen. Wie gefallen dir die beiden Äpfel, Kleiner?»

Er musterte mich und sagte dann mit einem resignierten Seufzer: «Auch gut. Du bist nicht der Typ, der eine Familie gründet. Du hast es immer gesagt, aber ich hab nicht auf dich gehört.» Er zögerte, beugte sich dann vor und senkte seine Stimme zu einem Flüstern. «Es wird langweilig, weißt du? An manchen Tagen denke ich, ich gehe einfach von der Arbeit weg und fahre runter nach Bahia Mar und such mir einen Job als Crew-Mitglied auf einer fetten Privatyacht und segle rund um die Welt. Wer weiß, eines Tages werde ich es vielleicht tun.»

«Wenn du es tust, sorg dafür, daß du deiner Familie genug zum Leben zurückläßt.»

In diesem Augenblick tauchte die glückliche Sippschaft wieder auf. «Deine Tante Carrie hat ein paar neue Hauskleider, Leroy. Das eine ist so hübsch orangerot – genau die Farbe, in der ich meine neuen Schuhe wollte.»

Leroy machte ein hilfloses Gesicht. «Das ist ja schön, Schatz.»

«Wir müssen jetzt diese wilden Indianer ins Bett schaffen. Komm, Schatz, und sag deiner Cousine auf Wiedersehen. Wir besuchen dich nächste Woche, Tante Carrie. Wir wollen alle zusammen rausfahren und uns die neuen Apartmenthäuser anschauen, die sie oberhalb von Galt Ocean Mile gebaut haben.»

Mit einem Blick der Verzweiflung schüttelte mir Leroy die Hand. Dann legte er vorsichtig seine linke Hand auf meine rechte Schulter und gab mir einen schnellen

Kuß auf die Wange. Er sah mir nicht in die Augen, sondern wandte den Kopf ab und sagte zu Carrie: «Nun werden wir sie wohl wieder fünf Jahre lang nicht zu Gesicht bekommen, was, Mom?»

Carrie bellte: «Du wirst sie schon vorher sehen! Wenn ich abkratze.»

«Tante Carrie, sag so was nicht», sagte Joyce sanft mahnend.

«Paß auf dich auf, Molly, und laß gelegentlich mal von dir hören.»

«Klar, Leroy, paß du auch gut auf dich auf.»

Er ging rückwärts aus der Haustür hinaus und stieg in einen klapprigen weißen Kombiwagen, drehte den Zündschlüssel, schaltete die Scheinwerfer ein und drückte auf die Hupe, als er hinaus auf die Straße fuhr.

«Hat er nicht eine reizende Familie? Und seine Frau ist so lieb! Ich mag diese Joyce.»

«Ja, sie sind nett, wirklich nett.»

An dem Tag, an dem ich die Rückreise antreten mußte, war Carrie wieder ganz wie früher. Irgendwie bewegte sie ihren verfallenden Körper wie einen Wirbelwind durch die Küche. Sie bestand darauf, mir Spiegeleier zu machen und frischen Kaffee zu kochen. Pulverkaffee war in ihren Augen ein Zeichen moralischen Niedergangs, und sie war entschlossen, mir frischen Kaffee zu machen, auch wenn sie dabei draufging.

Nach all dieser Aktivität setzte sie sich an den Küchentisch, stammelte und begann dann: «Du hast mich immer gefragt, wer dein richtiger Vater war. Ich hab es dir nie erzählt. Du bist so ein neugieriger Bastard, daß du es sicher auch nach meinem Tod herausfinden würdest, da kann ich es dir genausogut selbst sagen und weiß so wenigstens, daß du die Geschichte richtig erzählt kriegst. Ruby hatte sich mit einem Ausländer eingelassen, und schlimmer noch, der Mann war verheiratet. Deswegen ist alles vertuscht worden.»

«Was für ein Ausländer war er?»

«Franzose. Ein vollblütiger Franzose, und das sind die schlimmsten. Die sind noch verrückter als die Ittaker. Wir sind fast gestorben, als wir herausbekamen, daß sie mit ihm ging und er kaum ein Wort Englisch sprechen konnte. Wie sie miteinander geredet haben, das geht über meinen Verstand. Wahrscheinlich brauchten sie bei dem, was sie machten, nicht zu reden. Ruby hatte Hummeln unterm Hintern. Auf alle Fälle, als er hörte, daß sie schwanger war, hat er sie sitzenlassen. Carl hat ihn aufgespürt und sich von ihm das Versprechen geben lassen, nie Anspruch auf dich zu erheben und sich aus deinem und Rubys Leben herauszuhalten. Er hat dem nur zu gern zugestimmt.»

«Hast du ihn je gesehen?»

«Nein, aber die Leute sagen, daß er ein gut aussehender Teufel war. Daher hast du deine scharfen Gesichtszüge und deine dunklen Augen. Von Ruby hast du nichts, außer ihrer Stimme natürlich. Immer wenn ich dich reden höre und die Augen schließe, sehe ich Ruby vor mir stehen. Du hast nicht ihre Figur, hast nichts von ihr außer dieser Stimme. Du mußt ganz dein Vater sein. Und du redest mit den Händen, und die Franzosen tun das auch. Er war ein großer Athlet, weißt du. O ja, ziemlich bekannt war er, bei den Olympischen Spielen oder so. Gott weiß, wo sie ihm begegnet ist. Ruby hat in ihrem ganzen Leben nie einen Sportplatz betreten. Aber daher hast du all die Harmonie in deinen Bewegungen, von ihm. Sie war eine plumpe Person.»

«Wie hieß er?»

«Er hatte einen von diesen verdammten französischen Namen, zwei zusammengespannte Namen. Ich kann es nicht aussprechen. So etwas wie John-Peter Bullette.»

«Jean-Pierre?»

«Genau. Warum, zum Teufel, müssen diese Leute sich zwei Namen geben? Weil sie sich selbst so sehr mögen, nehme ich an. Je mehr Namen sie haben, um so länger dauert's, bis man sie aus dem Mund heraus hat. Niemand aus unserer Familie ist so träumerisch wie diese Franzosen. Daher hast du deine ganze Träumerei und daß du künstlerisch bist. Wir sind praktische Leute. Wir waren immer praktische Leute, und wir essen auch vernünftige Dinge. Diese Franzmänner essen Schnecken. Und sie essen sie nicht nur, sie knöpfen dir ein Vermögen dafür ab. Habe in meinem ganzen Leben noch nie so was Dämliches gehört.»

«Ich bin froh, daß du es mir erzählt hast, Mom. Ich habe früher viel darüber nachgedacht.»

«Ich konnt's dir nicht erzählen. Mach mir keinen Vorwurf daraus. Ich hab's schon für mich behalten, eh du geboren wurdest, und jetzt, wo ich dem Grab nahe bin, will ich die Last von der Brust haben.» Sie sah auf ihre verschrumpelte Brust hinunter und brüllte: «Ich hab gar keine Brust, von der ich es abladen kann. Als ich jung war, da hatte ich hübsche Titten, wie so ein Mannequin, das für Büstenhalter Reklame macht. Diese verfluchte Krankheit trocknet alles aus. Alt werden ist schrecklich. Warte nur, du wirst es erleben. Da kuck ich an mir runter und sehe nichts als einen Kuchen mit einer Rosine drauf, wo ich früher runtersah und zwei volle Orangen erblickte.» Sie legte die Hand unter ihre Brust und schob sie hoch. «Zum Teufel, das nützt auch nichts mehr.»

«Willst du noch eine Tasse Kaffee, Mom?»

«Ich glaub schon. Im Kühlschrank ist noch mehr Milch, wenn du mir die holen würdest. Die Milch kostet bald so viel wie Whiskey. Ich könnte genauso gut ausgehen und das Geld für Whiskey ausgeben und ihn in meinen Kaffee schütten. Da würde ich mich wohler fühlen. Wir konnten keine Kinder kriegen. Das ist nun eine ganz verdammt traurige Geschichte, und ich werde dir die ganze Sache erzählen, damit du's nicht von den falschen Leuten zu hören kriegst, wenn ich nicht mehr da bin. Gleich beim erstenmal, als Carl 1919 so ein Weibsstück hatte, hat er sich die Syphilis geholt. Das hab ich noch hingenommen, als ich's herauskriegte, aber dann, 1937, kam ich dahinter, daß er mich betrog, ja, betrog. Ich hab darüber nichts gesagt. Jeder wußte es, nur ich nicht. Cookie, Florence, Joe – sie haben ihn alle mit ihr im Kino gesehen, aber sie haben's mir nie gesagt. Das einzige Mal in ihrem Leben, wo Florence ihren Mund verschlossen hat. Ich könnte ihr den Hals dafür umdrehen. Die Ehefrau ist immer erst die letzte, die's erfährt. Ich hätte es nie vermutet. Er kam mir nicht anders vor als sonst. Behandelte mich wie immer, brachte mir kleine Geschenke mit. Du weißt, wie er so war. Er verhielt sich so, als ob er mich liebte. Dann gingen wir zu einer Party bei den Detweilers, und alles flüsterte. Ich dachte, die redeten alle über mich, und so fragte ich: ‹Was geht hier vor? Redet ihr über mich?› Florence sagte: ‹Jemand sollte es ihr sagen.› Jetzt war ich wirklich beunruhigt, und ich sagte: ‹Was, zum Teufel, geht hier vor?› Alle schwiegen sich aus, und Cookie schob Florence in die Küche. Carl und ich gingen nach Hause. Ich wußte, irgendwas stimmte nicht. Am nächsten Tag kam der alte Pop-pop den ganzen Weg von Hanover runter, um es mir zu sagen. Die ganze Clique hatte beschlossen, er sollte derjenige sein, der es mir beibringt, schließlich war er mein Stiefvater und der einzige Verwandte, den ich außer Florence noch hatte. Pop-pop sagte mir, daß mein Carl sich mit einer Frau traf, die Gladys hieß, und daß sie sehr groß und elegant aussah. Ich konnte es nicht glauben, nicht nach allem, was mir mit meinem ersten Mann passiert war.»

«Deinem ersten Mann? Ich wußte gar nicht, daß du außer Carl noch einen anderen Mann gehabt hast.»

«O ja, ich war schon vorher einmal verheiratet, direkt bevor ich 1918 zur High School wollte. Er hieß Rup und schlug mir allen Saft aus dem Leib, so hab ich mich von ihm scheiden lassen. Und er lief auch mit anderen Weibern rum. Als ich mich dann von ihm scheiden ließ, war das ein Skandal. Die Leute hielten es für schlimmer, als daß er es mit anderen Frauen trieb. Damals ließ man sich noch nicht scheiden. Das war die Zeit, in der ich das Rauchen angefangen hab. Verflucht, wenn die mich für ein Miststück halten, weil ich mich scheiden lasse, rauche ich gerade auf der Straße, dann haben sie wirklich was zum Tratschen. Ich rauchte auch große Zigarren, damit es bloß jeder mitbekam.»

Sie hielt inne und nahm den Faden ihres ursprünglichen Gedankengangs wieder auf. «Als Carl an diesem Abend nach Hause kam, wußte ich, das mußte ich mit ihm ausfechten. Ich fragte ihn, was es mit ihm und Gladys auf sich hätte. Er sagte mir die Wahrheit. Ich treffe mich mit ihr seit einem Jahr, sagte er. Und er setzte sich auf das alte Sofa mit den braunen Streifen, das wir hatten, stützte den Kopf in seine Hände und weinte. Die Tränen liefen ihm die Backen herunter, und er sagte zu mir: ‹Schatz, kannst du nicht mehr als eine Person auf einmal lieben? Ich liebe zwei Menschen. Was soll ich tun?› Da hab ich den Verstand verloren. Wie konnte er jemand anders lieben als mich? Wenn ich ihm nicht genügte, wollte ich meine Koffer packen und abhauen. Ich liebte diesen Mann. Ich betete ihn an. Er war so gut zu mir, wie konnte er sich umdrehen und so etwas tun? Ich landete fast in Harrisburg im Irrenhaus, und das gleich nach meinen Kobaltbehandlungen. Von da war ich noch nicht wieder ganz richtig im Kopf. Einmal stieg ich in den Bus, um nach York hineinzufahren, und landete in Spring

Grove. Ich konnte nicht Osten von Westen unterscheiden. Also, ich war außer mir und heulte so viel, daß sie mich zu Dr. Harmeling brachten, weil sie dachten, ich würde erblinden. Dann hatte der Doktor eine Besprechung mit Carl und mir. Doc sagte Carl, er sei verrückt, sich mit einer anderen Frau einzulassen. Eine wäre genug, seiner Ansicht nach. Stülp 'ne Tüte über ihren Kopf, und die Weiber sind alle gleich. Warum Carl nicht mit der einen glücklich sein könnte, die er hatte? Ich war selber mit im Zimmer, als der Doktor das sagte. Wenigstens war der auf meiner Seite. Ich war eine gute Frau. Da hat Carl mit der Frau Schluß gemacht, und ich vergab ihm. Aber er hat mein Herz gebrochen. Ich konnte es nie vergessen. Bis zum heutigen Tag kann ich nicht glauben, daß er mir das angetan hat.»

Ihre Stimme verlor sich in einem Wimmern. Sie wischte sich mit einer Serviette die Tränen aus den Augen und starrte hinunter in ihre Kaffeetasse. – Sie wartete, daß ich sie bemitleidete. 31 Jahre war das her, und ihr Leben war in dem einen Jahr erstarrt. Sie polierte die scharfe Kante des Elends zu einer Perle der Leidenschaft. Ihr Leben kreiste um diesen emotionalen Gipfel seit dem Tag, an dem sie ihn entdeckte, und jetzt wartete sie darauf, daß ich ihre Gefühle mit ihr teilte. «Es tut mir leid, Mom, aber weißt du, auch ich verstehe nicht, wie man immer nur mit einer Person zusammen bleiben kann.»

Ihr Kopf fuhr hoch, und sie starrte mich an. «So ein Geschwätz. Du hast nur Sex im Kopf, das ist's, was bei dir nicht stimmt.»

Ich sah sie nur an. Ich wollte sie nicht in ihrem lächerlichen Triumph bekräftigen, daß sie die am schlimmsten hintergangene Frau der Hemisphäre war.

Sie holte Atem und fuhr mit weniger Überzeugung und Emotion fort, da sie von mir keine Unterstützung erhielt. «Dann, 1944, wurdest du geboren. Ich sah meine Chance. Er konnte mir kein Baby geben, also war ich hinter dir her. Ich wollte schon immer ein Baby zum Anziehen und zum Sorgen. Ich dachte, du würdest mich glücklich machen. Ich nähte dir Kleider, fuhr dich im Kinderwagen aus. Du warst ein wunderschönes Baby, als wir erst einmal etwas Speck auf deine kleinen Knochen gebracht hatten. In dem katholischen Waisenhaus haben sie dir nicht genug zu essen gegeben. Nonnen – ich hab sie sowieso nie gemocht. Für mich sehen sie wie Pinguine aus. Carl hatte Angst, er wäre als Vater nicht geeignet, aber er sagte, er wolle sein Bestes versuchen. Mit der Zeit liebte er dich richtig. Liebte dich so sehr, als wärst du sein eigen Fleisch und Blut gewesen. Natürlich bist du nicht so geworden, wie ich mir erhofft hatte, aber du bist immer noch mein. Alles, was ich habe auf dieser Welt.»

Carrie. Da saßest du über deiner Tasse Kaffee in einem Ödland dünn gewordener silberner Eheringe und nährtest dich mit den Zuckerkringeln der Mutterschaft, die wie die Schaufensterkuchen in der Bäckerei waren, in der du gearbeitet hattest – alles Pappaufbauten. Ich spielte mit meiner Tasse, und sie fuhr fort: «Du wurdest geboren, um mein Baby zu sein. Das hat Pastor Needle gesagt, und ich habe versucht, dich zu einer Dame zu erziehen. Tat mein Bestes.»

«Ich weiß, Mom. Ich bin dir dankbar, daß du für mich gesorgt hast, als ich klein war, daß du mich ernährt, mich gekleidet hast. Du hattest nicht viel zu erübrigen. Ich bin dir wirklich dankbar.»

«Danke mir nicht. Dazu sind Mütter da. Ich wollte es so.»

Ich sah auf die Uhr; noch zehn Minuten, und mein Taxi würde da sein. Sie hatte mich beobachtet, und ihre Augen verengten sich. «Wann führt dich dein Weg wieder hierher?»

«Kann ich nicht sagen. Es ist schwer für mich, das Geld zusammenzubringen.»

«Jetzt schau mal, es ist doch sinnlos für dich, Frauen zu wollen. Keine Frau wird für dich sorgen. Geh raus in die Welt und heirate einen Mann, und er wird für dich sorgen. Dann wirst du Geld haben. Anders wird es dir leid tun. Mit einer Frau gibt es keine Sicherheit.»

«Verflucht, du hast einen Mann geheiratet und hattest auch kein Geld. Und Sicherheit – sicher bist du, wenn du tot bist.»

«So ein Geschwätz. Mit dir kann ich nicht mithalten. Wann kommt dein Taxi?»

«Ungefähr in zehn Minuten.»

«Gut, ich hab alles gesagt, was ich zu sagen hatte. Ich habe dir Brote eingepackt, und in dem Pergamentpapier ist etwas Schweizer Käse. Kauf dir etwas Milch, und laß dir das Mittagessen schmecken. Da sind auch drei hart gekochte Eier, damit du dir unterwegs nichts zu kaufen brauchst. Das ist alles, was deine alte Mutter dir geben kann.» Ihre Augen wurden wieder feucht. «Ich hab mein Bestes getan. Liebes, es tut mir so leid, daß ich nicht reich bin. Ich würde dir ein eigenes Kino kaufen, wenn ich reich wäre. Ich habe diese Woche nichts gesagt, aber es tut mir weh, dich so ausgezehrt zu sehen. Du bist zu dürr, Mädchen. Du schuftest da oben und schuftest dich halb zu Tode. Du warst immer eine harte Arbeiterin. Ich fürchte, du treibst dich zu sehr an. Ach, zum Teufel. Ich bin mit nichts aufgewachsen, und ich möchte, daß mein Kind was hat. Du hast mit nichts angefangen, weil ich nichts hatte, was ich dir geben konnte. Ich hab mein Bestes getan. Hasse mich nicht, Liebes, hasse mich nicht.»

Ich legte die Arme um sie, und ihr weißer Kopf verbarg sich unter meinen Brüsten. «Mom, ich hasse dich nicht. Wir sind verschiedene Menschen, eigenwillige

Menschen. Wir sind nicht immer derselben Meinung. Deshalb haben wir soviel miteinander gestritten. Ich hasse dich nicht.»

«Und das, was du gesagt hast, was ich gesagt hätte, hab ich nie gesagt. Ich habe nie gesagt, du wärst nicht mein Kind. Du bist mein Kind.»

«Oh, ich hab's durcheinander gekriegt. Das ist alles. Vergiß es.»

«Ich hab dich lieb. Du bist das einzige, wofür ich noch lebe. Was bleibt mir sonst – das Fernsehen.»

«Ich hab dich auch lieb.»

Draußen hupte das Taxi, und Carrie blickte drein, als hätte sie den Todesengel gesehen. Sie wollte meinen Koffer tragen, aber ich bat sie, es nicht zu tun. Ich lief mit der Filmausrüstung hinaus und kam zurück, um meinen Koffer zu holen. Sie streckte ihre Hände nach mir aus. «Gib der alten, ausgetrockneten Aprikose einen Kuß.» Ich drückte sie an mich und gab ihr einen Kuß, und als ich mich umdrehte, um zum Taxi zu gehen, hustete sie: «Du schreibst mir, von jetzt an. Du schreibst mir, hörst du?»

Ich drehte mich um und nickte. Ich konnte nicht sprechen. Das Taxi fuhr los, und Carrie lehnte an der verblaßten rosa Wand und winkte. Ich winkte zurück.

Carrie. Carrie, die eine Politik rechts von Dschingis-Khan vertritt. Die glaubt, wenn der liebe Gott es gewollt hätte, daß wir alle zusammen leben, hätte er uns allen ein und dieselbe Farbe gegeben. Die glaubt, daß eine Frau nur so gut ist wie der Mann, mit dem sie zusammen lebt. Und ich liebe sie. Selbst als ich sie haßte, liebte ich sie. Vielleicht lieben alle Kinder ihre Mütter, und sie ist die einzige Mutter, die ich je gekannt habe. Oder vielleicht verbirgt sich unter ihrer Schale von Vorurteilen und Ängsten ein liebevolles menschliches Wesen. Ich weiß es nicht, doch so oder so, ich liebe sie.

18

Professor Walgrens Skrotum schrumpfte zusammen, als ich mit der Filmausrüstung wieder anspaziert kam. Er tobte, wie unverantwortlich es von mir war, daß ich mit den Geräten abzog, wenn andere Leute sie brauchten. Er drohte, meine Stipendien sperren zu lassen, mußte diese Idee jedoch aufgeben: es war mein letztes Semester, und das Semester war fast zu Ende. Er spuckte, schäumte und schneuzte sich und war schließlich still.

Der Vorführabend war ein großes Ereignis. All die anderen Studenten hatten ihre Miezen mit, die miteinander wetteiferten, wer am besten angezogen war. Sie stellten ihre Freundinnen als «meine Mieze» oder «meine alte Dame» vor. Ich kam allein. Es frustrierte sie, daß ich nicht mit einem bärtigen Kerl in einem ausgebleichten T-Shirt angeschwirrt kam. Die Vorführungen begannen. Der Film, der am meisten Applaus erhielt, war eine Vergewaltigung durch eine Bande in einer imaginären Marslandschaft, die Schauspieler waren zur Hälfte als Marsmenschen, zur anderen Hälfte als Menschen verkleidet. Alle Männer murmelten etwas darüber, was für eine tiefe Aussage zur Rassenfrage das sei. Die «Miezen» keuchten.

Mein Film war der letzte auf der Liste, und als wir dahin kamen, waren einige der Zuschauer schon gegangen. Da war Carrie, wie sie in ihrem Schaukelstuhl losschnellte, direkt in die Kamera blickte und ganz sie selbst war. Keine schnellen Schnitte, die Anleihen bei Kenneth Anger gewesen wären, keine vom Himmel fallenden Kügelchen aus Silberfolie, die nuklearen Hagel darstellen sollten – einfach nur Carrie, die von ihrem Leben, der heutigen Welt und den Fleischpreisen erzählte. Ich hatte ihn so gut ich konnte zusammengestellt. Er flatterte hier und da, aber es waren zwanzig Minuten ihres Lebens, ihres Lebens, so wie sie es sah und für die Kamera neu durchlebte. Das letzte, was sie in dem Film sagte, war: «Ich werde dieses Haus in einen großen Lebkuchen mit Zuckerguß an den Ecken verwandeln. Wenn dann diese gottverdammten Geldeintreiber kommen, sage ich ihnen einfach, sie sollen sich ein Stück von dem Haus abbrechen und mich in Ruhe lassen. Mit der Zeit werden sie das ganze Haus essen», sagte sie kichernd, «und dann werde ich draußen im Sonnenschein sitzen, den der liebe Gott geschaffen hat. Ich werde draußen sein zwischen den Lilien auf dem Felde, die reicher sind als alles Gold König Salomons. Das ist keine schlechte Art zu sterben, wenn man so alt ist wie ich.» Sie lachte ein kräftiges, sicheres Lachen, und mit dem Verhallen dieses Lachens endete der Film.

Niemand klatschte. Niemand gab einen Ton von sich. Ich machte mich daran, den Film zurückzuspulen, und sie gingen einer hinter dem andern am Projektionstisch vorbei aus dem Saal hinaus. Ich betrachtete diese Gefährten der letzten Jahre, und keiner von ihnen sah mir ins Gesicht. Sie gingen schweigend hinaus, und der letzte, der ging, war Professor Walgren. Er blieb an der Tür stehen, drehte sich um und wollte etwas sagen, besann sich dann anders; die Augen zu Boden gerichtet, schloß er langsam und lautlos die Tür.

Ich bestand mein Examen mit *summa cum laude* und Phi Beta Kappa. Ich ging nicht zur Feier, sie schickten mir mein Diplom mit der Post. Ich ging auch nicht zur Filmakademie, um mich den unteren Semestern gegenüber aufzuspielen. Nach der Vorführung nahm ich meine Filmbüchsen und die Arriflex als Entschädigung mit und versuchte, einen Job zu kriegen. Bei MGM schlug man mir vor, als Sekretärin anzufangen. Bei Warner Brothers Seven Arts interessierte man sich für meine

Verlagserfahrungen und bot mir 150 Dollar die Woche für den Anfang, wenn ich die PR für ihre neuesten Filme machte. Von meinen technischen Fähigkeiten waren sie sehr beeindruckt. Sicherlich würden sie mir zugute kommen, meinten sie, wenn ich einen Pressebericht für ihren neuesten Warren Beattie-Streifen schriebe.

Die Underground-Filmemacher waren direkter. Ein berühmter Mann fragte mich, ob ich eventuell bereit sei, in seinem nächsten Film als Hermaphrodit aufzutreten. Er betete mein Gesicht an und meinte, ich wäre einfach zu himmlisch als knabenhaftes Mädchen oder mädchenhafter Knabe in seinem nächsten Nacktstreifen nach Shakespeare. Er werde aus mir einen Star machen, sagte er. Bei Young and Rubican sagte man mir, ich müsse als Sekretärin anfangen, aber in ein paar Jahren könne ich Werbespots drehen. Bei Wells, Rich, Green erzählte man mir das gleiche, aber dort bot man mir mehr Geld und ein besseres Büro. Der Kerl, der die Vergewaltigung auf dem Mars gemacht hatte, ging direkt als stellvertretender Leiter eines Kinderprogramms zu CBS. Mir wurde gesagt, bei CBS sei keine Stelle frei.

Nein, ich war nicht überrascht. Aber es entmutigte mich trotzdem. Wider alle Hoffnung hoffte ich weiter, daß ich die strahlende Ausnahme sein würde, das große Talent, das alle Sex- und Klassenbarrieren einriß. Ein Hurra auf sie. Immerhin war ich die beste in meiner Klasse, zählte das nichts? Ich verbrachte diese bitteren Tage (nachdem ich meine Mittagspausen für Vorstellungsgespräche drangegeben hatte) damit, daß ich im Büro saß und mir von Stella eine Geschichte nach der andern über Mr. Cohens Prostata-Probleme anhörte, bittere Tage, in denen ich ein Kompendium der Freimaurerlogen edierte und dachte, ich würde zusammen mit den fünfzehn Graden zu Facettenglas zersplittern. Meine

Bitterkeit spiegelte sich in den Nachrichten, die voller Geschichten über Leute in meinem Alter waren, die protestierend durch die Straßen tobten. Aber irgendwie wußte ich, daß ihre Wut nicht meine Wut war, und sie hätten mich sowieso aus ihrer Bewegung ausgestoßen, weil ich Lesbierin war. Irgendwo las ich auch, daß sich Frauengruppen bildeten, aber sie würden mich ebenso herunterputzen. Verdammt! Ich wünschte, ich könnte der Frosch an Eps altem Teich sein. Ich wünschte, ich könnte morgens aufstehen und in den Tag blicken, wie ich es als Kind getan hatte. Ich wünschte, ich könnte durch die Straßen gehen, ohne die verletzenden Reden aus den Mündern des anderen Geschlechts zu hören. Verdammt, ich wünschte, die Welt ließe mich so sein, wie ich bin. Aber ich wußte es besser, in jeder Beziehung. Ich möchte, daß ich meine Filme machen kann. Für diesen Wunsch kann ich etwas tun. So oder so, ich werde diese Filme machen, und ich glaube nicht, daß ich darum kämpfen muß, bis ich fünfzig bin. Aber falls es doch so lange dauert, dann sei auf der Hut, Welt, denn ich werde die schärfste Fünfzigjährige diesseits des Mississippi sein.

Die Autorin

Rita Mae Brown, in Hanover, Pennsylvania, geboren, wuchs bei Adoptiveltern auf, mit denen sie während ihrer Kindheit nach Florida zog. Sobald sie alt genug war, ging sie von zu Hause fort. Sie studierte in New York Anglistik und Kinematographie und engagierte sich in der Frauenbewegung und bei den «Radicalesbians».

Rita Mae Brown schreibt jetzt an einem neuen Roman.

Die Übersetzerin

Barbara Scriba-Sethe, in Frankfurt geboren, studierte Anglistik und arbeitete in Köln und Hamburg als Verlagslektorin. Seit sie 1972 Zwillinge bekam, ist sie freie Mitarbeiterin verschiedener Verlage und Übersetzerin.

Barbara Scriba-Sethe übersetzte neben belletristischen und politischen Büchern «Das normalverrückte Dasein als Hausfrau und Mutter» von Angela Barron McBride und gab «Lichtenbergs Trostbüchlein» heraus.